Heidi Rex

Lebkuchenschmerz

Originalausgabe – Erstdruck

Für Annette und Katharina

Heidi Rex

Lebkuchenschmerz

Ein Nürnberger Christkind-Krimi

Schardt Verlag Oldenburg

Bibliographische Information der Deutschen Bibliothek:

Die Deutsche Bibliothek verzeichnet diese Publikation in *Der Deutschen Nationalbibliografie*; detaillierte bibliographische Daten sind im Internet über *www.d-nb.de* abrufbar.

Titelbild: Rhonda Maria Repotente
Umschlaggestaltung: Marlies Mitwollen

1. Auflage 2010

Schardt Verlag
Uhlhornsweg 99 A
26129 Oldenburg
Tel.: 0441-21 77 92 87
Fax: 0441-21 77 92 86
E-Mail: kontakt@schardtverlag.de
www.schardtverlag.de
Herstellung: Fuldaer Verlagsanstalt

ISBN 978-3-89841-532-3

Am Anfang war das Chaos

Jacks erster Besuch in einem Club war die absolute Katastrophe. Seufzend blickte sie kurz in den Spiegel, der im schwarzgekachelten Damenklo hing, hielt den rechten Ärmel ihres neuen Kapuzenpullis unter das kalte Wasser und hoffte, dass sich die verflixten Rotweinflecken aus dem weißen Baumwollstoff auswaschen lassen würden. Aber das war nicht das Schlimmste. Sie hatte sich vor ihrer ganzen Klasse blamiert. Es war klar, dass es so kommen musste.

Seit einer Woche waren alle völlig daneben, weil sie heute Abend Sandra Macintosh aus „Fluch der großen Stadt" treffen würden. Ihr Schülersprecher hatte einen Wettbewerb für ein Interview gewonnen, und Jack ließ sich von der allgemeinen Aufregung anstecken.

Heute Nacht hatte sie es tatsächlich geschafft, der einzigen Schauspielerin, die ihr jemals im Leben begegnet war, versehentlich ein Rotweinglas aus der Hand zu schlagen. Vor den Augen aller.

Immerhin hatte Jack (Schülerin, Hundehalterin, 182/85) mit dieser Sandra Macintosh (Schauspielerin, skandalumwoben, dünn) jetzt eine Gemeinsamkeit. Beide hatten sie am selben Abend mit Rotwein bekleckerte Klamotten. Das war aber auch schon alles. Ansonsten hatte die Schauspielerin ihr nur einen verächtlichen Blick zugeworfen und den Club verlassen. Und das brachte Jack einen zweiten Blick ein: den ihrer Klasse.

Während das Wasser kalt über ihre Hände lief, fragte sich Jack, ob ihre Mitschüler draußen auf sie warteten, um sie umgehend in die Mangel zu nehmen. Tom hatte alles dafür getan, diesen Wettbewerb zu gewinnen, und arrangiert, dass seine Klasse bei dem Interview dabei sein konnte, das sogar die NÜRNBERGER NACHRICHTEN drucken wollten. Damit war es nun vorbei. Und mit Jack wahrscheinlich auch. Sie konnte sich die Schlagzeile in BILD schon lebhaft ausmalen: Tod in der Disco. Das tragische Ende einer Spaßbremse. Oder so.

Wer würde dann noch zu ihrer Beerdigung kommen? Vor sich sah Jack ihren Vater in einem schwarzen Trachtenmantel, den er extra für diese Gelegenheit anfertigen lassen würde. Mama würde zum Leichenschmaus vegetarisch bestellen und Tante Petra um Fassung ringen.

Jack drehte das Wasser ab, denn ihre Finger waren schon ganz kalt. Sie besah sich den Pulli. Null Erfolg, und nass war der Ärmel jetzt bis zur Schulter. Wenn nur Melli da wäre, ihre beste und großartigste Freundin. Wäre sie bei Jacks Beerdigung wie immer die Ruhe selbst? Hätte sie für jedermann ein freundliches Wort auf den Lippen? Und würde Melli für Jacks großen Abgang als echtes Nürnberger Christkind erscheinen?

Jack konnte sich noch gut daran erinnern, wie in Melli die Idee entstanden war, sich als Nürnbergs Christkind zu bewerben. Als sie dann nach einigen Vorauswahlen endlich den Zuschlag bekommen hatte, konnte noch keiner richtig glauben, dass Melli bald im weißen Engelsgewand auf der Außenempore der Frauenkirche stehen würde, um vor Hunderten von Menschen den vorweihnachtlichen Nürnberger Christkindlesmarkt mit seinen Holzbuden zu eröffnen. Vielleicht fiel an diesem Tag sogar Schnee, der glitzernd auf den Dächern der Altstadt liegen bleiben und die Besucher restlos verzaubern würde!

Gerade, als sich Jack an den Händetrockner stellte und den Ärmel in den warmen Luftstrom hielt, ging die Tür auf.

„Du hast's wieder mal total verbockt", sagte Galaktika verächtlich. Jack lief es eiskalt den Rücken hinunter. Galaktika hieß eigentlich Yvonne und war der Typ von Klassenkameradin, die alle im Griff hatte, sobald sie auf der Bildfläche erschien. Nur wusste sie nicht, dass Jack und ihre Freunde einen Spitznamen für sie hatten.

„Ich weiß. War keine Absicht", erwiderte Jack schwach, als sie sich zu Galaktika umdrehte.

„Ist das alles, was du zu sagen hast?" Es war beängstigend, wie Yvonne es schaffte, toll auszusehen, umwerfend seidige Haare zu besitzen und gleichzeitig einen scharfen Ton in ihre Stimme zu legen, der einem die Knochen gefrieren ließ.

Jack wollte sich verteidigen, kam aber nicht dazu.

„Tom ist total sauer“, meinte Yvonne nur, drehte sich um und schmiss die Tür mit einem galanten Schwung hinter sich zu, um sie gleich darauf noch einmal zu öffnen. Das Strafgericht ging weiter.

„Und übrigens. Rosa Unterhemden tragen Babys.“ Die Tür schloss sich hinter Galaktika. Endgültig.

Jack öffnete das Klofenster, sog die kalte Novemberluft in sich auf und sah auf den Parkplatz hinaus. Es war verdammt kalt. Wie in Trance zog sie sich ihren Pulli mit dem halbnassen Ärmel wieder über den Kopf und schloss das Fenster.

Jetzt erst mal Haare kämmen. Prüfen, ob die lebenserhaltenden Dinge wenigstens noch funktionierten. Jack zog eine große Holzbürste aus ihrer Tasche und trat vor den Spiegel. Immerhin das hatte sie geschafft.

Sie neigte leicht den Kopf, besah sich ihren Haaransatz und konnte es kaum glauben. Der erste Zentimeter war schon wieder fettig. Und sie hatte sich ihre Haare erst vor drei Stunden gewaschen. Es war zum Verrücktwerden. Über ihren Ärger wegen der fettigen Haare vergaß sie sogar Tom, die Schauspielerin und Galaktika.

Während sie die Bürste durch ihre Haare gleiten ließ, stellte sich Jack vor, in einer Kultur zu leben, wo fettige Haare als besonderes Merkmal für Schönheit und Anmut galten. Dort hätte sie unter Garantie jede Model-Show gewonnen. Vielleicht gab es ja so ein Land. Dann würde sie Claudia, ihre Mutter, überreden dort ein zweites Yoga-Zentrum zu eröffnen. Das würde dann selbstverständlich Jack leiten.

Aber alles hatte seinen Haken, und deshalb genehmigte sie sich erst einmal ein Stück Schokolade, das sie für besondere Notfälle wie diese in ihrer Umhängetasche mit sich herumtrug. Kauend dachte sie an Claudia. Ihre Mutter betrieb ein echtes Yoga-Zentrum in der Toskana, wo Jack immer die Ferien verbrachte oder verbringen musste. Wie man's nahm. Das hieß nämlich im Wesentlichen: Müsli am Morgen (das war ja noch ganz okay), Vollkornspaghetti zum Mittagessen (kein Kommentar) und am Abend Haferbrei (wie konnte man nur). Total daneben, das Ganze, aber Jack war trotzdem wahnsinnig stolz auf ihre Mutter. Denn ihr Yoga-Zentrum war ein voller Erfolg.

Sie dachte an den freien Abend mit ihrer Mutter zurück, den nur sie beide in einem Restaurant in San Gimignano verbracht hatten. Damals musste sie ihrer Mutter versprechen, dass sie den Kursteilnehmern nichts von den Speisen verraten würde, die sie essen würden. Die Gnocchi in Sahnesoße schmeckten einfach herrlich! Ganz zu schweigen vom Tiramisu. Und dann ließ sich Claudia einen Espresso kommen, den ihr der Ober servierte, als würde er einer Königin eine Schale Weihrauch zu Füßen stellen. So war es immer mit Claudia. Das genaue Gegenteil von Jack. Ihre Mutter war zierlich, und die fantastisch gelockten, dunkelblond glänzenden Haare fielen sanft über ihre schmalen Schultern. Wer hätte geglaubt, dass sich Claudias süße, kleine Tochter, die bis zur Grundschule auf den Namen Jacqueline hörte, zu einer 182-Zentimeter-Riesin mit Schuhgröße 43 auswachsen würde? Und mit 17 schon Cellulitis.

Aber wenigstens war Jack so klug gewesen, in der fünften Klasse ihren Namen abzuwandeln. Aus Jacqueline wurde damals Jack. Denn der Name vertrug sich viel besser mit ihrem Äußeren. Spätestens beim Übertritt ans Gymnasium konnte keiner mehr leugnen, dass Jack nach ihrem breitschultrigen Vater geriet.

Und nach all dem war sich Jack hundertprozentig sicher, dass sie nie einen Freund finden würde. Nicht in der Schule in Nürnberg, und schon gar nicht während ihrer Ferien in Italien, wo es so gut wie keine Jungen gab, die nicht zu ihr hinaufschauen mussten. Selbst das Yoga-Zentrum ihrer Mutter machte Jack nicht viel Hoffnung. Dort tummelten sich zwar großgewachsene Mitteleuropäer, aber die meisten besaßen schon schütteres Haar. Doch das stand nicht gerade auf ihrer Wunschliste.

Jack ließ sich noch ein zweites Stück von der bitteren Süße der Schokolade auf der Zunge zergehen. Irgendwann hatte sie sich damit abgefunden, dass Claudia nach der Scheidung in die Toskana gezogen war. Da war Jack gerade erst 13 Jahre alt. Zugegeben, Claudia hätte ihre Tochter gerne mitgenommen. Aber Jack hatte sich in den Kopf gesetzt, Hundeführerin bei der Polizei zu werden, und in Nürnberg konnte sie mit ihrem über alles geliebten Riesenschnauzer Lumix in einer Hundeschule trainieren. Und das tat sie immer noch zweimal in der Woche. Dann gab es noch Melli, die ihr vor ein paar Jahren das Leben gerettet hatte, als sie auf einem zugefrorenen See einbrach.

Plötzlich stieß jemand die Tür auf.

„Klo putzen", raunte eine unbekannte Frauenstimme wie ein böses Omen. Eine gebückte Frau mit schwarzem Dutt trat ein und zog einen quietschenden Reinigungstrolley hinter sich her.

„Machen Sie schon zu?" fragte Jack unbehaglich. Sie überlegte sich noch, ob sie die Putzfrau fragen sollte, ob sie ihr beim Abseilen aus dem Fenster helfen könnte.

„Heute nix Kundschaft. Leute gehen."

„Aha, danke." Jack bewegte sich leise Richtung Tür, hielt die Luft an und steckte ihren Kopf vorsichtig auf den Gang hinaus. Sie atmete auf. Es war niemand mehr zu sehen.

Wozu hat man Freunde?

Jack ließ sich seufzend in ihren Lieblingssessel fallen und tippte drei Notfallnachrichten an Melli, Sascha und Gülay. Lumix hatte seinen Hundekopf auf ihren Schoß gelegt und sah Jack fragend an.

Melli, eigentlich Melanie Zimmermann, kannte Jack schon aus dem Kindergarten, und sie konnte sich immer auf sie verlassen. Sie war fast rund um die Uhr in soziale Aktivitäten verstrickt, und kaum, dass Melli 14 Jahre alt geworden war, übernahm sie die Koordination der alljährlich wiederkehrenden Krötenrettungsaktion einer Jungpfadfindergruppe. Und seit mehr als einem Jahr besuchte sie alte Menschen in einem Pflegeheim und sang in ihrer Gemeinde im Chor. Bei so viel sozialem Engagement wurde Jack schwindlig, aber Melli verdarb ihr nie den Spaß. Und nun sollte Jacks beste Freundin am kommenden Freitag den Nürnberger Christkindlesmarkt eröffnen.

Wahrscheinlich würde Melli schon tief und fest schlafen, wenn sie die Nachricht bekam.

Die zweite Nachricht ging an Sascha, der sich grün und blau geärgert hatte, weil er ausgerechnet an diesem Abend im Opernhaus als Statist auftreten musste. Aber morgen würde er ihr bestimmt zuallererst eine paar nützliche Tipps zur Entfernung von Rotweinflecken geben, um ihr danach zum Trost eine selbstgebackene Köstlichkeit in den Mund zu schieben. Sascha Kobalke war das genaue Gegenteil von Melli. Er konnte sämtliche brandaktuelle Modelabels aus der VOGUE und dem GQ aufsagen, ohne dabei ins Stocken zu geraten, hatte seit seiner Konfirmation keine Kirche mehr von innen gesehen, und seine Freizeit verbrachte er am liebsten in der Küche, egal in welcher. Sascha lebte mit seinem älteren Bruder Thorsten in einem schiefen Fachwerkhaus in der Altstadt Nürnbergs. Erst letztes Jahr waren sie aus Berlin weggezogen, weil Thorsten in Nürnberg eine begehrte Stelle als Programmierer gefunden hatte. Über den tödlichen Autounfall seiner Eltern sprach Sascha nie.

Von ihrer Banknachbarin Gülay Özdemir würde Jack ganz sicher noch in dieser Nacht eine Nachricht bekommen. Sie konnte sich lebhaft vorstellen, wie Gülay mit dem schlanken Daumen ihrer zierlichen linken Hand eine Nachricht tippte, während sie sich mit der rechten Hand ihre schwarzen, gewellten Haare zurechtzupfte und gleichzeitig die dunkelbraunen Augen zwischen dem iPhone und den Leuten um sich herum schweifen ließ, denn die Schwiegereltern von Gülays großem Bruder waren aus der Türkei zu Besuch angereist, und es gab ein großes Fest, das bis weit nach Mitternacht dauern würde. Gülay hatte sich ein bisschen geärgert, dass sie deshalb nicht zu dem Event in den Club kommen konnte, freute sich aber auch auf das Familienfest, von dem sie am nächsten Tag ein paar kulinarische Spezialitäten in die Schule mitbringen würde.

Gespannt starrte Jack auf ihr Handy, denn Gülay konnte auf ihrem iPhone in einer Geschwindigkeit Nachrichten tippen, die eine Atomuhr zum Stottern gebracht hätte. Keine fünf Sekunden später las sie auf dem Display „Hdgdl, Gülay".

❄❄❄

Es war genau so, wie es sich Jack vorgestellt hatte. Melli, Sascha und Gülay warteten schon mit einer großen Portion Mitleid auf sie, jeder wollte Jack zuerst umarmen, und dann musste sie den Abend im Club bis in alle unangenehmen Einzelheiten noch einmal beschreiben.

„Ist ja wieder mal typisch, dass Galaktika mit ihren Kommentaren alles nur noch schlimmer für dich gemacht hat", meinte Gülay mitfühlend.

„Pst, da kommt sie", flüsterte Melli.

„Hallo Saschadarling", rief Galaktika, prüfte ihr Aussehen in der nächstgelegenen Glasfront und kam auf Sascha zu. Alle anderen ignorierte sie. „Schrecklich, was passiert ist. Du kannst froh sein, dass du nicht dabei gewesen bist. Diese Peinlichkeit."

Galaktika streckte theatralisch die Arme aus und schlang sie Sascha um den Hals. Er war zu gutmütig, um ihr eine Abfuhr zu erteilen. Als sie ihn wieder losließ, schaute er erleichtert drein und war froh, dass sich Galaktika mit ihren beiden Begleiterinnen auf den Weg zum Schultor machte.

Sascha begann gerade von dem Auftritt im Opernhaus zu erzählen, als er mitten im Satz innehielt und Jacks Hals fixierte, nachdem sie ihren Mantelkragen aufgeknöpft hatte.

„Was ist los?" fragte Melli, die wie immer die Erste war, sobald eine Irritation in der Luft lag.

„Bist du Dracula, oder was?" fragte Gülay trocken.

„Hast du das gesehen?“ Sascha klammerte sich an ihren Unterarm.

„Hübscher Hals, aber für einen gekonnten Biss musst du noch etwas wachsen.“

„Wo hast du den her, Jackilein?“ fragte Sascha wie im Fieber.

„Wen?“ Jack fand sein Verhalten äußerst rätselhaft.

„Deinen Schal.“ Er hörte sich an, als ob vor ihm der Kaiser von China in den schönsten Gewändern stehen würde.

Jack befühlte den seidigen Stoff ihres Schals und ließ ihn zwischen Mittel- und Zeigefinger gleiten. Sie liebte die verschiedenen blauen Töne, die an den Himmel und das Meer Italiens erinnerten. „Was ist damit?“

„Du trägst einen Armani-Schal.“

„Tatsächlich?“ Jack tat so, als ob sie noch nie im Leben von Armani gehört hätte. Umständlich suchte sie nach dem kleinen Aufnäher, den sie eigentlich zu Hause entfernen wollte. „Und was ist so besonders an Armani?“

„Armani“, Sascha räusperte sich, „ist in Italien ein absoluter Trendsetter. Ein Schal in dieser Qualität muss ein Vermögen gekostet haben.“

„Hat mir meine Mutter geschenkt.“ Jack erinnerte sich, wie ihr Claudia beim letzten Mal den Schal zum Abschied umgelegt hatte. Manchmal wurde sie nicht schlau aus ihrer Mutter. Claudia betonte immer, wie wichtig die inneren Werte eines Menschen seien, und dass man bescheiden leben müsse. Aber dann konnte sie wieder ein ausgedehntes Abendessen beim Italiener zelebrieren, dass man sich wie bei Gott persönlich zu Gast fühlte und nicht mehr nach Hause gehen wollte. Oder sie schenkte einem ein Luxusstück, für das sie stundenlang Yoga-Kurse geben musste.

„Pass gut drauf auf“, riet ihr Sascha und seufzte.

❄❄❄

„Das darf nicht wahr sein!“ Melli sah auf ihre Armbanduhr.

„Supertoll, zehn nach acht“, meinte Gülay genervt. „Wir haben die Klingel total verpennt.“

„Halb so schlimm“, meinte Jack, obwohl sie das Gefühl hatte, etwas vergessen zu haben.

„Kommt Mädels, ein neuer Schultag bricht an“, meinte Sascha optimistisch, wendete seinen Blick von Jacks Schal ab und schaltete sein Handy aus.

Betont gleichgültig schlenderten die Freunde auf das Schultor zu, weil sie sich den Anschein geben wollten, es nicht eilig zu haben. Sogar Melli setzte eine desinteressierte Miene auf.

Telepathische Selbstversuche

„Wo kommen Sie denn her, Fräulein Jacqueline?“ Jacks Wirtschaftslehrer stammte aus einer Zeit, in der man junge Frauen noch mit Fräulein anredete, zum Telefonieren eine gelbe Telefonzelle betreten musste und sich über seinen ersten Farbfernseher freute.

Wie vom Donner gerührt starrte Jack in Herrn Zeitlers Gesicht. Sie hatte das Referat über den chinesischen Wirtschaftsboom, das sie heute halten sollte, völlig vergessen, das sie heute halten sollte. Dabei brauchte sie so dringend eine gute Note.

„Es tut mir unendlich leid. Aber mir ging es gesundheitlich gestern nicht gut, und da habe ich den Wecker überhört.“

Herr Zeitler machte das typische Lehrergesicht, aus dem sie las, dass er ihr kein Wort glaubte.

„Sicher doch. Das gibt null Punkte.“

„Bekomme ich noch eine Chance?“

„Das war schon das zweite Mal in diesem Schuljahr. Ich werde wohl mit Ihren Eltern telefonieren müssen. Wir sprechen uns morgen wieder“, sagte Herr Zeitler und fuhr mit dem Unterricht fort.

Das hatte ihr gerade noch gefehlt. Ihr Vater war ohnehin nicht davon begeistert, dass sie so viel mit Lumix trainierte. Jeden Fortschritt, den ihr Riesenschnauzer beim Spurensuchen an den Tag legte, betrachtete er argwöhnisch. Denn eigentlich wollte er Jack als zukünftige Chefin des Familienunternehmens sehen. Und dann auch noch ein Anruf aus der Schule. Vom Wirtschaftslehrer. Sie wünschte sich sehnsüchtig, endlich 18 zu sein. So wie Sascha.

❄❄❄

„Gehen wir ins Verlies?“ fragte Melli nach der endlos langen Doppelstunde.

Jack machte ein gequältes Gesicht. Sie dachte an Galaktika, die es sich nicht nehmen lassen würde, zugleich als Zeugin und Richterin über die gestrigen Vorgänge aufzutreten. „Ich weiß nicht“, meinte sie verdrossen. Aber der Drang, die wichtigsten Neuigkeiten über den Fortgang der gestrigen Nacht zu erfahren, war doch zu stark. „Also gut.“ Jack hakte schließlich Melli unter, und sie gingen ins Verlies.

Wie das Schulcafé zu seinem Namen gekommen war, konnte inzwischen keiner mehr sagen, aber alle waren ganz verrückt nach dem düsteren Kellerraum, der lediglich von ein paar bunten Nachttischlampen aus der Steinzeit (70er Jahre) beleuchtet wurde und nach einer Mischung aus feuchten Wänden und Kaffee roch.

Galaktika mochte keiner wirklich, aber sie war das sprechende Inventar des Schülercafés und Verbreiterin des neuesten Klatsches. Schneller als das Internet. Das musste man ihr lassen.

Wie immer begab sich Galaktika pünktlich um halb zehn zur ersten Pause, ins Verlies, stellte sich an den Tresen und sah Sascha zu, der frischen Kaffee und Tee zubereitete. Für sie war Sascha mit seinen kräftigen, nussbraunen Haaren und seinem ebenmäßigen Gesicht der Inbegriff des guten Geschmacks. Galaktika hielt die Wahl seiner besten Freundinnen lediglich für eine vorübergehende Sinnestrübung. Darum war sie außerordentlich geduldig, in der Hoffnung, Sascha würde seinen Irrtum eines Tages einsehen.

Galaktika trat nie alleine auf. Sie ließ sich rund um die Uhr von zwei Mitschülerinnen begleiten, die von allen nur noch Sponge Girls genannt wurden. Eigentlich hießen die beiden Anja und Tanja, für die Yvonne das Zentrum der Galaxie bedeutete. Deshalb auch Galaktika.

Die Sponge Girls jedenfalls waren in allem nicht ganz so perfekt wie Galaktika. Sie waren etwas kleiner, etwas dicker (Größe 36 – was hätte Jack nicht alles dafür gegeben). Und die Klamotten hatten immer etwas Nachgemachtes. Heute trugen sie Stiefel über ihre schwarzen Jeans, die aus einem Grund, den kein Mensch nachvollziehen konnte, eine nicht ganz so umwerfende Wirkung erzielten wie die von Galaktika. Sie sahen eher so lala aus.

Aber das war nicht das Eigentliche, was Jack und Melli interessierte. Viel spannender war es, wer mit wem seit dem gestrigen Abend zusammen war, wer in einem unmöglichen Outfit in der einzig wahren Disco, dem Mach 1, gesehen wurde und wer wie viel heute Morgen gewogen hatte.

„Die Hundemama und das Christkind! Den Teppichporsche heute schon ausgeführt?“ begrüßte Galaktika Jack schnippisch und wandte sich gleich wieder Sascha zu.

„Hallo ihr! Wie immer Tee?“ Sascha strahlte Jack und Melli an.

Galaktika setzte einen Blick auf, der sagen sollte, dass der Junge hoffentlich bald zur Vernunft kam.

Die Sponge Girls rollten beim Anblick von Jack und Melli gehorsam mit den Augen, und als schließlich auch noch Gülay den Raum betrat, sahen sie betont in eine andere Ecke, um den Blick umgehend wieder Galaktika zuzuwenden.

„Wenn das nicht wahr wäre, ich würd’s nicht glauben“, flüsterte Melli Jack zu.

„Wie im RTL-Vorabendprogramm“, erwiderte Jack leise.

Sie ließen sich von Sascha zwei Becher Tee einschenken, setzten sich in die hinterste Ecke und lauschten gespannt, was Galaktika zu sagen hatte.

„War im Mach. Tom war auch da. Der Typ ist ja High End. Aber das Wannabe dazu? Emo halt."

Jack hätte vor Schreck fast ihren Tee verschüttet. Sie schwärmte heimlich für Tom. Er war Schülersprecher, sah gut aus, und das Beste an ihm war: Er war mindestens zehn Zentimeter größer als sie! Aber seit dem vermasselten Interview konnte sie ihn ohnehin vergessen.

„Emo halt", meinte Anja bestätigend.

„Emo halt", kam es von Tanja.

„Und Klamotten wie ne Himmelhenne, righty right?" meinte Galaktika.

„Righty right."

„Righty right."

„Was für eine feinsinnige Konversation." Gülay setzte sich zu Jack und Melli. „Und diese faszinierende Wortwahl!"

Jack grinste. Gülay hatte dieses Jahr die bayrische Debattiermeisterschaft für Schüler gewonnen.

Die Tür ging auf, Tom kam herein, und Jack erstarrte unwillkürlich.

„Hi Tommilein. Haben gerade davon gesprochen, dass die Musik im Mach voll abgefahren war", meinte Galaktika.

„Hi. War nicht schlecht", antwortete Tom und ließ sich von Sascha seinen üblichen Kaffee geben, schwarz mit einem Hauch von Zucker.

Jack fiel der Rucksack über Toms Schulter ins Auge. Gleiche Marke wie ihrer. Sie war sich ganz sicher: Das musste ein Zeichen sein. Sie waren füreinander bestimmt. Nur Tom wusste davon noch nichts.

Weil er Jack wie immer kaum beachtete, versuchte sie es diesmal mit einer Mischung aus Haiku und Telepathie:

Schwarzer Kaffee stark.
Süß und bitter im Geschmack.
Sieh zu mir hin, jetzt.

Jack war überzeugt, dass Tom sein linkes Bein bereits in ihre Richtung verlagert hatte. Am besten sie schob noch einen zweiten Haiku nach:

Mann im kalten Winter.
Deine Gedanken tauen.
Der Kaffee wird kalt.

„Jack?“ fragte Gülay plötzlich in ihre Gedanken hinein. „Ist alles in Ordnung? Du machst so ein komisches Gesicht.“ Vor lauter Tom, Haiku und Telepathie hatte Jack nicht einmal bemerkt, dass ihr Gülay einen Kaugummi hingehalten hatte. Noch dazu ihr Lieblingsgeschmack. Zimt.

„Was? Ja“, antwortete Jack leicht ungehalten.

Der Energiestrom war unterbrochen. Davon war Jack überzeugt. Zwar hielt sie alles Esoterische für Unsinn. Aber man konnte ja nie wissen, ob es nicht doch funktionierte. Einen Versuch war es jedenfalls wert, selbst wenn man dabei dämlich aussah.

In der Ruhestörung

„Heiße Schokolade ist was für die Seele, ganz besonders nach so einem mega ätzenden Schultag“, meinte Jack und schlürfte genüsslich von ihrer Tasse. Draußen war es bereits stockdunkel, und bald würden die Läden schließen.

„Zum Glück gibt’s die Ruhestörung“, erwiderte Melli und stützte ihre Ellbogen auf den schwarzlackierten Cafétisch.

„Jetzt erzähl. Wie war es heute Nachmittag?“ wollte Jack von Melli wissen.

„Bei der Schneiderin war es toll. Sie hat mir das Christkindleskostüm angepasst. Ich kann mir immer noch nicht vorstellen, dass ich nächste Woche auf der Empore der Frauenkirche stehen werde.“

„Ich mir schon! Du hast alles dafür getan und wirst das schon packen.“

„Am besten, ich denke nicht so viel daran.“

Jack hatte den Eindruck, dass Melli noch was anderes durch den Kopf ging.

„Und sonst? Wie waren deine Kurse?“ fragte sie, weil sie Melli nach der ersten Pause nicht mehr gesehen hatte.

„Ganz okay. Die vierte Stunde ist ausgefallen“, antwortete Melli.

„Du Glückspilz.“

„Na ja, war nicht so toll.“

„Dir muss man wieder mal alles aus der Nase ziehen, Melli“, meinte Jack streng. Melli untersuchte den breiten Henkel ihrer Tasse, der plötzlich eine große Faszination auf sie auszuüben schien. „Erzähl mir nichts von der Beschaffenheit deiner Tasse. Was ist denn in der Freistunde passiert?“

„Ich bin ins Verlies, weil mir nichts Besseres eingefallen ist.“

„Du hättest Französischvokabeln lernen können“, sagte Jack gespielt vorwurfsvoll und zog ihre Augenbrauen hoch.

„Sehr witzig! Das wäre wahrscheinlich klüger gewesen. Galaktika und die Sponge Girls hatten auch eine Freistunde und sind ins Verlies.“

„War Sascha da?“

„Nein, leider nicht.“

„Und?“

„Zuerst haben sie so getan, als ob ich nicht da wäre.“

„Was Besseres kann einem eigentlich nicht passieren.“ Jack versuchte zu grinsen, was ihr wegen Mellis zerknirschter Miene nicht so recht gelang.

„Ich habe friedlich in einem alten GEO geblättert, und dann hat sich Yvonne zu mir auf die Couch gesetzt.“

„Kein Vergnügen.“ Jack zog eine Grimasse.

„Mach dich nur lustig über mich. Es war wirklich blöd. Sie hat angefangen, mich über die Christkindleswahl auszuquetschen, und die dämlichen Sponge Girls haben sich dazugesetzt. Ich saß dann zwischen Galaktika und Anja. Tanja saß auf der Armlehne und hat mit dem Fuß gewippt.“

Jack tat so, als ob sie sich unter dem Tisch übergeben wollte.

„Ist die 'eiße Schokolade nischt gutt?"

Erschrocken schaute Jack auf und starrte in Pierres Gesicht. Pierre, der für Jack alle wünschenswerten Eigenschaften eines Mannes in sich vereinte: Er war groß, belesen und stets charmant. Doch leider mit der Besitzerin der Ruhestörung verheiratet. Aber irgendetwas hielt Jack zurück, ernsthaft für Pierre zu schwärmen.

„Äh", stammelte Jack, der die theatralische Kotzimitation unendlich peinlich war, „die heiße Schokolade ist wie immer klasse."

Pierre entfernte sich wieder, und Jack wandte sich mit einem hochroten Kopf wieder ihrer besten Freundin zu. „Was wollte Galaktika denn wissen, Melli?"

„Das Übliche. Wie lange ich mich auf die Wahl zum Christkind vorbereitet habe, wie die Jurymitglieder sind und was man alles können muss. Und dann hat sie gesagt, dass ... Ich habe mich unendlich geärgert. Plötzlich war es im Verlies totenstill, und ich habe gemerkt, dass alle hören wollten, welche Gemeinheit Yvonne zum Besten geben würde."

„Was hat sie denn gesagt?"

Melli starrte den Tisch an. „Dass dein Vater da wohl nachgeholfen hat, weil ich dir irgendwann das Leben gerettet habe. Geld und Vitamin B, und hübsch wäre ich ja auch. Das hat sie gesagt."

Mellis Wangen glühten. Sie schien sich für das zu schämen, was sie Jack gerade erzählt hatte.

„Wie bitte?" Jack streckte ihren Kopf nach vorne und legte ihre Hand auf Mellis Arm. „Was hast du darauf gesagt?" wollte sie wissen.

„Dass das Quatsch ist. Aber das Blöde ist, dass dann Leute aus meinem Bio-Kurs aufgestanden sind, und beim Herausgehen hat eine gemurmelt, dass sie es sich ja gleich gedacht hätte."

„So ein Schwachsinn."

„Ich hätte nicht geglaubt, dass es Leute gibt, die auf meine Wahl zum Christkind so negativ reagieren."

„Die meisten aus der Schule sind stolz auf dich."

„Da bin ich mir gar nicht mehr so sicher. Ehrlich gesagt habe ich das Gefühl, dass sich ein paar Leute nur aus dem Grund mit mir abgeben wollen, weil ich gerade in der Presse bin. Früher hat sich auch kein Mensch für mich interessiert, außer du und die anderen. Jetzt hat mich sogar Tom angesprochen und mich gefragt, ob er alle Interviews für die Schülerzeitung persönlich mit mir machen kann. Das fand Galaktika gar nicht so prickelnd."

„Das war zu viel für sie", meinte Jack.

„Wirklich nervig so was."

Einvernehmlich tranken sie ihre heiße Schokolade aus. Dann nickten sie sich zu und waren sich ohne viel Worte darüber einig, dass sie gehen wollten.

„Können wir zahlen?" rief Jack Pierre zu.

Pierre trat mit einem kleinen Tablett an ihren Tisch. „Das geht auf's 'aus. Das Christkind ist nischt jeden Tag 'ier", sagte er mit seinem sympathischen französischen Akzent und räumte die Tassen ab.

„Super, danke", erwiderten Jack und Melli fast gleichzeitig. Jack bemerkte, dass sich Pierres' Frau über die Einladung ärgerte.

„Hast du morgen Nachmittag Zeit, Melli?" fragte Jack eifrig. Sie stellte sich ihre gemeinsamen Nachmittage vor. Bei der richtigen Musik ließ es sich, ein altes Klassenfoto in den Händen, wunderbar über die Spleens ihrer Mitschüler lästern. Und insgeheim freute sich Jack über Mellis schlechtes Gewissen. „Viel mehr Nachmittage werden wir bis Weihnachten ohnehin nicht mehr zusammen haben."

Jack und Melli traten auf die dunkle Straße hinaus und zogen sich die Kapuzen über ihre Köpfe. Die Temperatur war mindestens um zehn Grad gefallen.

Tante Petra

„Hi Jack, das riecht ja toll bei euch!“ rief Melli schon an der Haustür. „Was ist es? Lass mich raten.“

Während Melli den Duft von frischem Kuchen in sich aufsog, kam Lumix um die Ecke geprescht und wedelte freudig mit dem Schwanz. Er konnte sich kaum zurückhalten, an Melli hochzuspringen, um ihr Gesicht abzulecken. Doch Jack hatte ihren Riesenschnauzer gut erzogen.

„Ich verrate es dir nicht. Das musst du schon selbst herausfinden.“

„Adventstorte.“

„Bingo. Tante Petra.“

„Das dachte ich mir.“

„Kuchen von und mit Tante Petra.“ Jack machte ein leicht gequältes Gesicht.

„Ich werde es schon überstehen.“

„Du hast die ewig gleichen Geschichten ja auch noch nicht so oft gehört“, erwiderte Jack seufzend.

„Das sagst du so.“

Kaum hatte Melli das gesagt, ging die Tür auf, und Tante Petra trat in den Flur. Erst jetzt fiel Jack auf, dass die geblümte Bluse ihrer Tante perfekt zum dezenten Hellgrün der Tapete passte. Sie fragte sich, ob Tante Petra das beabsichtigt hatte.

„Einen wunderschönen guten Nachmittag, mein liebes Kind“, begrüßte Tante Petra Jacks beste Freundin.

„Grüß Gott, Frau Hofer.“

„Eine Freude, dich hier zu sehen. Hast du denn so viel Zeit?“

„Nicht direkt. Ich ...“

„Dann komm doch mit ins Wohnzimmer. Ich habe euch lieben Kindern eine Adventstorte gebacken. Der erste Advent steht zwar noch ins Haus, aber man kann sich ja schon einmal darauf einstellen.“

„Das hört sich ziemlich ...“

„Warum legst du denn nicht ab, mein Kind? Ist dir kalt?“

„Nein. Die Jacke ist ...“

„Nimm doch einen Bügel, liebe Melanie. Bei uns brauchst du deine Garderobe nicht auf den Haken zu hängen. Ich decke schon mal den Kaffeetisch. Mit Stoffservietten. Das ist bei uns so Sitte, weißt du, liebes Kind? Ihr könnt in zehn Minuten hinunterkommen.“

„Tante Petra“, begann Jack entrüstet, konnte ihren Satz jedoch nicht zu Ende führen, weil ihre Tante schon wieder davonrauschte.

Jack hasste es, wenn Tante Petra ihre beste Freundin so herablassend behandelte. Sie fragte sich, wie oft sie ihre Tante schon gebeten hatte, Melli nicht nach jedem Satz zu unterbrechen. Das Ergebnis war nur, dass Tante Petra so tat, als ob sie nicht wüsste, worauf sie hinauswollte.

Jack ging mit Melli ins Dachgeschoss, in dem ein Zimmer für sie ausgebaut war.

„Tut mir leid, Melli.“

Jack hätte sich nicht gewundert, wenn Melli ihr irgendwann erklären würde, dass sie keine Lust mehr auf die Sticheleien ihrer Tante hatte. Und seitdem sich ihre beste Freundin als Christkind beworben hatte, war es noch schlimmer geworden. Doch bis jetzt schien es Melli gleichmütig hinzunehmen.

„Ist schon in Ordnung. Ich kenne sie ja“, sagte Melli.

„Auf die Adventstorte kann ich wirklich verzichten“, meinte Jack trotzig.

„Sie tut mir leid.“

„Die Adventstorte?“

„Nein, deine Tante.“

„Mir im Prinzip auch. Aber das ist noch lange kein Grund, den Tick mit ihren adligen Vorfahren an dir auszulassen. Irgendwie kriegt sie es nicht auf die Reihe, dass meine beste Freundin eine Metzgerstochter ist. In welcher Zeit leben wir denn?“

„Ihre größten Wünsche sind nicht in Erfüllung gegangen. Das wird ihr immer bewusster. Und dann komme ich mit der U-Bahn aus Schweinau angefahren und werde zum Christkind gekürt.“

„Du immer mit deinem Verständnis für alles und jeden.“ Jack runzelte die Stirn. Und Melli musste lachen.

„Jacqueline“, hörten sie Tante Petra trällern, „ihr könnt jetzt runterkommen.“

„Na komm schon, Jacqueline“, Melli zog Jacks echten Vornamen genüsslich in die Länge, „lassen wir uns die Adventstorte nicht entgehen.“

„Du bist unverbesserlich.“

„Da seid ihr ja, ihr lieben Kinder.“

„Tante Petra, wir sind keine Kinder mehr.“

„Ich weiß, ich weiß, aber ihr seid noch so unerfahren.“

Unglaublich, immer dieselbe Leier, dachte Jack.

Lumix lag in der Ecke und hob ein Ohr. Der Hund wusste, dass er nichts vom Esstisch bekommen würde, war aber neugierig, was in seinem Rudel vor sich ging. Akkurat hob Tante Petra Melli und Jack ein Stück Adventstorte auf die Teller und nahm sich schließlich selbst davon. „Ich habe euch diesen Roiboostee gemacht, den ihr so mögt. Dass euch der schmeckt, kann ich jedoch nicht ganz nachvollziehen.“

Jack schenkte Melli eine Tasse Tee ein.

„Wisst ihr, dass meine Großmutter, deine Urgroßmutter, liebe Jacqueline, am liebsten einen kleinen Kirschlikör zu ihrer Adventstorte genoss?“

„Ja, das weiß ich, Tante Petra.“

„Aber deine Freundin sicher nicht.“

„Ich ...“

„Jacquelines Urgroßmutter war eine von Mühlholz.“

Jack stellte sich vor, wie sie Tante Petras Ausführungen in einem Buch vor sich hatte und die nächsten Seiten einfach überspringen würde.

„Hmhm“, machte Melli, denn sie kaute noch und zog interessiert die Brauen hoch.

„Die alte Dame hatte einen sehr feinsinnigen Geschmack. Jacqueline, du könntest dir die Haare etwas kürzen lassen. Und dein blaues Tuch ist zwar hübsch, passt aber überhaupt nicht zu deinem Pullover. Baumwolle und Seide lassen sich nicht gut kombinieren. Das ist ähnlich wie bei Hunden und Katzen."

„Tante Petra, das ergibt nun wirklich keinen Sinn."

„Du solltest auf dein Äußeres besser achten. Schließlich wirst du früher oder später die Fabrik übernehmen."

„Da wäre ich mir nicht so sicher."

„Du wirst schon sehen. Wenn du etwas älter bist, wirst du froh sein, auf unseren Rat gehört zu haben."

„Frau Hofer, erzählen Sie uns doch von Ihrer Großmutter", bat Melli.

Jack warf ihrer besten Freundin einen zornigen Blick zu.

„Ach, meine gute Großmutter", seufzte Tante Petra. „Das Schlösschen musste ja nun leider verkauft werden. Und nach der Wirtschaftskrise im Jahre 1929 ist leider Gottes nichts mehr von dem großen Vermögen übrig geblieben, über das unsere Familie einst verfügte. Aber lassen wir das. Neulich hat sich unser Patrizierverein erst wieder ein paar Grundstücke angesehen, die früher einmal Herrensitze gewesen waren. Eine Schande ist das."

„Frauensitze waren wohl nicht dabei?" kommentierte Jack provozierend, doch sie wusste, dass sie Tante Petra nicht wirklich herausfordern konnte. Sie legte einem einen spitzen Kommentar einfach als Charakterschwäche aus.

„Könnt ihr euch vorstellen, dass der Denkmalschutz ein paar Herrensitze einfach verkommen ließ?"

„Warum denn?" wollte Melli wissen.

„Die Verantwortlichen haben nicht gewusst, dass an manchen Stellen kleine Schlösschen gestanden haben. Erst letzte Woche waren wir in Ziegelstein und haben dort die Überreste eines stolzen Herrensitzes besichtigt. Deine Vorfahren hatten dort eine Zeitlang Landrechte, Jacqueline."

„Ich weiß, Tante Petra."

„Fräulein Zimmermann scheint das sehr zu interessieren."

Melli nickte nur, weil sie wusste, dass Tante Petra die Antwort ohnehin nicht abwarten würde.

„Die Gebäude dort sind inzwischen vollkommen verunstaltet. Es ist ein Drama. Wie schmeckt euch die Adventstorte?"

Jack fragte sich, wie Tante Petra es fertigbrachte, von einer Sekunde auf die andere das Thema zu wechseln. Gerade noch war sie wegen eines verschandelten Herrensitzes völlig außer sich, und im nächsten Moment dachte sie an Kuchen.

„Sehr gut."

„Hervorragend."

„Melanie, hast du nicht Bedenken, dass dir der ganze Weihnachtstrubel als Christkind zu viel werden könnte?"

Schon wieder ein Gedankensprung.

„Ich werde im Dezember keine freie Minute haben. Aber ich habe mich schon darauf eingestellt."

„Du kannst dir wahrscheinlich gar nicht vorstellen, wie anstrengend das wird. Früh aufstehen, ein Termin nach dem anderen und dann die Verantwortung. Die Kinder wollen alle glücklich sein, wenn das Christkind zu ihnen kommt. Ach, wusstet ihr eigentlich", fuhr Tante Petra fort, „dass erst vor ein paar Jahren eines der ehemaligen Christkinder gestorben ist? Schrecklich, nicht?"

Melli sah aus, als sei ihr ziemlich unbehaglich zumute.

„Tante Petra, muss das sein?" fragte Jack.

„Das sind Tatsachen, die das Leben schreibt."

Jack sagte nichts, weil sie wusste, dass eine Diskussion zu nichts führen würde. Sie kannte ihre Tante einfach zu gut.

„So, liebe Kinder, jetzt muss ich in die Firma und euch alleine lassen. Die Lohnabrechnung steht an, und ich wollte mir noch die Trachtenentwürfe der nächsten Saison ansehen." Nach den kleinen Gemeinheiten hörte sich Tante Petra plötzlich wieder völlig vernünftig an. Sie legte ihre Serviette auf den Tisch, stand auf und ging aus dem Zimmer. „Seid so lieb und räumt den Kaffeetisch ab, ja?" rief sie noch aus dem Flur. Kaum hatte sie ihren Mantel angezogen – einen dunkelblauen Loden mit Edelweißstickereien am Kragen, versteht sich –, stand Lumix schwanzwedelnd vor ihr und blickte hoffnungsvoll zu Tante Petra hinauf. „Na, mein Kleiner, möchtest du noch eine Runde spazieren gehen? Vielleicht kann ich ja dein Frauchen überreden", meinte sie und kraulte Lumix mit beiden Händen hinter den Ohren, was er sichtlich genoss. „Jacqueline, Schätzchen. Bald wird es dunkel. Vielleicht solltet ihr mit dem Hund noch schnell Gassi gehen", rief Tante Petra, und Lumix bellte bestätigend.

Schweigend gingen Jack und Melli nebeneinander her. Die Dämmerung hatte sich schon über den Wiesengrund gelegt. In den Abendhimmel mischte sich ein wenig Rosa, und der Geruch des modrigen Laubs kündigte den Winter an.

„Meine Tante ist einfach unmöglich", fing Jack an.

„Ich fand es auch nicht gerade toll", meinte Melli, „aber können wir über was anderes reden? Ich wollte dir was erzählen."

Jack hatte schon die ganze Zeit bemerkt, dass Melli herumdruckste.

„Was denn?" fragte sie.

„Nichts."

„Du machst einen noch verrückt. Glaubst du, ich merke nicht, dass du was hast?"

„Ich habe jemanden kennengelernt." Melli machte ein Gesicht, als ob ihr etwas überaus Unangenehmes widerfahren wäre.

„Was ist mit ihm? Ist er kriminell, spielsüchtig oder mag er nur keine Tiere?"

„Du bist doof."

„Hab ich schon immer gesagt, aber du wolltest mir auf dem Eis ja unbedingt das Leben retten."

Melli nestelte an ihrer Jackentasche herum. „Siehst du die Brücke da hinten?" fragte sie in der Hoffnung, das Thema doch noch wechseln zu können.

„Nein, sehe ich nicht", antwortete Jack. „Wie heißt er?"

„Ole."

„Ole? Norweger, oder was?" fragte Jack.

„Er kommt aus Hamburg."

„Hört sich nach Fernbeziehung mit einem Blondschopf an."

„Was du wieder denkst. Außerdem sind seine Haare ..." Melli brachte ihren Satz nicht zu Ende, weil sie über eine Unebenheit im Asphalt gestolpert war.

„Eine Beziehung hätte mich auch ehrlich überrascht!" Jack konnte sich Melli zum momentanen Zeitpunkt ganz und gar nicht in einer Beziehung vorstellen, obwohl sie ihr die durchaus gegönnt hätte. Melli sah süß aus, war immer hilfsbereit und unkompliziert. Und sie hatte eine Topfigur: also nicht 182 Zentimeter mit Kleidergröße 42 und auch keine permanent nachfettenden Haare, unter denen Jack mindestens 18 Stunden am Tag litt. Aber bis jetzt war es noch keinem Jungen gelungen, sich mit Melli zu verabreden. Keinem. Nicht einmal einem aus ihrer Pfadfindergruppe.

Melli sagte nichts.

„Hamburg ist weit weg", konstatierte Jack, „ziemlich praktisch in deinem Fall und null Risiko." Jack fragte sich, ob der Hang zu spitzen Bemerkungen vielleicht genetisch bedingt war und ihr Tante Petra näher stand, als ihr lieb war.

„Sei schon still."

„Okay. Ich höre auf und gelobe Besserung."

Melli kickte einen Kieselstein zur Seite, und Jack konnte sich gerade noch zurückhalten, sie darauf hinzuweisen, dass der Stein für Ole nichts konnte.

„Ich habe ihn letzten Sommer im Zeltlager kennengelernt. Er war mit seiner Jugendgruppe da."

„Und du mit deiner. Wie hast du es geschafft, die ganze Zeit nichts von Ole zu erzählen?"

„Es gibt ja auch nichts zu erzählen."

„Außer dass du plötzlich ganz komisch schaust, wenn man Ole sagt."

„Wir haben uns ein paarmal gemailt."

Also mindestens fünfmal am Tag, dachte Jack.

„Ole kommt nächste Woche nach Nürnberg. Er will sich bei der Caritas als Zivi vorstellen."

„Und du freust dich gar nicht", stellte Jack fest.

„Doch. Das ist ja das Problem."

Jack hätte am liebsten die Augen verdreht und ihre beste Freundin geschüttelt.

„Meine Nasenspitze ist schon ganz kalt", sagte sie.

„Frag mal Lumix", erwiderte Melli, erleichtert, dass Jack das Thema gewechselt hatte, und schaute zu Lumix hinüber. Der Riesenschnauzer stöberte gerade begeistert in einem Laubhaufen. Jack und Melli gingen näher heran, um zu sehen, nach was Lumix suchte. Abrupt drehte er sich um und bellte empört.

„Was hast du denn da gefunden?" Jack beugte sich hinunter. Eine steifgefrorene, braune Maus lag mit angewinkelten Beinchen auf dem Rücken zwischen dem Laub und starrte mit leblosen Augen in den düsteren Abendhimmel.

Der Transformer und andere Wahrheiten

Jack kuschelte sich unter die warme Bettdecke und sah durch das Fenster in die Nacht hinaus. Sie versuchte nicht mehr an die tote Maus zu denken. Heute funkelten die Sterne besonders intensiv am Himmel, und von draußen drang lediglich das leichte Rauschen der Bäume an ihr Ohr.

Schlaflos wälzte sich Jack hin und her, aber es war ihr egal. Denn sie freute sich für Melli, dass sie jemanden kennengelernt hatte, der ihr gefiel. Neid empfand sie nicht, sondern sie sah es gern, dass es ihrer besten Freundin gutging. Umso mehr ärgerte es Jack, wie unmöglich sich Tante Petra gegenüber Melli ständig benahm. Und sie hatte es wirklich nicht verdient. Wie oft hatte sie schon mit ihr die Scheidung ihrer Eltern durchgekaut.

Immer wieder dachte Jack daran, wie ihr ihre Mutter kurz nach der Scheidung gesagt hatte, dass sie ein Yoga-Zentrum in der Toskana eröffnen würde. Sie war fest entschlossen und bat Jack immer wieder mitzukommen. Fast hätte sie es getan, aber im letzten Moment hatte sie es sich schließlich doch anders überlegt. Claudia hatte das Auto gerade angelassen, als Jack wieder ausstieg. Dann waren viele Tränen geflossen, und Claudia hatte den Motor für zwei Stunden abgestellt. Zurück im Haus, hatten sie noch ewig miteinander geredet und sich schließlich versprochen, dass Jack ihre Ferien immer in der Toskana verbringen würde.

Und dann kam Tante Petra ins Spiel. Irgendjemand musste sich um die Dreizehnjährige kümmern, wenn ihr Vater in der Firma war. Da bot sich Tante Petra an. Natürlich. Die Schwester ihres Vaters.

Von Anfang an fand Jack ihre Tante wahnsinnig anstrengend. Es ging damit los, dass sie ihr Besteck immer korrekt halten und beim Essen aufrecht sitzen musste, und sie durfte sich nicht im Schneidersitz auf ihren Stuhl zwängen. Aber das war nicht das Schlimmste. Es war so, dass Tante Petra aus Jack eine junge Dame nach ihren Vorstellungen machen wollte. Wenn es nach Tante Petra gegangen wäre, hätte sie Ballettunterricht nehmen und stets weiße Blusen tragen müssen. Und nicht zu vergessen die wöchentlichen Ausflüge mit ihrem Patrizierverein. Sobald das Licht gelöst war, weinte Jack abends immer in ihr Kissen. Sie vermisste ihre Mutter so sehr. Aber tagsüber tat Jack so, als ob sie das alles nichts anginge.

Nach ein paar Wochen endlich kam Jack die zündende Idee. Es war möglich, trotz allem, jeden Tag ganz nah bei Claudia zu sein. Ein Science Fiction Film brachte sie darauf: Die Astronauten stellten sich von Zeit zu Zeit in eine Art Schrank, den Transformer, und dann drückte der Commander einen silbernen Knopf. In der nächsten Sekunde sah man nur noch Rauch, der erst ein wenig herumwaberte, dann eine Blase bildete, um schließlich wie eine Mischung aus Sternennebel und Smog auszusehen. Das Fantastische daran war, dass sich die Astronauten in diesem Nebelgemisch mit Kollegen zu wichtigen Besprechungen treffen konnten, für die sie sonst Lichtjahre gebraucht hätten.

Genialerweise stand im Wohnzimmer ein Schrank, der mit seinen silbernen Knöpfen eine gewisse Ähnlichkeit mit dem Transformer besaß. Jack wusste, dass er leer war, denn Claudia hatte dort früher Yoga-Matten, Kissen und Decken aufbewahrt, die sie in die Toskana mitgenommen hatte. Ihr Vater war viel zu beschäftigt, um in diesem Schrank andere Dinge zu verstauen. Und Tante Petra hatte aus einem für Jack völlig uneinsichtigen Grund eine Abneigung gegen den Schrank. Darum war er immer noch leer. Jack erkannte, dass das ein Glücksfall war, denn sie würde den Schrank in eine Zeitmaschine umfunktionieren.

Nach dem Mittagessen verschwand Tante Petra immer in der Küche und dachte, dass Jack in ihr Zimmer ins Dachgeschoss hinaufsteigen würde, um Hausaufgaben zu machen. Aber sie versteckte sich in ihrem privaten Transformer, wo sie das sichere Gefühl hatte, dass ihre Mutter bei ihr war.

An einem strahlenden Oktobernachmittag war Tante Petra gerade dabei, in der Küche einen Kuchen zu backen, als Jack wieder einmal in den Schrank kletterte, um ihre Zeitreise zu beginnen. Jack war damals noch kleiner. Von innen war der Schrank leicht erhellt, denn es drang schummriges Licht durch das Milchglas am oberen Ende der Schranktür, und immer noch roch es dort ein wenig nach Yoga-Matten und Räucherstäbchen. Zum Glück hatte ihre Mutter ein Kissen vergessen, was den Aufenthalt in der Zeitmaschine gemütlicher machte. Dass der Schrank nicht wirklich als Zeitmaschine funktionieren würde, war Jack natürlich klar. Aber sie hatte es sich zur Angewohnheit gemacht, jeden

Tag nach dem Mittagessen hineinzusteigen, den Duft einzusaugen und an ihre Mutter zu denken.

Manchmal hörte sie, wie Tante Petra die Treppe zu Jacks Zimmer hinaufstieg, um nach ihr zu sehen. Weil Jack dort nicht zu finden war, kam sie unverrichteter Dinge wieder hinunter und war ganz überrascht, dass Jack plötzlich im Flur vor ihr stand. Doch ihr Versteck hatte sie nie entdeckt.

Eines Tages, als Jack im Transformer gerade ein kupferfarbenes Pendel ihrer Mutter schwingen ließ, das sie erst kürzlich im Gartenhaus entdeckt hatte, betrat plötzlich Tante Petra mit ihrer langjährigen Freundin Renate das Wohnzimmer. Die beiden Frauen sprachen ganz ernst. Zuerst begriff Jack nicht, um was es ging.

„Am besten du beruhigst dich jetzt, Petra, und wir setzen uns auf das Sofa."

Jack war mucksmäuschenstill. Eine Erwachsene wollte Tante Petra beruhigen. Das konnte nichts Gutes bedeuten.

„Das ist das Bild von Henry", schluchzte Tante Petra, während eine Zeitung raschelte, „oder Manfred, wie sie schreiben. Endlich haben sie ihn erwischt. Ich hatte damals nur nicht den Mut, zur Polizei zu gehen."

Am liebsten wäre Jack jetzt aus dem Schrank gekrochen. Sie wollte nicht hören, wie Tante Petra schluchzte, weil sie sich an die Makellosigkeit ihrer Tante gewöhnt hatte.

Leise klapperten Teetassen auf Untertassen. Und es mussten wohl kleine Löffel sein, die am Geschirr ein kaum wahrnehmbares Klirren verursachten.

„Es ist mir immer noch so schrecklich peinlich, Renate. Henry hat mich hereingelegt. Er hat mich um zwanzigtausend Mark betrogen."

Renate sagte nichts. Legte sie die Hand auf Tante Petras Arm?

„Ich konnte keine Anzeige gegen Henry erstatten. Ich habe mich so geschämt wegen der Geschichte. Am Anfang behandelte er mich wie eine Königin, machte mir Geschenke und war unglaublich charmant."

„Wie hast du ihn kennengelernt?"

„Über eine Zeitungsannonce“, antwortete Tante Petra heiser.

Die beiden Frauen schwiegen wieder. Jack kam es wie eine Ewigkeit vor.

„Ungefähr sechs Wochen später wollte mich Henry ins Theater abholen. Er hatte Karten dabei. Aber er sah schlecht aus und fuhr sich ständig mit den Händen über seinen Kopf. Ich vermutete, dass etwas nicht stimmte.“

„Und du hast gefragt, was denn los ist.“

„Ja. Den Rest kannst du dir selber denken.“

Jemand stand vom Sofa auf und ging im Wohnzimmer umher. Jack hoffte, dass niemand den Schrank öffnen würde. Dann war es plötzlich still.

„Er steckte mit seiner Firma in einer Klemme und brauchte für ein paar Tage dringend Geld. Stimmt’s?“ Jack nahm Renates Mitleid in ihrer Stimme wahr.

„Nur dass es die Firma in Wirklichkeit nicht gab. Und ich habe ihm das Geld beschafft.“

„Oh Petra“, sagte Renate.

„Als ich Henry den Umschlag überreichte, küsste er meine Hände, steckte mir einen Ring an den Finger und bat mich, seine Frau zu werden.“

„Und danach hast du ihn nie wiedergesehen.“

„Erst heute in der Zeitung. Er heißt in Wirklichkeit Manfred. Es ist so schrecklich.“

Jack fragte sich zuerst, ob Tante Petra den Namen Manfred so schrecklich fand. Aber dann war ihr klar, dass es wohl mit dem Geld und dem Heiraten zu tun haben musste.

„Warum hast du nicht mit deinem Bruder darüber geredet?“

„Du kannst dir nicht vorstellen, wie entsetzlich dumm ich mich gefühlt habe. In der Zeitung liest du ständig von Heiratsschwindlern, aber dass man selbst hereingelegt werden könnte, ist mir nie in den Sinn gekommen.“

„Entschuldige, Petra. Meine Frage war dumm."

„Ist schon gut. Ich bin froh, dass ich das endlich jemandem erzählen konnte. Verzeih."

So ging das einige Male hin und her. Jack fragte sich, warum sich die Frauen beieinander permanent gegenseitig entschuldigten. Bei ihr und Melli war das ganz anders, wenn sie sich ein Geheimnis erzählten. Dann fiel Jack wieder ein, dass sie wegen Tante Petras Gefühlsausbruch ganz verwirrt war.

„Aber das war nicht das Schlimmste. Ich war schwanger."

„Was?" Renate klang jetzt wirklich erstaunt.

„Ich wollte das Kind. Aber ich habe es verloren. Es war noch so früh, dass es niemand bemerkt hatte."

„Es tut mir so leid."

Jack saß bewegungslos da. Sie wollte nicht hier sein. Sie wollte das alles nicht hören.

„Ein Jahr später kam Jacqueline auf die Welt. Ich war so glücklich, dass ich wenigstens Patin für das Kind meines Bruders werden konnte."

„Oh ja. Sie ist ein gutes Mädchen."

„Das ist sie." Tante Petra schluchzte auf.

Jack konnte ihren Ohren kaum glauben.

„Wenn sie auch nicht immer das macht, was sich für eine junge Dame gehört. Ich bin trotzdem froh, dass Jacqueline hiergeblieben ist. Sie war all die Jahre mein Lichtblick. Möchtest du noch eine Tasse Tee, Renate?"

Tante Petra hatte sich wieder im Griff.

Schattenseiten

„Das hast du gut gemacht, Lumix", lobte Jack ihren Hund, tätschelte ihn und gab ihm zur Belohnung einen Cracker. Seit dem Nachmittag im Transformer waren schon vier Jahre vergangen, und jetzt verließ Jack gerade das Gelände der Hundeschule, wo sie einen erfolgreichen Nachmittag mit Lumix verbracht hatte, der immer bessere Fortschritte beim Aufspüren von Gegenständen machte. Sie mummelte sich in ihre Winterjacke, denn es war heute besonders ungemütlich. Es wehte ein eisiger Wind. Den Weg zurück zur U-Bahn kürzte sie über einen Feldweg ab. Als sie gerade Lumix von der Leine lassen wollte, hielt ein dunkelblauer Jeep neben ihr.

„Wohin des Weges?“ fragte eine wohlbekannte Stimme aus dem geöffneten Fenster.

„Zur U-Bahn. Lumix braucht dringend noch etwas Auslauf“, antwortete Jack in der Hoffnung, dass Krätzer, der seine Hündin Peggi ebenfalls in der Hundeschule trainierte, sie nicht fragen würde, ob er sie mitnehmen könne.

„Kann ich dich mitnehmen?“

Natürlich, das war ja klar, dachte sie und sagte: „Nein danke, ich bin froh über die frische Luft. Hocke die ganze Zeit in der Schule rum und so.“ Sie versuchte es auf die freundliche Art.

„Weißt du was? Ich parke da vorne. Dann begleite ich dich noch ein Stück bis zur U-Bahn.“

Rüdiger Krätzer. Der Name ist Programm, dachte Jack.

In der Hundeschule waren Leute, von denen sie und Lumix eine Menge lernen konnten, aber Krätzer stand auf einem anderen Blatt. Goldkettchen, gefärbte Haare und ein ewiges Grinsen im Gesicht. Dieter Bohlen hätte es nicht besser gekonnt.

Sie vergrub sich noch tiefer in ihre Jacke und beobachtete, wie Krätzer seinen Jeep parkte und Peggi hinausließ. Schwanzwedelnd liefen die beiden Hunde aufeinander zu und beschnüffelten sich gegenseitig. Manche Leute behaupteten, dass Hunde wie ihre Besitzer sind. Aber Jack konnte das bei Krätzer mit seiner Peggi nicht nachvollziehen. Die Schäferhündin war jedenfalls rundum sympathisch. Und schon lief sie Jack entgegen, um sich ihre Aufmerksamkeit zu sichern.

Jack erreichte den Jeep, wo Krätzer sich gerade eine schwarze Mütze aufsetzte und schwarze Lederhandschuhe überstreifte.

„Du wirst beim nächsten Wettbewerb mit deinem Lumix bestimmt einen Preis gewinnen“, meinte er mit dem breiten Grinsen, das sie nicht leiden konnte. Von anderen Leuten hätte sie sich über das Kompliment gefreut, aber nicht von Krätzer. Er setzte Lob lediglich dazu ein, um sich beliebt zu machen.

Sie dachte: Schleimer, und bedankte sich freundlich für seine Einschätzung.

„Wie geht es denn deiner Freundin Melli?“ fragte Krätzer neugierig. Jack hatte Melli manchmal zum Hundetraining mitgenommen.

„Ich habe gelesen, dass sie zum Christkind gewählt wurde. Wie hat sie das denn angestellt?“

Was sollte man denn darauf nur sagen? „Gut geht es ihr. Übermorgen ist die Eröffnung zum Christkindlesmarkt.“

„Rüdiger Krätzer ist dabei“, meinte Krätzer frohgemut.

Sehr witzig, dachte Jack.

„Deine Melli habe ich lange nicht mehr gesehen, hat viel um die Ohren, oder?“

„Ja. Anprobe, Vorbesprechungen, Schauspielunterricht und so“, antwortete Jack.

„Das ist ja megatoll“, meinte Krätzer.

Jack hasste es, wenn Erwachsene versuchten, sich sprachlich an die Jugend anzupassen, und sie bekam eine Gänsehaut.

„Rufen Sie Ihren Hund zurück“, rief plötzlich eine aufgeregte Frau von Weitem. Krätzers Schäferhündin schnüffelte an einem Kinderwagen, was die dazugehörige Mutter überhaupt nicht witzig fand.

„Peggi, bei Fuß!“ brüllte Krätzer. Peggi drehte sich um und lief gehorsam zurück zu ihrem Herrchen. „Platz!“ Peggi setzte sich neben Krätzer, und Jack nahm Lumix fest am Halsband.

„Entschuldigen Sie vielmals“, meinte Krätzer, als die Frau mit dem Kinderwagen an ihnen vorüberging. Sie sagte kein Wort, schüttelte den Kopf und sah in eine andere Richtung.

Jack und Krätzer nahmen ihre Hunde jetzt an die Leine und gingen weiter.

„Wie alt ist Melli eigentlich?“

„Siebzehn.“

„Das ist ein wunderbares Alter“, erwiderte Krätzer.

„Geht so.“ Jack wusste in dem Moment, in dem sie den Satz ausgesprochen hatte, dass das ein Fehler war. Krätzer würde mit hundertprozentiger Sicherheit darauf anspringen.

„Bist du nicht zufrieden? Du hast dein ganzes Leben noch vor dir.“

„Nein, nein. Man sagt das halt so.“

„Hat deine Melli mal Zeit, im Dezember mit dir zur Hundeschule zu kommen?“ fragte Krätzer und sah Jack von der Seite an.

„Das glaube ich nicht. Sie hat eine Menge Termine.“

„Termine, Termine. Das geht mir auch immer so.“

Jack fragte sich, warum er mit ihr dann hier herumlief.

„Ja, ja. So ist das.“

„Dort vorne fängt die Siedlung an“, meinte Krätzer plötzlich. „Ich gehe zurück zu meinem Auto. Kann ich dich wirklich nicht mitnehmen?“

„Nein danke. Das ist sehr nett. Aber ich will noch etwas in der Stadt besorgen“, log Jack und hoffte, dass Krätzer plötzlich nicht auch in die Innenstadt musste.

„Na, dann sehe ich dich nächste Woche beim Training. Oder wir begegnen uns auf dem Christkindlesmarkt. Grüße deine Melli von mir. Ich drücke ihr die Daumen.“

„Werd ich ihr ausrichten. Bis nächste Woche.“

„Tschüss.“

Peggi ließ sich von Jack noch einmal hinter den Ohren kraulen, und dann machte sich Krätzer mit seiner Schäferhündin auf den Weg zurück zu seinem Auto. Jack war froh, dass er sie nicht noch weiter begleitete, und machte Lumix von der Leine los. Der Feldweg war zu Ende, und sie betrat die Straße. Der Weg zur U-Bahn führte sie durch eine Siedlung mit Einfamilienhäusern. In den meisten Fenstern brannte schon Licht, denn inzwischen war es fast dunkel.

„Lumix, komm“, rief Jack und drehte sich zu ihrem Hund um, der gerade an einem Laternenpfahl schnüffelte. Dann sah er auf und kam brav zu seinem Frauchen getrottet. Aus den Augenwinkeln sah sie, wie jemand plötzlich hinter einem Baum verschwand. Aber im nächsten Moment war es ihr schon egal. Hier in der Siedlung und mit Lumix an ihrer Seite konnte ihr nichts passieren.

Als sie ihren Kopf etwas zur Seite drehte, sah sie einen Schatten, der sich bewegte. Sie schielte weiter nach hinten, aber der Schatten war nicht mehr da.

Komm, Jack, spinn nicht rum, sagte sie sich und ging jetzt etwas schneller. Auch der Hund benahm sich anders als sonst, denn er spitzte die Ohren, blieb immer wieder stehen und zog dann wieder an der Leine, damit Jack schneller ging. Hinter sich hörte sie Schritte.

Wahrscheinlich ein Anwohner, was sonst, dachte sie und drehte sich erneut um. Aber da war niemand.

Jack wurde flau im Magen. Sie hatte das sichere Gefühl, beobachtet zu werden.

Schwarze Katze

„Jemand hat dich verfolgt?“ fragte Sascha.

„Ja, ich bin mir ganz sicher. Wahrscheinlich war es dieser Krätzer vom Hundeverein.“

„Warum sollte er dir folgen, wenn er weiß, dass du zur U-Bahn gehst?“

„Ich weiß nicht. Er ist immer so komisch. Vielleicht tickt er nicht ganz richtig.“

„Wie ist denn sein Hund?“

„Peggi ist absolut süß. Außer dass sie heute an einem Kinderwagen herumgeschnüffelt hat, war nicht gerade eine Meisterleistung.“

„Das glaube ich. So ein Schäferhund ist nicht ohne.“

„Ansonsten ist Peggi gut erzogen. Das muss man Krätzer lassen.“

Es klingelte an Saschas Wohnungstür.

„Das ist bestimmt Melli.“

Jack und Sascha hörten, wie jemand die schweren Holzstufen hinaufstieg. Lumix sprang auf und spitzte die Ohren. Bevor die Tür aufging, wusste er schon, wer es war. Dann begrüßte er Melli aufgeregt, um sich danach wieder unter dem Küchentisch zu verkriechen.

„Komm rein! Die Tür ist offen“, rief Sascha aus der Küche.

„Hi ihr“, begrüßte Melli ihre Freunde und setzte sich zu Jack auf das alte Sofa mit dem dunkelgrünen Samtbezug, das gleich neben dem Herd stand.

„Hi du“, kam es von Jack und Sascha wie aus einem Mund.

„Ich habe leider nicht viel Zeit. In einer Stunde muss ich weiter.“

„Mir ist was eingefallen. Ich muss noch Brot besorgen gehen“, sagte Sascha.

Jack bewunderte ihn. Sascha war nur ein Jahr älter als sie und Melli, aber schon viel selbständiger. Seit dem Tod seiner Eltern vor einem Jahr lebte er bei seinem Bruder in der Nürnberger Altstadt. Thorsten kümmerte sich um Sascha, solange er noch in der Schule war. Im Gegenzug schmiss Sascha ihren gemeinsamen Haushalt.

„Ohne seine Brotzeit nach der Arbeit ist Thorsten ungenießbar“, seufzte Sascha und griff nach einer Stofftasche und seinem Geldbeutel.

„Können wir solange hierbleiben?“ fragte Melli, obwohl sie wusste, dass Sascha nichts dagegen hatte.

„Logisch. Bis gleich“, meinte er freundlich und schloss hinter sich die Wohnungstür.

„Wo musst du denn noch so spät hin?“ fragte Jack.

Melli wärmte sich an der Teetasse, die ihr Sascha hingestellt hatte. Der Tee duftete nach Himbeeren und Vanille, und sie beobachtete, wie der heiße Wasserdampf aufstieg.

„Zum Bahnhof.“

„Was willst du denn am Bahnhof?“

„Ole abholen.“

„Super, da komm ich mit!“ Jack setzte ein begeistertes Gesicht auf. Sie war gespannt, wie Melli reagieren würde.

„Das wäre wirklich toll, aber brauchst du nicht deinen Schlaf?“

Jack konnte nicht mehr an sich halten und lachte. „Dir fällt wohl kein vernünftiges Argument ein, um mich loszuwerden.“

Melli beobachtete jetzt noch aufmerksamer den Teedampf und überlegte angestrengt, was sie sagen sollte.

„Wo übernachtet er denn?“

„Bei einem Freund von den Pfadfindern.“

„Aber eigentlich hast du so gut wie keine Zeit, dich mit Ole zu treffen.“

„Heute Abend einmal und nächste Woche, bevor er wieder fährt.“

„Da hat er sich aber die ungünstigste Zeit in deinem Leben ausgesucht.“ Jack konnte nicht ahnen, dass *ungünstig* absolut untertrieben war, wenn sie gewusst hätte, was noch passieren sollte.

„Am Wochenende macht die Pfadfinderschaft ein Projekt, bei dem er unbedingt dabei sein will.“

„Was ist das denn für ein Projekt?“

„Über internationale Jugendarbeit.“

Jack nickte nur. Sie wusste nicht so recht, was sie zu Mellis Pfadfinderaktivitäten sagen sollte. Ihre Interessen gingen oft auseinander, aber sie hielten trotzdem zusammen wie Pech und Schwefel.

„Schade, dass du diesmal nicht mitmachen kannst.“ Jack nahm sich vor, keine dummen Bemerkungen zu Ole oder der Jugendarbeit zu machen.

„Ab Weihnachten ist wieder alles beim Alten. Wahrscheinlich falle ich dann in ein tiefes Loch, wenn der ganze Christkindlestrubel vorbei ist."

„Bestimmt."

Jack spielte mit den Fransen an ihrem Seidenschal, den sie von ihrer Mutter bekommen hatte und hielt sich ein Ende vor die Augen, so dass sie das sanft geschwungene Muster betrachten konnte. Der Stoff fühlte sich immer noch ganz weich und glatt zugleich an. Sie hielt den Schal an ihre Nase. Er roch noch ganz neu. „Ich leihe dir den Schal", sagte sie wie auf eine Eingebung hin.

„Warum das?"

„Lass mal sehen." Jack hielt den Schal erst neben Mellis Schläfe und hängte ihn ihr dann um die Schultern. „Die Farben passen klasse zu deinen blauen Augen."

Melli sagte nichts. Sie stand auf, ging ins Bad und sah sich im Spiegel an.

„Es ist ein Glücksbringer", rief Jack aus der Küche, „sag schon was!"

„Sieht wirklich nicht übel aus", kam es aus dem Bad.

„Übersetzt heißt das: Du bist begeistert!"

Melli kam aus dem Bad zurück und setzte sich wieder neben Jack. „Ich gebe ihn dir nächste Woche wieder zurück."

„Wenn Ole weg ist." Jack grinste, und Melli wurde rot.

„Es ist ein bisschen wie sich mit fremden Federn zu schmücken."

„Der Schal ist nicht an mir festgewachsen." Jack lehnte sich zufrieden zurück. „Wie ist denn dein Ole?"

„Ganz normal."

„Das glaube ich dir irgendwie nicht."

„Man kann jemanden nicht einfach so beschreiben", druckste Melli herum.

„Sag schon. Rein äußerlich. Wie sieht er aus?"

„Groß ..."

„Stell ihn mir vor. Den nehme ich“, meinte Jack trocken und hob dabei die Augenbrauen.

„Ach du“, meinte Melli für ihre Art außergewöhnlich trotzig.

„Spaß beiseite. Augenfarbe?“ forderte Jack.

„Grün.“

Melli kannte also Oles Augenfarbe. Spätestens jetzt konnte sie nichts mehr leugnen.

„Und was trägt er, wenn er kein Pfadfinderhemd anhat?“

„Kapuzenpullis.“

„Cool.“

„Sportarten, außer Feuermachen?“

„Jack, du hast ja keine Ahnung.“

„Und?“

„Er segelt.“

„Da kann er sein Know-How in Sachen Knotenmachen prima umsetzen.“

Melli rollte mit den Augen. „Du bist einfach schrecklich. Wenn ich dich nicht so gut kennen würde“, seufzte sie.

Sie hörten jemanden auf der Treppe. Lumix kam unter dem Tisch hervor und lauschte. Der Hund wirkte entspannt, denn er kannte die Schritte. Die Tür öffnete sich, Sascha kam herein und stellte eine schwere Tasche mit Einkäufen auf den Tisch.

„Es ist wieder mal mehr geworden, als ich eigentlich kaufen wollte. Der Hunger lässt die Kasse klingeln. Möchte jemand Brot?“

„Eine Scheibe mit Butter wäre toll“, meinte Jack.

„Kann ich auch eine haben?“ fragte Melli.

„Klar doch.“

Sascha wickelte das Brot aus, nahm die Butterdose aus dem Kühlschrank und begann Brote zu schmieren.

„Ich kann am Freitag jemanden zur Eröffnung des Christkindlesmarkts mitnehmen“, sagte Melli beiläufig, während Sascha Teller auf den Tisch stellte, „als Begleitung während der ganzen Zeit. Das Christkindlesteam meinte, dass es eine Freundin oder ein Freund sein sollte, weil die Eltern meistens zu aufgeregt sind. Hat einer von euch beiden Lust?"

„Aber sicher doch", meinte Sascha und ließ vor Aufregung das Messer fast fallen. Im nächsten Moment wurde ihm klar, dass er Jack den Vortritt lassen sollte, weil sie Melli schon viel länger kannte. „Das macht logischerweise Jack", fügte er hinzu.

„Ich sehe dir doch an, dass du Melli gerne begleiten möchtest."

„Nein, du täuschst dich."

„Du kannst dich nicht verstellen. Gib es wenigstens zu."

„Nein. Unter keinen Umständen möchte ich Melli begleiten. Der Trubel ist mir zutiefst zuwider", log Sascha, der keine Party auslassen konnte.

„Alles klar. Du gehst hin", entschied Jack. „Außerdem hat mein Vater Einladungskarten für das Rathaus bekommen. Ich soll ihn ohnehin begleiten." Wenn Jack gewusst hätte, wie der Abend im Rathaus enden würde, hätte sie Sascha niemals den Vortritt gewährt.

„Das klingt nach VIP."

„Dem Bürgermeister die Hand schütteln und so. Angeblich soll der frühere Ministerpräsident auch kommen."

„Man muss halt die richtigen Leute kennen", meinte Sascha und zwinkerte Jack zu.

„Das wäre also geklärt", sagte Jack bestimmt, „Du begleitest Melli, und ich sehe vom Rathaus aus zu. Das wird bestimmt toll!"

„Ich muss mich jetzt auf den Weg machen", sagte Melli.

„Ich begleite dich noch ein Stück."

Jack schaute unter dem Küchentisch nach ihrem Hund.

„Na, mein Junge, dann komm mal her", meinte sie zu Lumix. Gehorsam trottete er auf sie zu und ließ sich die Leine mit dem quietschgelben Karabiner anlegen.

„Lasst euch drücken, Mädels", meinte Sascha und umarmte Jack und Melli gleichzeitig, was Lumix zum Anlass nahm, ein paarmal laut aufzubellen.

Jack und Melli verließen das Haus und gingen die Straße hinunter. Gerade als sich Jack umdrehte, um noch einmal zu Saschas Küchenfenster hinaufzuwinken, merkte sie, wie jemand hastig in einer schwach beleuchteten Gasse verschwand.

„Du, Melli, ich glaube, wir werden verfolgt."

„Das ist doch Unsinn. Wer sollte das tun?"

Jack sagte nichts darauf. Sie ging mit Lumix auf die Gasse zu und versuchte etwas in der Dunkelheit zu erkennen, aber niemand war zu sehen. Dann kehrte sie zu ihrer Freundin zurück.

„Wahrscheinlich hast du recht. Da ist niemand. Aber ich muss dir noch von Krätzer erzählen. Den kennst du ja schon zur Genüge."

„Allerdings." Melli wirkte belustigt.

Jack erzählte ihrer Freundin von dem Spaziergang mit Krätzer nach der Hundeschule und regte sich über seine bohrenden Fragen auf.

„Der Krätzer ist eben so, wie er ist", meinte Melli.

Jack hätte ihre Freundin am liebsten geschüttelt. Mellis grenzenloser Optimismus anderen Menschen gegenüber regte sie manchmal unendlich auf. Aber wegen der bevorstehenden Eröffnung des Christkindlesmarkts und wegen Ole sagte sie nichts.

Schweigend liefen sie nebeneinander her. Sie kamen zum Hauptmarkt, und die Frauenkirche am anderen Ende war hell erleuchtet. Geschäftig werkelten die Budenbauer schon an den vertrauten Holzständen mit ihren rot-weißen Stoffbahnen herum. Es lag schon eine fast weihnachtliche Atmosphäre über dem Markt.

„Übermorgen stehst du da oben", brach Jack das Schweigen.

„Kaum zu glauben. Und jetzt laufe ich hier herum, als wäre nichts."

„Es ist ja auch nichts. Du sagst dein Gedicht auf, breitest die Arme aus, und das war's."

„Das sagst du so einfach."

Jack und Melli waren nur noch ein paar Meter von der Kirche entfernt, als Lumix plötzlich das hölzerne Portal anknurrte.

„Lumix, was ist los?“ fragte Jack verwundert. Melli hakte sich bei ihr ein.

Neugierig gingen sie auf die Kirche zu. Erst jetzt bemerkten sie die fast regungslose, schwarze Katze, die aufrecht vor dem Portal saß und mit ihrem Schwanz dreimal kurz auf die Steinstufe schlug. Mit erhobenem Kopf warf sie den beiden Mädchen aus grünen, funkelnden Augen einen vernichtenden Blick zu. Das rechte Ohr fehlte ihr.

Mowgli in der venezianischen Hochzeitsgondel

„Pass auf Melli gut auf. Versprichst du mir das?“ Jack betrachtete Sascha in seinem neuen Anzug, den er sich extra für die Eröffnung des Christkindlesmarktes zugelegt hatte. Man konnte ja nie wissen, ob man ins Fernsehen kam. Er war Mellis perfekte Begleitung im Hintergrund. Jack zählte ihn zu jenen Menschen, deren Anwesenheit schon guttat, selbst wenn sie nichts sagten oder taten.

„Klar, mach ich. Ist mein Haar in Ordnung?“

„Du siehst fabelhaft aus. Stiehl Melli nicht die Show“, lachte Jack.

Sie drückten sich zum Abschied, und Jack machte sich auf den Weg zum Rathaus, wo ihr Vater in einer Schlange schon ungeduldig auf sie wartete. Massig stand er da in seinem Trachtenmantel. Herr Hofer wollte dem Familienbetrieb alle Ehre machen.

„Das ziehe ich nicht an“, begrüßte Jack ihren Vater. Sie machte eine empörte Bewegung mit dem Kinn zu einer Trachtenjacke hin, die er über seinen Arm geschlagen hatte.

„Der Schnitt ist fränkisch, und außerdem ist es kühl. Du wirst heute Abend sicher noch dankbar über eine zweite Jacke sein“, meinte Herr Hofer. „Außerdem ist das immer gut wegen der Presse“, versuchte er es verschwörerisch. Er konnte nicht ahnen, dass Jack morgen sogar auf der Titelseite der NÜRNBERGER NACHRICHTEN zu sehen sein würde. Die Trachtenjacke sollte dabei allerdings keine Rolle spielen.

„Aber bestimmt nicht."

Jack wusste, dass sie den Kampf schon verloren hatte. Jetzt weigerte sie sich noch, aber sie würde im Laufe des Abends für kurze Zeit die Trachtenjacke anziehen müssen. Sie kannte sich. Ihr Mitleid wegen der Scheidung von Claudia war einfach zu groß, und aus einem eigenartigen Bedürfnis, die Firma anständig zu repräsentieren, würde sie ihm den Wunsch nicht abschlagen.

„Kann ich bitte Ihre Eintrittskarten sehen?" fragte eine sympathische Frau am Eingang.

„Selbstverständlich."

„Danke schön. Sie kennen sich aus?"

Jacks Vater bejahte knapp.

Das Rathaus war schon gefüllt mit Leuten, die sich aufgeregt auf die zugewiesenen Zimmer verteilten. Jack stieg mit ihrem Vater in den zweiten Stock hinauf, wo ein Buffet aufgebaut war. Sie bedauerte, dass es noch nicht eröffnet war, denn ihr Magen fing bereits unüberhörbar an zu knurren.

„Kind, du hättest etwas essen sollen."

„Yes, Sir."

„Ich hänge die Mäntel auf", meinte er und steuerte ein Zimmer an, das zu einer Garderobe umfunktioniert war.

Eine Glocke bimmelte, und das Gemurmel erlosch. Jeder blickte in die Richtung, woher der Klang kam.

„Meine lieben Gäste, ich begrüße Sie herzlich zur anstehenden Eröffnung des Christkindlesmarktes. Das Buffet ist eröffnet", rief der Bürgermeister mit einer einladenden Geste.

Jack nahm sich tapfer vor, sich nicht gleich auf das Essen zu stürzen, sondern noch ein bisschen auszuhalten. Sie sah sich um. Mitten in dem geräumigen Flur stand eine schwarze, mit dezenten Ornamenten verzierte Originalgondel. Sie trat näher heran. Auf einem kleinen Schild konnte sie lesen, dass es sich um eine venezianische Hochzeitsgondel handelte.

Jack hätte gerne gewusst, ob sich die Stadt Venedig wohl mit dem Nürnberger Bürgermeister einen Scherz erlaubt hatte. Die Gondel sah eher aus wie eine Totengondel. Vielleicht war sie gerade übrig, und Venedig hatte sie zur Verbesserung der Beziehungen gleich an Nürnberg verschenkt und als Hochzeitsgondel deklariert. Der Gedanke, sich bei ihrer Hochzeit vor der Gondel fotografieren zu lassen, gefiel Jack gar nicht. Aber abgesehen davon war sie felsenfest der Überzeugung, dass sie ohnehin keinen Mann finden würde.

Jack wandte sich von der rätselhaften Gondel ab und führte ihren routinemäßigen Kurzcheck durch. Hierfür hatte sie ein simples System entwickelt, das sie auf alle Wesen anwenden konnte, die weder Frauen noch Mädchen waren. Denn als lebender Wolkenkratzer konnte sie leicht alle Jungen mit einer Körpergröße unter 180 Zentimetern aussortieren und im nächsten Schritt die 17- bis 22-Jährigen näher unter die Lupe nehmen. Jack ließ ihre Blicke schweifen. Und es traf sie wie ein Schlag in die Magengrube. Sie hatte Augenkontakt.

Er hielt ein Bratwurstbrötchen in der Hand. Das musste ein Zeichen sein. Denn sie liebte Nürnberger Bratwürste.

Jacks Magen knurrte jetzt noch lauter, was ihrer Konzentration jedoch keinen Abbruch tat. Aus der Entfernung konnte sie erkennen, dass Mr. Bratwurstbrötchen eine ordentliche Menge Senf schätzte, genauso wie sie. Sie mussten füreinander bestimmt sein. Jack befand, dass Mr. Bratwurstbrötchen neben den Hauptkriterien (Größe und Alter), auch alle anderen wichtigen Kriterien erfüllte. Er hatte ein sympathisches Lächeln und sah umwerfend aus.

Sie stellte sich in die Schlange ans Buffet und hoffte inständig, dass es noch Bratwürstchen gab, bis sie an der Reihe war. Sie blickte in Richtung ihres Zielobjekts.

Augenkontakt.

Jack wusste nicht, wohin mit ihrer Energie und griff beherzt nach dem nächsten Stück Essbaren. Es war ein Rolle Sushi. Schwerer Fehler. Sie steckte sich das Reispäckchen in den Mund und begann zu kauen.

Sie stellte sich vor, wie sie jetzt mit vollen Backen wie ein überdimensionaler Sumoringer aussah, und befürchtete, dass der Reis in den Zwischenräumen ihrer Zähne kleben bleiben würde.

Doch das war nicht das Schlimmste. Im nächsten Moment trat ein schlankes Mädchen mit dunklen, schulterlangen Locken, die seidig glänzend ihren Hals umspielten, neben Mr. Bratwurstbrötchen. Sie hatte hohe Wangenknochen, und er küsste sie auf die Stirn.

Jack verschluckte sich und hielt nervös nach ihrem Vater Ausschau. Sie entdeckte ihn, und zu ihrem Entsetzen trat er gerade mit einer elegant gekleideten Dame an Mr. Bratwurstbrötchen und seine charmante Begleitung heran. Aufgeregt winkte ihr Vater ihr zu. Desillusioniert würgte Jack die letzten Reste des Sushis hinunter und bewegte sich wie in Trance in die Richtung ihres Vaters.

„Das ist meine Tochter Jacqueline", strahlte er Jack und die Dame gleichzeitig an, „und das ist Frau Novotny aus Prag, Knöpfe."

Unter den Fabrikantenfamilien gab es eine Art Geheimsprache. Jack war klar, dass Frau Novotnys Familie eine Knopffabrik besaß. Sie befand es für unnötig ein „Jacqueline Hofer aus Nürnberg, Trachten" hinterher zu schieben, weil ihr Vater Frau Novotny bestimmt schon über ihre Familien- und Firmenverhältnisse aufgeklärt hatte. Sie schüttelte der Knopffabrikantin die Hand.

„Freut mich sehr, Sie kennenzulernen, Fräulein Jacqueline. Das sind meine Kinder Olga und Mirek", begrüßte Frau Novotny Jack freundlich.

Jacks Launebarometer stieg fast sichtbar. Die Schöne mit den seidigen Haaren war Mr. Bratwurstbrötchens Schwester!

„Guten Abend, Frau Novotny. Hallo Olga, hallo Mirek."

Die beiden Geschwister (!!!) grüßten zurück. Olga sagte etwas Unverständliches zu ihrem Bruder (!!!) und ging zum Buffet, wo sich inzwischen eine lange Schlange gebildet hatte. Jack hatte also genug Zeit, diesen Mirek in ein interessantes Gespräch zu verwickeln.

„Wie geht es dir?" fragte sie vergnügt.

„Gut, und dir?“ fragte Mirek mit einem deutlich tschechischen Akzent zurück.

„Auch gut. Bist du aus Prag?“

„Ja. Du aus Nürnberg?“

„Ja.“ Jack überlegte. Sie musste der Konversation eine Wendung verleihen. „Das Christkind ist meine Freundin.“ Sie deutete in Richtung Frauenkirche, die sie vom Flur aus allerdings nicht sehen konnten.

„Du hast Freundin?“ Mirek zog die Augenbrauen hoch und schaute in die Richtung, in die Jack gedeutet hatte und blickte in die bunte Ansammlung von Gästen.

„Ja, nein.“ Jack war der Verzweiflung nahe. Wahrscheinlich glaubte jetzt Mr. Bratwurstbrötchen, dass sie sich für Mädchen interessierte. Sie wollte ihm doch nur erzählen, dass ihre beste Freundin dieses Jahr das neue Christkind war. Aber sie merkte schnell, dass das kompliziert werden würde.

„Du hast keine Freundin?“ fragte er besorgt.

Das ging ja gut los. Jack fragte sich, ob Mirek jetzt glaubte, dass sie ohne Freunde war. Sie holte tief Luft.

„Christkind“, sagte sie langsam und wartete, dass Mirek nickte. Er nickte.

„Freundin.“

Mirek nickte.

„Schule.“ Jack machte Schreibbewegungen und deutete auf sich selbst.

„So ist das“, bestätigte Mirek. „Schule. Du und Christkind, sie Freunde.“

Jack strahlte. Am liebsten hätte sie mit ihm auf der Stelle über etwas wirklich Tiefschürfendes gesprochen, wie den Klimawandel oder böhmische Knödel, aber das hätte in diesem Stadium der Sprachkenntnisse wohl surrealistische Züge angenommen. Sie fragte sich, ob Mirek vielleicht schon das Vokabular zum Wetter kannte.

„Heute ist kein Regen“, stellte sie fest. „Das ist gut.“

„Was ist Regen?“ Die Wörter zum Wetter fehlten ihm offensichtlich.

„Wasser.“

Mirek schaute sie fragend an. Es war zum Verzweifeln. Dann ging er, ohne ein weiteres Wort zu sagen zum Ausschank, gestikulierte wild herum, bis er ein großes Glas Mineralwasser in die Hand gedrückt bekam und brachte es Jack.

„Oh“, stammelte sie strahlend. „Vielen Dank!“ Eigentlich wollte sie jetzt nichts trinken, aber es machte ihm sichtlich Freude, dass er ihr etwas bringen konnte.

„Du bist Tscheche wegen Prag.“ Jack war stolz auf ihre Geografiekenntnisse.

„Weg in Prag?“ fragte Mirek.

„Nein, ja.“ Es war zum Verrücktwerden. Da stand ein Mensch vor ihr, der alle Kriterien erfüllte, nur reden konnte man nicht mit ihm.

„Du bist aus Prag in Tschechien.“

„Jawohl“, meinte er.

Jack triumphierte. Er hatte etwas verstanden, was sie sagte. Doch sie fragte sich, wo er das antiquiert-preußische Jawohl aufgeschnappt hatte, das sie nur aus diesen altmodischen Filmen kannte. Jetzt nur nicht Jawohl antworten.

„Du bist in Nürnberg mit deiner Mutter und Schwester.“

„Ja. Ich lerne Deutsch.“

„Mit Olga?“ wollte Jack wissen.

„Nein, sie ist in Schule.“

„Was ...“ Jack konnte ihre Frage nicht stellen, denn plötzlich stand Tom, wie aus dem Nichts aufgetaucht, neben ihr und begrüßte sie überschwänglich, als ob sie schon lange Freunde wären. Monate hatte sie darauf gewartet, dass er sie beachtete, aber ausgerechnet jetzt? Warum hatte er sie nicht wie sonst einfach ignoriert?

„Ich muss mit dir dringend reden, es geht um den Notenspiegel in Wirtschaft“, meinte Tom ernst und machte ein besorgtes Gesicht. Jack wagte nicht, den Fürsten aller Schülersprecher in einer so wichtigen Angelegenheit abzuweisen.

„Tut mir leid, Mirek. Wir müssen was Wichtiges besprechen, wegen der Schule."

„Was?" fragte Mirek.

Jack rollte nervös mit den Augen und rang nach einem schnellen und prägnanten Satz, der internationale Wörter enthalten sollte. Sie deutete auf Tom.

„Tom ist Kamerad-Direktor im Lyzeum." Jack klang schon fast ein bisschen hysterisch. Ungläubig glotzten die beiden Jungen sie an. Dann begann Jack hilflos mit den Armen zu rudern und wäre am liebsten auf der Stelle im Boden versunken. Aber sie gewann ihre Fassung wieder.

„Hoffentlich sehen wir uns mal wieder, Mirek", sagte sie mit der angenehmsten Stimme, die sie hervorbringen konnte. Es war ganz egal, was sie sagte, denn Mirek verstand sie ohnehin nicht. Sie wollte ihm lediglich das Gefühl vermitteln, dass sie seine Gesellschaft genossen hatte. Und Tom würde seine wertvolle Zeit bestimmt nicht damit verbringen, Mirek zu erklären, was sie meinte.

„Auf Wiedersehen", sagte Mirek und stellte sich in die Schlange ans Buffet.

Erst jetzt fiel Jack auf, dass Mirek seine langen, dunkelbraunen Haare mit einem dieser stoffartigen Haargummis zusammengebunden hatte. Sie hasste Tom einfach nur.

„Wie beurteilst du den derzeitigen Wirtschaftsunterricht?" fragte Tom.

Jack hasste Tom so sehr, dass sie eine klare Antwort geben konnte, ohne herumzustammeln, und sich sogar eine eifrige Diskussion über marktwirtschaftliche Systeme entwickelte. Gerade als sie Tom fragen wollte, wie er denn eigentlich an eine Einladung ins Rathaus gekommen war, hörte sie, wie ihr Vater nach ihr rief.

„Schäfchen, komm doch bitte herüber, der Fotograf will ein Bild von uns machen. Die Jacke in Größe 42 passt dir doch noch, oder, Schäfchen?“

Nein, du hast es nicht gesagt, ich habe mich verhört, bin zu aufgeregt, du hast nicht Schäfchen zu mir gesagt und auch nicht Größe 42, dachte Jack, während Toms Gesicht im selben Augenblick fast lila wurde, so als würde sein Kopf gleich explodieren. Er legte seinen gekrümmten Zeigefinger auf die Lippen, verzog sein Gesicht und quetschte die Augen eigentümlich hervor. Jack hätte nicht sagen können, ob Tom gleich losheulen würde. Vielleicht weil er mit einem Mädchen vertraulich zusammenstand, das sich gerade in einer peinlichen Situation befand? Oder unterdrückte er etwa einen Lachkrampf?

Sie konnte nur noch hoffen, dass Tom in der nächsten Biologiestunde nichts von wegen Schafen mit enormen Körpermaßen von sich geben würde, sonst hätte Frau Gangsiel den besten Grund gehabt, die kommenden eineinhalb Stunden von der evolutionstheoretischen Möglichkeit mutierter Schafe zu schwadronieren. Man erinnere sich an Dolly, das Klonschaf.

„Ich komme gleich“, rief Jack genervt ans andere Ende des Flurs. „Kann ich dir irgendwie helfen?“ fragte sie vorsichtig.

Tom schüttelte den Kopf. Auf der Stirn hatten sich Schweißperlen gebildet. Er sah beängstigend aus.

„Also dann, bis morgen“, meinte sie besorgt.

Tom ächzte irgendetwas, hielt die Hand vor den Mund und gluckste etwas, das sich wie „Psmurgn“ anhörte. Sie kehrte Tom den Rücken zu und wollte gerade zu ihrem Vater ins Amtszimmer gehen, als sie sich noch einmal umdrehte. Tom stand in einer kleinen Gruppe von Schülern, die sich vor Lachen nicht mehr einkriegten.

„Ah, da ist ja das Fräulein Hofer“, rief ein drahtiger Mensch mit schwarzem Rollkragenpullover und schütteren Haaren, als Jack das Amtszimmer betrat. „Ziehen Sie sich in Ruhe Ihre hübsche Trachtenjacke an. Ich stelle währenddessen schon einmal die Kamera ein."

Jack hatte ihre Jacke gerade angezogen, als ihr Vater sie zu sich und dem früheren Ministerpräsidenten herüberwinkte. Ihr blieb auch nichts erspart. Die übliche Vorstellung folgte, und der Exministerpräsident richtete ein paar freundliche Worte an sie.

Einer der geladenen Gäste ließ ein Glas fallen. Jack war froh, dass sich jetzt alle Aufmerksamkeit auf die Scherben am Boden richtete. Nachdem sich die allgemeine Unruhe in der Amtsstube gelegt hatte, musste Jack zum Fotografieren antreten. Sie stand rechts (groß), ihr Vater links (größer) und der Exministerpräsident in der Mitte (klein). Jack stellte sich vor, wie albern das Bild in der Zeitung aussehen würde, und hoffte, dass Galaktika nicht in einem seltenen Anfall von Wissensdurst die Zeitung aufschlagen würde.

„Jetzt nehmen sich die Herrschaften bitte noch jeder einen Lebkuchen. Dann kommt die weihnachtliche Stimmung noch etwas mehr zur Geltung!" rief der Fotograf begeistert.

Ein Lebkuchen, genau das Richtige, dachte Jack, denn sie konnte nicht behaupten, dass das kleine Stück Sushi am Buffet sättigend gewesen war. Zufrieden griff sie nach einem Lebkuchen mit Schokoladenglasur, aber der Fotograf hatte Einwände.

„Entschuldigen Sie vielmals, liebes Fräulein Hofer, aber den schwarzen Lebkuchen sollte doch besser unser lieber Herr Ministerpräsident a. D. nehmen", sagte er vieldeutig, „wegen der Symbolik." Er freute sich über seinen eigenen Scherz, und der Exministerpräsident strahlte. Seine kleinen Äuglein wurden dabei ganz schmal, denn er liebte harmlose Späßchen.

Jack blickte den Fotografen nur fragend an.

„Möchten Sie vielleicht, äh, eine Tasse Glühwein halten, lieber Herr Hofer? Man hat doch gerne etwas in der Hand, nicht?" fragte der Fotograf.

Jacks Vater hielt eine dunkelblaue Tasse vor seine mächtige Brust. Er achtete gewissenhaft darauf, dass das weihnachtliche Bild auf der Tasse in die Kamera zeigte. Der Lebkuchen in der anderen Hand sah dagegen wie fehl am Platz aus. Der Exministerpräsident lächelte immer noch frohgemut, und sie stellten sich für das Pressefoto auf.

„Jetzt alle Cheese!“

Jack wollte die Amtsstube nur kurz verlassen, um die Trachtenjacke in der Garderobe abzugeben, als etwas gegen ihren Kopf schlug und vor ihr auf dem Boden liegen blieb. Es war eine Plastikfigur, Mowgli aus dem Dschungelbuch, in der Größe einer Barbie. Auf ihrer Stirn würde am nächsten Tag eine deutlich sichtbare Beule entstehen. Und dann überschlugen sich die Ereignisse.

Ein Junge hechtete nach Mowgli, sprang auf und winkte mit der Figur einem kleineren Jungen mit einem Gipsbein zu, der jetzt laut zu weinen begann. Jack begriff die Situation sofort, nahm sich Mellis Hilfsbereitschaft als Vorbild und wollte den größeren Jungen festhalten. Doch er entkam ihr und sprang in die venezianische Hochzeitsgondel, was Jack zum Verhängnis werden sollte.

Spöttisch winkte ihr der größere Junge zu und warf Mowgli in die Luft, um ihm beim Auffangen einen Fausthieb zu versetzen. Der Gipsbeinjunge stand alleine da und wimmerte. Er schrie nach seiner Mama, die aber nirgends zu sehen war.

Und das veranlasste Jack, in die Gondel zu hechten. Erfolgreich gelang es ihr, Mowgli zu ergreifen. Zu ihrem Unglück schwang sich der Dieb in genau diesem Augenblick aus der Gondel, und sie konnte gerade noch erkennen, dass er im Treppenhaus verschwand. Dann verlor sie das Gleichgewicht. Die Gondel kippte.

Die Situation war so aussichtlos, dass ihr nicht einmal die Tränen kamen. Unter der Gondel begraben, lag sie auf dem Bauch, Mowgli in der rechten Hand und eine Platzwunde am Kopf. In dieser Situation hielt sie es für das Beste, einfach liegen zu bleiben. Jack vermutete, dass die

Herren Oberbürgermeister und Exministerpräsident bereits darüber berieten, ob man für ihre Bestrafung die mittelalterlichen Lochgefängnisse unter dem Alten Rathaus wieder offiziell zum Einsatz bringen sollte. Als lebende Gefangene würde sie gigantische Touristenströme anziehen. Das würde ihrem Leben dann wenigstens noch einen Sinn geben.

Lass Blumen sprechen

Seiner Familie aus dem Weg zu gehen ist manchmal gar nicht so einfach. Ganz besonders, wenn jemand darauf lauert, mit einem zu sprechen. Jacks Familie bestand momentan zwar nur aus ihrem Vater und Tante Petra, aber dafür traten sie ständig mit geballter Macht auf. Jack schlich die Treppe hinunter, in der irrigen Hoffnung, dass sie niemand bemerken würde. Sie plante, Lumix ohne Verzögerungen schnell an die Leine zu nehmen, einen warmen Pulli überzuziehen und sich in der nächsten Bäckerei mit Laugenbrezeln zu versorgen. Aber es wäre zu schön gewesen.

„Guten Morgen, Jacqueline“, rief Tante Petra aus der Küche.

„Guten Morgen. Ich bin schon am Gehen“, versuchte es Jack. Lumix bellte.

„Nicht so schnell, junge Dame.“ Tante Petra erschien im Flur und machte ein komisches Gesicht. Jack sagte nichts. „Jetzt ziehst du erst mal deinen Pulli aus und kommst in die Küche. Ich habe dir Frühstück gemacht.“

Schweigend gehorchte Jack und ging widerwillig mit Tante Petra in die Küche. Auf ihrem Platz standen frischgepresster Orangensaft, ihre Lieblingsmarmelade (Blaubeeren) und eine dampfende Tasse Tee (Roiboos-Vanille). Und ein frischer Toast lag auf ihrem Teller.

„Oh Tante Petra!“ Jack setzte sich, stützte die Ellbogen auf den Küchentisch und begann zu weinen. Zwischen den Fingern hindurch beobachtete sie, wie Tränen auf ihren Toast tropften, der die Flüssigkeit aufsog. Lumix kam in die Küche getrottet und legte seinen Kopf auf Jacks Schoß.

„Es war so schrecklich, Tante Petra! Ich kann mich nirgends mehr blicken lassen! Was hat Vater gesagt?“

„Er war froh, dass dir nichts passiert ist. Ich möchte mir gar nicht vorstellen, was gewesen wäre, wenn dir die Gondel direkt auf den Kopf gefallen wäre.“

Jack schluchzte, und der Toaster warf eine zweite Scheibe aus. Sie hatte damit gerechnet, dass ihr Tante Petra Vorwürfe von wegen Ehre der Familie untergraben und so machen würde. Unter Tränen nahm sie das Messer, schmierte Butter auf den Toast und verstrich darauf die Blaubeermarmelade. Zitternd führte sie den Toast zum Mund, der von den Tränen nun schon leicht salzig schmeckte.

„Wenn der Hunger wiederkommt, ist das Schlimmste überstanden“, meinte Tante Petra mit tapferer Stimme.

Jack rechnete damit, dass Tante Petra in Zukunft einer der wenigen Menschen sein würde, die überhaupt noch etwas mit ihr zu tun haben wollten.

„Wo ist die Zeitung?“ fragte sie kaum hörbar, nachdem sie einige Bissen genommen hatte.

„Ach Liebling. Die haben sie heute nicht geliefert.“

Jack wusste, dass Tante Petra log. Die Zeitung brachte ihr Meisterstück an Dämlichkeit mit Sicherheit ganz vorne auf der Titelseite, und noch dazu in der Samstagsausgabe. Jack sah die Zeitung schon vor sich: Melli als Christkind in der oberen Hälfte und sie selbst auf einem anderen Bild weiter unten, wie man sie gerade von der umgestürzten venezianischen Hochzeitsgondel mit Mowgli in der Hand hervorzog. Es war deprimierend. Wie konnte sie das Melli nur antun?

Sie hielt sich das Glas Orangensaft an den Mund. Tränen vermischten sich mit dem Saft. Wie von weitem nahm Jack wahr, dass es klingelte. Tante Petra ging hinaus und öffnete die Tür. Kurz darauf erschien sie wieder in der Küche. „Ein Paket für dich. Ein Eilbote hat es gebracht. Es ist vom Oberbürgermeister", sagte sie bedeutungsvoll und sah neugierig auf das Paket.

Jack rechnete mit einer Briefbombe.

„Willst du es nicht öffnen?"

„Geh lieber hinaus", seufzte Jack und dachte an den Sprengsatz, der sich womöglich in dem Paket befand. Aber Tante Petra sah lediglich beleidigt zu ihr hinüber und blieb.

Vorsichtig legte Jack ein Ohr an das Paket und schüttelte es. Dann riss sie das störrische Klebeband ab und sah hinein.

„Da sind ja Lebkuchen drin, und ein Brief liegt auch dabei", meinte Tante Petra eifrig, die ihr über die Schulter sah.

Jack öffnete den Umschlag, Tante Petra beugte sich über sie, und beide lasen.

Liebes Fräulein Hofer, wir sind alle froh, dass Sie den gestrigen Abend unbeschadet überstanden haben. Anbei ein paar Packungen Elisenlebkuchen, meine Lieblingssorte. Der Junge mit dem Gipsbein ist ein kleiner Krebspatient, der für diesen Abend das Krankenhaus verlassen durfte. Er möchte Ihnen ebenfalls danken, dass Sie seinen Mowgli so mutig verteidigt haben. Ihr Oberbürgermeister.

Jack heulte auf. Tante Petra schniefte gerührt, um sich sogleich ein paar Tränen mit einer grünen Papierserviette von den Wangen zu tupfen.

„Kannst du heute mit dem Hund gehen?" fragte Jack tonlos.

„Das mach ich", erwiderte Tante Petra und holte Lumix' Leine. Der Hund sprang auf, reckte seinen Kopf Tante Petra zu und wedelte freudig mit dem Schwanz.

Kaum fiel die Haustür hinter den beiden ins Schloss, klingelte Jacks Handy. Sie schnäuzte sich kräftig und hob ab.

„Hallo Jack, hier ist Sascha. Bleibt es bei heute Nachmittag?"

„Ja", antwortete Jack tonlos.

„Du hörst dich nicht gut an."

„Weißt du Bescheid?"

„Ja."

Jack tat das Ohr weh, weil sie das Handy so fest an den Kopf presste. Sie erzählte von dem Paket aus dem Rathaus und dem kleinen Jungen mit seinem Mowgli. Zum Glück konnte sie jetzt mit Sascha reden. „Es ist so schrecklich", sagte sie zum Schluss schon etwas fester.

„Jetzt stellst du dich erst mal unter die Dusche, Jackilein, und schaust dir eine lustige DVD an."

Jack überlegte. „Welche?"

„Wie wär's mit ‚Erkan und Stefan'? Da kannst du gleich an Gülay und dich selbst denken und kräftig ablachen."

Jack schmunzelte bei dem Gedanken. „Ich tue einfach, was du sagst. Schlimmer kann es nicht werden. Bis später."

„Bis später."

Jack ging ins Bad und stellte sich unter die Dusche. Sascha hatte recht. Es tat gut, sich das warme Wasser über den Kopf und den Rücken laufen zu lassen. Als sie fertig war, drehte sie den Hahn ab, rubbelte sich trocken und föhnte sich. Inzwischen fühlte sie sich schon etwas besser.

Gerade als sie die DVD einschieben wollte, erschien auf dem Handy eine SMS: Sascha hat mir alles erzählt. Bis heute Nachmittag :-) Gülay.

Jack freute sich und antwortete mit einem :-)).

❄❄❄

Zur Begrüßung ließ sich Jack von ihren beiden Freunden ganz fest umarmen, um sich dann mit einem Seufzer auf das Sofa zu schmeißen. Lumix legte den Kopf auf ihre Füße.

„Keine Müdigkeit vortäuschen, Jack. Wir kochen uns was Leckeres. Haben wir sturmfreie Bude?" fragte Sascha.

„Ja. Tante Petra ist mit ihrem Patrizierverein unterwegs, und mein Vater ist nach München gefahren."

„Das hört sich gut an", sagte Gülay.

„Zeigt mal, was ihr eingekauft habt." Jack beugte sich vom Sofa herunter zu dem Korb, den Sascha neben sie gestellt hatte. Mit seinen dunkelbraunen Hundeaugen blickte Lumix ebenfalls in den Korb und versuchte sogleich das blau-weiß karierte Geschirrtuch wegzuziehen. Jack schob den Kopf ihres Riesenschnauzers bestimmt zur Seite und sah hinein.

„Käse, Tomaten, Mehl, Hefe, Basilikum. Das sieht nach Pizza aus."

„Genau. Und hinterher Schokoladenpudding. Den brauchen wir alle dringend."

Beim Kochen erzählte Sascha von der Eröffnung des Christkindlesmarktes hinter den Kulissen. Er hatte es sichtlich genossen. Jack wollte etwas über Ole erfahren, ohne ihre Freunde mit der Nase auf Mellis Schwarm zu stoßen, falls sie nichts von Ole wussten.

„Waren Mellis Eltern da?"

„Ihre Mutter. War total aufgeregt, aber superstolz. Ihr Vater liegt mit Grippe im Bett. War wahrscheinlich alles zu viel für ihn."

„Und sonst? War jemand von den Pfadfindern dabei?"

„Nein."

„Und sonst noch jemand?"

„Nein, natürlich nicht." Sascha klang fast ein bisschen beleidigt, weil er immer noch stolz darauf war, dass er es war, der das Christkind begleiten durfte.

„Und was hat Melli noch so alles erzählt?"

„Wie? Zum Erzählen gab es keine Zeit", antwortete Sascha verwundert. „Außerdem habe ich doch alles selbst mitgekriegt."

Ole war also nicht da gewesen. Das wäre Sascha bestimmt nicht entgangen.

Sobald die Pizza vor Jack stand, konnte sie keinen Bissen mehr anrühren. Ihr kam es vor, als ob ein riesiger Klumpen Käse in ihrem Magen steckte.

„Hast du keinen Hunger?" fragte Gülay.

„Ich kriege nichts runter. Tut mir leid."

„Braucht dir nicht leid zu tun."

Jack konnte nicht nachvollziehen, mit wie viel Genuss ihre Freunde aßen.

Es klingelte. Fast ein bisschen erleichtert ging sie zur Tür und musste den Geruch von geschmolzenem Käse nicht mehr ertragen. Ein Fleurop-Bote mit einem hübschen Blumenstrauß stand vor der Tür. Hatte Tante Petra einen heimlichen Verehrer? Aber dann sah sie, dass auf dem kleinen Briefchen, das mit einem roten Faden am Blumenstrauß befestigt war, ihr Name stand.

„Ist der für dich?" fragte Gülay neugierig.

„Von wem denn?" wollte Sascha wissen.

„Keine Ahnung."

„Mirek?" fragten Gülay und Sascha gleichzeitig und beugten sich zu Jack hinüber, um besser lesen zu können. „Wer ist das denn?"

„He", meinte Jack und legte eine Hand auf die Karte.

„Ich dachte, wir sind deine besten Freunde", schnurrte Sascha.

„Erzähl!" befahl Gülay.

„Erst mal ein Stück Pizza." Jack grinste, verschlang ihre Pizza und nahm sich genüsslich noch ein zweites Stück. Ihre Freunde starrten sie entgeistert an.

„Gleich." Als sie fertig war, nahm sie noch einen großen Schluck Wasser und stand auf. „Ich schau mal im Keller nach, ob noch Eis da ist."

Jack ging zur Küchentür, aber Sascha stellte sich ihr in den Weg.

„Nein. Erst erzählst du uns, wer dieser Mirek ist."

„Mirek hat dein Launebarometer sichtlich in die Höhe schnellen lassen", meinte Gülay sachlich.

„Also gut." Jack lehnte sich an den Küchenschrank. Ihre Freunde hatten neben ihr auf dem Küchenbuffet Platz genommen. Sie erzählte, dass sie Mirek auf dem Empfang im Rathaus kennengelernt hatte, dass er hammerartig aussah und aus Prag kam. „Und ich schätze ihn auf so neunzehn oder zwanzig."

„Jetzt komm uns aber nicht wieder mit der Körpergröße", meinte Gülay.

„Doch. Er ist größer als ich."

„Er leidet unter Riesenwuchs", stellte Gülay fest. „Ihr werdet euch eine Altbauwohnung suchen müssen. Da sind die Decken hoch genug für ihn."

„Mit dir spreche ich kein Wort mehr."

„Über was habt ihr euch denn so unterhalten?"

„Über den Klimawandel, Goethe und den Wirtschaftboom in Asien."

„Cool", sagte Sascha.

„Stell ihn mir vor", bettelte Gülay.

Jack musste lachen. „Die Wahrheit ist, dass wir nur bis zu unseren Namen und dem Wohnort gekommen sind. Er lernt Deutsch, genauer gesagt, er ist erst am Anfang. Und dann kam Tom."

„Und hat dich von Mirek abgezogen", folgerte Sascha messerscharf.

„Kommt mir im Nachhinein auch so vor."

„Er hat so eine Art, dass man ihm automatisch Aufmerksamkeit schenkt", sagte Gülay.

„Zurück zu den wichtigen Dingen im Leben. Was steht eigentlich auf Mireks Karte?" fragte Sascha.

„Ihr gebt sowieso keine Ruhe."

Jack gab ihren Freunden die Karte, auf die sie sich begierig stürzten.

Liebe Jacqueline. Deine Mut ist groß. Trinkst Kave mit mich? Hochachtungsvoll, Mirek. Darunter stand eine Handynummer.

„Das Hochachtungsvoll hat er aus einem Wörterbuch, schätze ich", sagte Gülay.

„Das glaube ich auch", lachte Jack, „ist das nicht süß?" Sie strahlte ihre Freunde an.

„Total. Was willst du jetzt tun?" fragte Gülay.

„Mich mit ihm treffen."

Gülay und Sascha nickten. Was hätte sie auch sonst tun sollen?

Jack ging zum Fenster, Lumix folgte ihr, und sie legte ihre Hand an seinen Kopf. Er genoss es, sich von ihr hinter den Ohren kraulen zu lassen. Erst jetzt fiel Jack auf, was für ein strahlender Tag heute war, und am blauen Himmel entdeckte sie sogar einen Schwarm Wildgänse. Sie vermutete, dass sich die Vögel in Richtung Süden in wärmere Gefilde aufmachten.

„Wo willst du dich mit Mirek treffen?“ Gülay konnte ihre Neugierde nicht verbergen.

„Keine Ahnung. Irgendetwas, was er in Nürnberg kennt“, antwortete Jack.

„Es muss was Internationales sein“, meinte Gülay.

„Wie wär es mit Starbucks?“ fragte Sascha. „Das gibt es in Prag übrigens auch.“

„Ketten haben so was Kantinenmäßiges.“

„Aber das kennt er wenigstens.“ Gülay zog ihre Augenbrauen hoch.

„Verabredet euch doch bei Starbucks am Hauptmarkt“, sagte Sascha. „Er kennt Starbucks. Er kennt den Hauptmarkt. Und dann gibt es keine Unsicherheiten mehr. Ruf ihn am besten gleich an.“

Jack bekam weiche Knie und stützte sich am Fensterbrett ab. Sie stellte sich vor, wie sie herumstottern würde. Dann fiel ihr wieder ein, dass Mirek ohnehin kaum Deutsch verstand, was den Anruf wieder einfacher machen würde. „Und wenn er selbst einen Vorschlag macht?“ fragte sie.

„Dann geht ihr eben da hin.“

Jack war froh, dass ihre Freunde hier waren, die ihr sagten, was sie jetzt tun musste, denn ihr Gehirn fühlte sich wie leergeblasen an. Sie holte tief Luft, zog ihr Handy aus der hinteren Hosentasche und wählte die Nummer, die auf der Karte stand. Als sie ihre Augen aufriss, wussten Gülay und Sascha, dass sich am anderen Ende jemand meldete.

„Hallo Mirek, hier ist Jack. Jacqueline. – Gut. – Danke für die Blumen.“ Jetzt machte sie ein Gesicht, als ob sie nicht verstehen würde, was Mirek am anderen Ende sagte. „Kaffee? – Montag. – Ja. – Drei Uhr? –

Fünf Uhr, okay. Starbucks am Hauptmarkt.“ Jack konzentrierte sich darauf, was Mirek sagte. „Ja. Okay. Bis dann.“

Sie legte auf und starrte vor sich hin. Mit einem Mal fühlte sie sich wie in einer Falle. Sie hatte keine Ahnung, wie man sich bei einer Verabredung verhalten sollte. War ein Blumenstrauß nicht doch etwas verdächtig? Misstrauisch und mit gerunzelter Stirn starrte sie auf ihr Handy.

„Was hast du? Es lief doch super“, meinte Sascha und klemmte sich seine nussbraunen Haare hinter die Ohren. „Hat er den Treffpunkt und die Uhrzeit wiederholt?“

„Ja schon.“ Jack überlegte. „Aber wenn es total schrecklich wird?“

„... helfen wir dir aus der Patsche“, meinte Gülay, „er wird dir nichts tun, solange ihr euch an einem öffentlichen Ort befindet.“

„Und wenn er verrückt ist?“

„Hör zu“, Gülay hielt es für besser, Jacks Frage einfach zu ignorieren, „du hast um fünf eine Verabredung. Am besten, Sascha und ich kommen um Viertel nach fünf und checken, ob du in irgendwelchen Schwierigkeiten steckst.“

„Am besten ihr kommt von Anfang an mit und ich stelle euch als meine Freunde vor.“

„Das kannst du aber wirklich nicht bringen“, meinte Sascha streng.

„Wir kommen einfach irgendwann nach fünf zur Tür hereinspaziert und tun erst mal so, als ob wir dich nicht sehen würden. Vergiss nicht, dass wir für ihn Fremde sind. Wir werden uns so hinstellen, dass nur du uns sehen kannst. Und dann warten wir auf dein Zeichen.“

„Welches Zeichen?“ fragte Jack.

Gülay überlegte angestrengt und trommelte mit ihren langen Fingernägeln auf das Küchenbuffet.

„Mach das bitte nicht.“ Sascha stöhnte auf. „Da rollt es einem ja die Zehennägel nach oben.“

Gülay hielt ihre Hand mitten in der Bewegung inne. „Ich hab's. Wenn du an deinem rechten Ohr ziehst, heißt das, dass du in Ruhe gelassen werden willst, und das linke Ohr bedeutet: Hilfe jetzt!"

„Super Idee", sagte Sascha. „Linkes Ohr, sofort einschreiten."

„Wir könnten Bärlein fragen, ob er uns so kleine Kopfhörer fürs Ohr ausleiht", meinte Jack scherzhaft, „ihr wisst schon, und Wanzen, die man am Körper verstecken kann. Und ihr tragt dann die Minikopfhörer, die alles, was wir sagen, übertragen."

„Wer ist Bärlein?" fragte Gülay misstrauisch.

„Ach, Bärlein ist schon seit einer halben Ewigkeit Sicherheitsberater für unsere Firma. Auf gut Deutsch, er ist Chefnachtwächter."

„Wir könnten ihn mitnehmen", schlug Sascha vor, „um fünf ist es schließlich schon dunkel."

Links ist da, wo das Ohr rechts ist

„Welches Kave möchtest?"

„Ein Cappuccino mit Milchschaum wäre toll", antwortete Jack.

„Cappuccino mit ...", begann Mirek, als sie am Kaffeeausschank standen.

„Milchschaum", half Jack Mirek aus, und die junge Frau hinter der Theke gab die Bestellung korrekt weiter. Er lächelte sie an.

„Und eine Caffè Mocha, bitte."

„Zum Mitnehmen oder zum hier Trinken?" Jack schätzte, dass die Frau Studentin war.

„Zum hier", antwortete Mirek.

Jack wollte die Wartezeit überbrücken, war sich aber nicht sicher, wie viel er verstand. „Draußen ist es kalt", sagte sie, umspannte mit den Armen ihren Oberkörper und imitierte ein Bibbern.

„Es ist kalt", bestätigte Mirek und deutete kopfnickend nach draußen.

Sie bekamen ihre Tassen und setzten sich in gemütliche Sessel an einen runden, kleinen Tisch in die Ecke. Selbst im geschäftigen Starbucks herrschte durch ein paar Tannenzweige an den Wänden bereits eine vorweihnachtliche Stimmung. Kaum dass sie Mirek gegenübersaß, vergaß Jack den eigentlichen Vorzug dieser Plätze, die ihr wegen Gülay und Sascha einen guten Überblick über den Raum geboten hätten. Denn sie nahm jetzt einfach nur den angenehmen Geruch des Kaffees wahr, das leise Brummen der Unterhaltungen an den Nachbartischen und strich zufrieden über den samtigen Bezug ihres Sessels. Alles Misstrauen gegenüber Mirek und seinem Blumenstrauß war plötzlich wie verflogen.

„Das ist schön warm." Jack wärmte ihre Hände an der Tasse.

„Das ist warm." Mirek machte ihre Geste nach. Sie sahen sich in die Augen, und Jack dachte überhaupt nicht mehr an Sascha und Gülay, die hier bald auftauchen würden. Mirek beugte sich zu einer dunkelbraunen Ledertasche hinunter, die er auf den Boden gestellt hatte, und zog ein gelbes Buch heraus.

„Das ist Deutsch", sagte er, deutete auf das Buch und öffnete es. „Schau, ich bin hier." Mirek blätterte bis zur fünften Lektion und reichte Jack das Buch. Der Titel der Lektion hieß „Im Supermarkt".

„Was hast du denn schon alles gelernt?" Jack nahm sich vor, ganze Sätze zu sprechen, außer es ging nicht anders, und blätterte im Buch an den Anfang. „Auf der Straße, am Bahnhof, in der Bank, im Bus."

Es war nicht viel, über das sie sich mit ihm unterhalten konnte. Und besonders spannend war es auch nicht.

„Bis wann bist du in Nürnberg?" fragte Jack und sah an Mireks Gesichtsausdruck, dass er sie nicht verstand. Sie holte einen Taschenkalender aus ihrer Umhängetasche und schlug ihn auf.

„Du lernst Deutsch."

„Ja."

„Du lernst Deutsch in Nürnberg", sagte sie bedächtig.

„Ja."

„Bis wann? Dezember, Januar, Februar?“ Sie gab ihm den Kalender mit der Übersichtsseite für das nächste Jahr.

„Februar, fünfzehn.“

„Du bist in Nürnberg bis zum 15. Februar.“ Jack deutete auf das Datum, sah ihm in die Augen, und er nickte. „Und am 16. Februar bist du in Prag.“

„Jawohl!“ Mirek war sichtlich begeistert, dass Jack ihn verstand. Allerdings hätte sie ihm das Jawohl am liebsten sofort abgewöhnt. Aber sie wusste, dass das zum jetzigen Zeitpunkt nur zu Verwirrungen führen würde.

„Hast du Hobby?“ fragte Mirek.

„Ich habe einen Hund.“

„Was ist Hund?“ Tiere hatte Mirek offensichtlich noch nicht durchgenommen. Jack sah im Inhaltsverzeichnis nach, fand aber nichts, was auf einen Zoo hindeutete. Doch Bellen wollte sie auch nicht, obwohl das für die Verständigung am einfachsten gewesen wäre. Stattdessen zog sie eine Geldbörse aus ihrer Tasche, die sie zwischen sich und die Sessellehne geklemmt hatte, und brachte ein zerknittertes Foto zum Vorschein. Bevor Mirek das Bild sehen konnte, bemerkte sie, wie er ganz leicht die Stirn runzelte. Er konnte nicht wissen, dass Hund nicht Verlobter oder etwas Ähnliches hieß.

„Das ist Lumix.“

Sie gab ihm das Bild, und Mirek lachte. Jack kam es vor, als wäre er erleichtert.

„Das ist Hund!“ Mirek freute sich sichtlich über die neue Vokabel.

„Genau. Mein Hund. Der Name ist Lumix.“

„Große, schwarze Hund. Das ist gute Hund, auch von Polizei“, stellte er fest.

Jack war begeistert. Er kannte die Rasse, sonst hätte er nicht gewusst, dass Riesenschnauzer bei der Polizei eingesetzt wurden. Stolz steckte sie Lumix’ Foto zurück in die Geldbörse. Als sie wieder aufblickte, lag plötzlich ein anderes Foto auf dem Tisch.

„Das ist mich Hund."

„Du hast auch einen Hund?" fragte Jack ungläubig und nahm das Bild in die Hand.

„Hund ist in Prag, Familie."

„Das ist ein Böhmischer Rauhbart", meinte Jack und nickte bedächtig. Sie betrachtete das Bild eines hübschen, hellbraun gelockten Hundes mit einem großen, dunkelbraunen Kopf. Sie kannte fast jede Hunderasse auf diesem Planeten.

„Wie ist der Name?"

„Schelm."

„Schelm? Im Deutschen gibt es auch Schelm. Das ist ja süß."

„Süß?"

„Schön."

Mirek steckte das Foto von seinem Hund wieder ein. Dann sah er Jack an. „Milch auf deine Mund", meinte er und nahm eine Papierserviette. „Ja?" fragte er vorsichtig, während er seinen Arm in Jacks Richtung bewegte. Jack wagte es nicht, sich zu bewegen. Sie starrte ihn nur mit großen Augen an. Ein kaum wahrnehmbares Nicken signalisierte Mirek, dass sie nichts dagegen hatte, sich von ihm den Milchschaum von der Oberlippe wischen zu lassen. Sie hielt die Luft an. Es kam ihr wie eine Ewigkeit vor, bis seine Hand ihren Mundwinkel berührte.

„Jackymaus mit einem Boyfriend! Das glaubt mir keiner."

Jack zuckte zusammen. Plötzlich stand Galaktika wie aus einer anderen Welt hergebeamt vor ihr. Aus dem Nichts aufgetaucht, flankiert von den Sponge Girls. Entgeistert starrte Jack die drei an und fühlte sich, als wenn ihr jemand einen Eimer kaltes Wasser über den Kopf gestülpt hätte.

„Hi, ich bin Yvonne", meinte Galaktika zuckersüß zu Mirek. Jack kam sich vor wie in einer schlechten Vorabendsendung.

„Hallo, heiße Mirek. Du Freundin Jack?"

„Sehr gute Freundin." Galaktika zog das *sehr* besonders genüsslich in die Länge. „Holt doch schon mal Kaffee, Kinder!"

Galaktika ließ Anja und Tanja los und zog sich einen freien Stuhl an den Tisch. „Wie immer schwarz", rief sie ihnen hinterher. „Alles klar, Jackymaus?"

„Ja. Und bei dir?" Jack kam sich idiotisch vor. Ihr erstes Date, und Galaktika tauchte wie bestellt auf, um alles zu vermasseln.

„Cappuccino." Galaktika beugte sich missbilligend über Jacks Tasse und sah hinein. „Feinschmecker geworden, oder was?"

Dann hob sie wie elektrisiert den Kopf, denn Sascha kam gerade hereinspaziert. Jack fragte sich, wie Yvonne es schaffte, immer und alles mitzubekommen. Sie schien überall Augen zu haben. Gülay, die neben Sascha ging, ignorierte sie.

„Cappuccino gut?" fragte Mirek, der von dem Sozialchaos um ihn herum rein gar nichts mitbekam.

Jack nickte nur.

„Hallo Sascha!" rief Galaktika, sprang auf und gab Sascha Küsschen links und Küsschen rechts. Jack war froh, dass Galaktikas Aufmerksamkeit von ihr und Mirek jetzt abgelenkt war. Erleichtert stellte sie fest, dass Galaktika Sascha an einen freien Tisch zog. Dann strich sich Jack zufrieden das Haar nach hinten und rieb sich gedankenverloren das linke Ohrläppchen. Doch schon im selben Moment fiel ihr entsetzt wieder ein: linkes Ohrläppchen: Hilfe jetzt.

Es war zu spät. Ritterlich näherte sich Sascha ihrem Tisch, Gülay im Schlepptau.

„Hallo, ich bin Sascha", stellte er sich Mirek vor.

„Hallo, ich bin Mirek."

Sascha küsste Jack ausgiebig zuerst auf die linke und dann auf die rechte Wange, viel länger als gewöhnlich. Er wollte ja helfen! Jack hätte am liebsten auf der Stelle losgeheult. Zuerst bemerkte sie Mireks enttäuschtes Gesicht, und dann war sie sich nicht mehr ganz sicher, ob er wirklich aus den Augenwinkeln zu Galaktika hinübergesehen hatte. Es war zum Verzweifeln. Es lief alles schief.

Genervt drehte Galaktika ihren Kopf zur Theke, wo die Sponge Girls immer noch warteten. „Das dauert ja ewig heute."

Jack musste es zugeben, Galaktika hatte ein wunderbares Profil, sogar wenn sie sauer war. Und ihre blonden, langen Haare sahen jeden Tag so aus, als ob sie gerade vom Friseur gekommen war.

Aber sie wollte jetzt nicht an Haare denken, sondern musste ihren Verstand einschalten. Irgendwie musste sie es schaffen, Mirek hier rauszubringen, bevor noch größerer Schaden entstand. Maßnahme eins: Kaffee austrinken. Sie schielte in Mireks Tasse: ausgetrunken. Das lief ja super. Maßnahme zwei: Augenkontakt mit Mr. Bratwurstbrötchen und dann zur Tür hin nicken.

Doch während sie noch überlegte, hatte es Sascha bereits geschafft, Galaktika an ihren Tisch zu winken und Mirek in ein Gespräch zu verwickeln. Galaktika und er blätterten jetzt begeistert in dem Wörterbuch, das Mirek mitgebracht hatte. Die Sponge Girls brachten Yvonne gehorsam den Kaffee und setzten sich dezent zu Gülay an den Nebentisch, die schon ein ganz verzweifeltes Gesicht machte.

Wie von weitem nahm Jack jetzt das Klingeln ihres Handys wahr und begann hektisch in ihrer Tasche zu kramen, bis sie bemerkte, dass es herausgefallen war und sie darauf saß. Jack schaffte es gerade noch, den Anruf anzunehmen, bevor die Mailbox anging.

„Hallo?"

Mirek schaute kurz auf, wandte sich aber gleich wieder Sascha zu.

„Kann er laufen?" fragte Jack und wartete die Antwort ab. „Ich komme sofort."

Jack legte auf.

„Tut mir leid, ich muss gehen." Sie machte sich keine Mühe, Mirek zu erklären, dass es um ihren Hund geht. „Ich muss sofort nach Hause. Lumix hat gekotzt", sagte Jack zu Sascha gewandt. Er konnte Mirek ja erklären, warum sie jetzt ging.

Eilig zog sie die Jacke an, hängte sich ihre Tasche über die rechte Schulter und stand auf.

„Tschüss ihr.“

„Tschüss“, erwiderten Mirek und Sascha. Mirek schien überrascht zu sein.

„Als Hundelady hat man so seine Verpflichtungen“, meinte Galaktika geringschätzig. Jack sagte nichts und steuerte enttäuscht den Ausgang an. In der Spiegelung des Fensters bemerkte sie, dass Gülay jetzt auch aufstand und hinter ihr her kam. Gerade als sich Jack zu ihr umdrehte, bemerkte sie, wie Galaktika ihre Hand vertraulich auf Mireks Arm legte und Jack mit einem spöttischen Blick von der Seite bedachte.

Eine SMS mit Folgen

Als Jack die Küche betrat, hob Lumix schwach den Kopf, wackelte kaum bemerkbar mit dem rechten Ohr und ließ ihn wieder auf den Küchenboden zurücksinken. Tante Petra kauerte neben dem Riesenschnauzer.

„Lumix!“ Jack stürzte auf ihren Hund zu.

„Der Tierarzt von nebenan war gerade hier“, sagte Tante Petra sachlich. Ihr war anzumerken, dass sie um Lumix mehr Angst hatte, als sie es zugeben wollte. „Er vermutet, dass Lumix einfach nur was Falsches gegessen hat. Er hat ihm eine Spritze gegeben.“

„Wo ist der Einstich?“

„Hier.“ Tante Petra schob das Fell an der Hinterpfote zur Seite. Zwischen ihrem Zeige- und Mittelfinger konnte Jack einen roten, blutigen Punkt erkennen.

„Armer Lumix.“ Vorsichtig streichelte Jack ihn. Die Tränen stiegen ihr in die Augen, und sie konnte sich nicht mehr zurückhalten und vergrub ihren Kopf in seinem Fell. Der Nachmittag mit Mirek hätte nicht schlechter laufen können.

„Der Arzt meinte, dass Lumix in zwei, drei Tagen wieder fit ist. Du brauchst dich nicht so aufzuregen. Jetzt zieh erst mal deine Jacke aus.“

Tante Petra beugte sich zu Jack hinunter und streifte ihr die Jacke von den Schultern.

Nach ein paar Minuten war Lumix eingeschlafen und atmete gleichmäßig. Leise stand Jack auf und holte sich aus dem Wohnzimmer ein großes Kissen und eine warme Decke. Gemeinsam mit Tante Petra schoben sie die Decke unter den Hund. Das Kissen legte Jack neben Lumix und setzte sich darauf.

„Ich mach uns einen Tee“, sagte Tante Petra und begann geschäftig Wasser aufzusetzen. Als sie fertig war, reichte sie Jack eine Tasse. Erst jetzt bemerkte Jack, dass sie fror und wärmte ihre eisigen Hände an ihrer Lieblingstasse. Sie war groß, innen weiß, und außen waren rote Mohnblumen und eine grüne Wiese aufgemalt. Jack erinnerte sich, wie sie ihre Mutter auf einem italienischen Wochenmarkt angebettelt hatte, ihr die Tasse zu kaufen. Claudia hatte damals eingewendet, dass auf der Untertasse „Made in Poland“ stand und sie nur importiert war, aber schließlich konnte Jack ihre Mutter überreden. Seitdem hütete sie ihre polnisch-italienische Freundschaftstasse wie ihren Augapfel.

Sie trank den Tee aus, machte es sich auf dem großen Kissen bequem und schlief ein.

Jack schreckte auf. Lumix hatte sie geweckt. Nun stand der Hund schwanzwedelnd vor ihr und wollte Aufmerksamkeit. Langsam kam Jack zu sich. Jemand hatte eine Decke über sie gebreitet, wahrscheinlich Tante Petra. Die Zeiger der Küchenuhr standen bereits auf halb elf. Sie musste mindestens drei Stunden geschlafen haben.

„Tante Petra?“

Es kam keine Antwort. Jack ging ins Wohnzimmer, und Lumix folgte ihr. Nicht so dynamisch wie sonst, aber Jack war froh, dass ihr Hund wieder auf den Beinen war. Tante Petra schlief auf dem Sofa vor dem laufenden Fernseher, wo Columbo mit seinem überfressenen Hund gerade im gleißenden Sonnenlicht auf einem Grundstück herumlief, das von exotischen Pflanzen eingerahmt war. Die Szene erinnerte sie daran, dass sie noch Gassi gehen musste. Wahrscheinlich würde die frische Luft ihrem Hund sogar guttun. Ganz leicht schüttelte es sie bei dem Gedanken, dass es draußen bereits unter Null war und eine dicke Wolkendecke den Mond verhüllte.

Nachts ging Jack nur ungern in den Wiesengrund hinunter, selbst wenn Lumix dabei war. Deshalb steuerte sie die Hauptstraße an. Unter den grell leuchtenden Straßenlaternen gehend, fragte sie sich, was Melli wohl gerade machte. Sie wollte ihre beste Freundin unbedingt in ihrem Christkindleskleid sehen und fühlte in ihrer Jackentasche, ob sie ihr Handy dabei hatte. Es war inzwischen zwar schon elf, aber Melli schaltete ohnehin ihr Handy aus, sobald sie schlafen ging.

Während Lumix einen Laternenmast markierte, wählte Jack Mellis Nummer. Sie hob ab.

„Hallo, ich bin's. Wie geht's?"

„Gut. Und dir?"

„Nicht so toll. Lumix ist krank. Aber ich glaube, dass es ihm schon besser geht."

Lumix zerrte an der Leine. Er wollte weitergehen.

„Was machst du so?" fragte Jack.

„Ich bin den ganzen Tag auf Achse. Ein Termin nach dem anderen. Du hast Glück gehabt. Ich wollte gerade schlafen gehen."

Wenn es Jack nicht so mies gegangen wäre, hätte sie ein paar dumme Bemerkungen von wegen Promistress gemacht. Aber sie war viel zu sehr mit ihren Gedanken an Mirek beschäftigt und ihrer Begegnung mit Galaktika bei Starbucks. Sie hätte Melli am liebsten davon erzählt, entschied sich aber dagegen. Sie wollte ihrer Freundin diesmal nicht auf die Nerven gehen, weil Melli morgen wieder um fünf aufstehen musste und ein volles Programm hatte.

„Hast du mal eine Veranstaltung, wo ich auch hinkommen kann?" fragte Jack stattdessen. Es tat einfach nur gut, Mellis Stimme zu hören.

„Warte mal. Ich schau schnell in der Liste nach."

Während Melli im Hintergrund mit Papier raschelte, piepste Jacks Handy. Wahrscheinlich eine SMS von Sascha oder Gülay, vermutete sie.

„Am Donnerstag singt der Windsbacher Knabenchor um vier in der Lorenzkirche. Das ist öffentlich. Ich kann dir eine Eintrittskarte besorgen."

„Super. Wie komme ich an die Karte?"

Melli überlegte kurz. „Die lass ich dir zuschicken."

„Super! Hab ich ja schon immer gesagt, dass du das Zeug zur Chefin hast." Jetzt konnte sich Jack doch nicht mehr zurückhalten. Melli sagte nichts dazu.

„Es geht um vier los. Aber du solltest vielleicht schon eine halbe Stunde vorher da sein."

„Das kann ich einrichten. Wenn es Lumix besser geht, komme ich auf jeden Fall."

„Ich habe noch deinen Seidenschal", meinte Melli. „Den gebe ich dir dann zurück."

„Geht das so einfach?"

„Wir treffen uns an der Steintreppe mit der Glasverkleidung. Wenn du in Richtung Altar siehst, ist sie auf der linken Seite. Das Glas besteht aus so einer Art Butzenscheiben, so runde Dinger, durch die man nicht hindurchsehen kann."

„Ich weiß, welche Treppe du meinst." Jack dachte an ihre Verwandten, die jedes Mal die Lorenzkirche sehen wollten, wenn sie in Nürnberg waren. „Und außerdem bin ich ja nicht zu übersehen. Und du mit deinem extravaganten Outfit eigentlich auch nicht."

Melli lachte.

„Wie war es mit Ole?" Jack konnte nicht widerstehen, ihre beste Freundin nach dem großen Unbekannten aus dem Norden zu fragen.

„Nett. Wir sind noch zu einem Freund gegangen und haben uns unterhalten."

„Ist er noch in der Stadt?"

„Nein. Er ist gestern zurück nach Hamburg gefahren.“

„Seht ihr euch wieder?“

„Denke schon. Du, Jack, ich bin jetzt wirklich müde“, sagte Melli schnell, „wir sehen uns dann übermorgen. Freue mich schon.“

„Bis dann. Schlaf gut.“

„Du auch.“

Jack legte auf. Gleich darauf drückte sie neugierig die SMS-Taste ihres Handys: Sehen wir wieder?

Im Display las sie Mireks Namen. Damit hätte Jack als Letztes gerechnet. Sie hatte ihn schon mit Galaktika Hand in Hand durch die Fußgängerzone spazieren sehen. Ihr Herz machte einen Hüpfer.

Jetzt erst mal überlegen. Anrufen oder schreiben? Er ist noch wach. Also konnte sie anrufen. Aber was sollte sie sagen? Welchen Treffpunkt konnte sie vorschlagen? Warum waren Sascha oder Gülay jetzt nicht da? Hilfe!!!

Ruhe bewahren, dachte sie, erst mal ein paar Schritte gehen.

Jack löste den Karabiner von der dunkelblauen Leine und ließ ihren Hund ein Stück alleine laufen, denn es waren keinen Kinder mehr auf der Straße. Aber Lumix wusste ohnehin, dass er keinen Menschen beschnüffeln durfte. Sie nahm die angenehm kühle Luft auf ihrem Gesicht wahr. Mit einem Mal machte ihr die Kälte gar nichts mehr aus.

In den Häusern waren noch ein paar Fenster erleuchtet, und von weitem hörte sie eine Straßenbahn bimmeln. Langsam beruhigte sich Jack wieder und beschloss, Mirek ohne vorherige Beratungsgespräche anzurufen.

Ihre Hände zitterten leicht, als sie die Tasten drückte.

„Hallo?“ sagte die bekannte Stimme am anderen Ende.

„Hallo. Hier ist Jack.“

„Hallo. Ich bin Mirek. Wie geht Hund? Sascha erzählt.“

„Gut. Wir sind auf der Straße.“ Jack hoffte, dass er verstehen würde, was sie meinte.

„Das ist gut.“ Er hatte verstanden. Es entstand eine kleine Pause. „Sehen uns morgen?“

„Ja“, antwortete Jack. Sie blieb jetzt vor Aufregung stehen und starrte in ein Schaufenster, in dem industrielle Saftpressen ausgestellt waren. Fasziniert betrachtete sie die großen Metallgefäße, als ob sie vorher noch nie derartige Wunderwerke der Technik gesehen hätte.

„Wo?“ fragte er.

Jacks Nervosität stieg. Sie hatte sich nicht überlegt, wo sie sich treffen sollten. Schon wieder eine Pause. Jack schaute zu Lumix hinüber, der schon wieder eifrig herumlief. Sie war sich sicher, dass sie morgen wieder mit ihm trainieren konnte.

„Hundeschule? Schule für Hunde, verstehst du?“

„Ja. Ich verstehe“, sagte Mirek begeistert. Jack fiel ein Stein vom Herzen.

„Wo?“ fügte er hinzu.

Jack überlegte. Sie kam sich vor wie in einer Achterbahn. Sie musste einen Ort vorschlagen, wo sie sich treffen konnten. Etwas, was er kannte und gleichzeitig günstig für sie lag.

„Ich überlege“, sagte sie.

„Überlege?“

„Moment.“ Jack hoffte, dass es im Tschechischen das Wort Moment gab. Sie überlegte hin und her. Dann kam ihr ein Einfall. „Kennst du den Flughafen?“ Sie sagte das letzte Wort ganz langsam.

„Was?“

„Flug – hafen.“

„Jawohl. Flughafen kenne.“

„U-Bahn?“

„Metro?“

„Ja. U-Bahnmetro bis Flughafen.“

„Ich fahre U-Bahn bis Flughafen? Dort treffen wir.“

Jack ließ innerlich ein paar Sektkorken knallen. Er hatte alles verstanden. „Super, bis morgen“, sagte sie begeistert.

„Bis morgen“, antwortete Mirek. Genau in dem Moment, als sie auflegte, wurde ihr klar, dass sie keine Zeit verabredet hatten. Entsetzt starrte sie die Saftpressen an. Ihr Handy klingelte, und Jack sah, dass es Mirek war. Erleichtert hob sie ab.

„Hallo Jack. Wann wir treffen?“ Er klang amüsiert.

„Um drei?“ Jack hoffte, dass sein Deutschunterricht dann schon vorbei war. Denn die Hundeschule begann um halb vier, und sie würden eine halbe Stunde brauchen, um vom Flughafen dorthin zu gelangen. Mirek sagte nichts. Sofort war Jack wieder beunruhigt. Aber wahrscheinlich überlegte er nur.

„Um drei?“ fragte sie noch einmal.

„Ja. Das geht. Drei Uhr.“

„Bis morgen.“

„Auf Wiedersehen.“

Noch einmal meldete Jacks Handy eine SMS.

Gutes Nacht, las sie.

Fliegende Hunde

Endhaltestelle Flughafen. Jack verließ mit Lumix die U-Bahn, ging auf die Treppe zum Flughafen zu und sah, dass Mirek dort schon auf sie wartete. Er hatte Trekkingschuhe an, eine Jeans und einen dunkelgrünen Parka, genau das Richtige für das Hundetraining. Während sie die Treppe hinaufging, fragte sie sich, was sie eigentlich mit Mirek reden wollte. Sie hoffte, dass er in seiner Sprachschule jeden Tag ein bisschen besser wurde.

„Hallo Jack.“

„Hallo Mirek.“

„Wie geht es dir?“

„Gut, und dir?“

„Auch gut. Wie geht es der Hund?“

„Sehr gut.“

Lumix merkte, dass von ihm die Rede war und begann freudig mit dem Schwanz zu wedeln.

„Braver Hund. Jetzt geht es gleich ins Training.“ Lumix kannte die U-Bahnhaltestelle noch nicht, denn Jack nahm normalerweise den Bus.

Sie verließen das Flughafengelände und kamen auf einen Feldweg, wo Jack den Hund von der Leine ließ. Sie freute sich, dass alles so gut lief. Mirek und Jack hatten sich an der richtigen Haltestelle verabredet, zur richtigen Zeit, und Jack musste nicht warten. Außerdem war Lumix mit dabei, und sie musste nicht ständig nach Gesprächsthemen suchen, weil Mirek und sie mit dem Hund beschäftigt waren. Die Nachmittagssonne schien am blauen Himmel und verlieh der Natur intensive Farben. Die Äcker verströmten den angenehmen Duft von Erde, und Lumix lief vor und zurück und bellte ein paarmal aufgeregt. Kaum hatte Jack sich in dieser wohltuenden Atmosphäre entspannt, beschlich sie das Gefühl, dass doch noch etwas passieren würde. Eine kleinere oder größere Katastrophe hätte zumindest in ihr Weltbild gepasst.

„Hallo Jack. Heute Besuch dabei?“ begrüßte sie der Trainer neugierig. Er war ein großer Mann mit einem braunen Baseballkäppi auf dem Kopf und etwas jünger als ihr Vater.

„Hallo Hans. Das ist Mirek aus Prag. Er hat einen Böhmischen Rauhbart.“

„Hallo Mirek. Ich bin Hans. Warum hast du deinen Hund nicht dabei?“

„Mirek ist zu Besuch. Er spricht fast kein Deutsch. Der Hund ist bei seiner Familie“, antwortete Jack für Mirek.

„Was macht Melli denn so?“ wollte Hans wissen.

„Ziemlich im Stress als Christkindl“, antwortete Jack knapp.

„Dann sehen wir sie nicht mehr bis zum neuen Jahr?“

„Hm, ja.“ Jack ging die Fragerei wegen Melli allmählich auf die Nerven. Sie kniete sich schnell zu Lumix hinunter und gab vor, sein Fell hinter den Ohren zu untersuchen.

„Am besten wir fangen gleich an. Die anderen sind auch schon da“, meinte Hans, drehte sich um und öffnete das Gatter zum Trainingsgelände. Jack und Mirek folgten ihm. Auf dem Gelände waren noch andere Hunde, die Lumix schon kannte. Die Hunde liefen aufgeregt hin und her und beschnüffelten sich gegenseitig.

„Ich zu Hans, okay?“ fragte Mirek.

„Okay“, antwortete Jack verwundert.

Mirek schob das Gatter auf und ging zu Hans hinüber, der sich gerade einen Schutz für seinen linken Arm anlegte. Hans sah ihn zuerst fragend an, und dann begannen sie zu gestikulieren. Jack hatte keine Ahnung, um was es ging. Dann nickte Mirek strahlend zu ihr hinüber und blieb im Trainingsgelände. Jetzt wurde Jack klar, dass die beiden verabredet hatten, dass Mirek den Unbekannten spielen sollte, denn plötzlich hetzten die Hunde auf Mirek zu, der sich gleich hinter einer Schutzwand versteckte. Von dort aus lächelte er wieder Jack zu.

Es war zu schön, um wahr zu sein. Mirek war nicht nur größer als sie, er mochte auch Hunde. Und das Beste war, sie fühlte sich in seiner Gegenwart wie ein normaler Mensch. Sogar über ihre fettigen Haare musste sie nicht dauernd nachdenken, von ihrer Konfektionsgröße ganz zu schweigen. Und mit dem Reden würde es auch stetig besser werden.

Jack winkte Mirek zu. Zufrieden stand er hinter der Schutzwand und spielte den Hunden vor, sich vor Hans zu verstecken.

„Wer ist denn der Typ mit dem merkwürdigen Parka?“

Jack blickte überrascht zur Seite. Sie war so in Gedanken gewesen, dass sie alles um sich herum vergessen hatte. Jetzt stand Krätzer neben ihr. Rüdiger Krätzer. Fast hätte sie ihm verraten, dass Mirek zu ihr gehörte, aber sie hatte einfach keine Lust.

„Keine Ahnung, wer das ist.“

„Wen unser Hans immer so anschleppt.“

„Das kannst du laut sagen", antwortete Jack. Rüdiger Krätzer war zwar so alt wie ihr Vater, aber in der Hundeschule duzten sich alle.

„Hat deine Melli die Eröffnung zum Christkindlesmarkt gut überstanden?"

Jack fragte sich, ob Krätzer von ihrem Hochzeitsgondelunfall im Rathaus etwas wusste.

„Ja", antwortete sie knapp.

„Wie ist ihr Kostüm?"

„Hab sie nur von weitem gesehen." In Wirklichkeit hatte sie Melli überhaupt nicht gesehen, sie lag ja unter der Hochzeitsgondel während der Eröffnung.

„Ach so. Aber ihr seid doch die besten Freundinnen. Das sieht man euch an", meinte Krätzer verschwörerisch.

Jack wollte Krätzer am liebsten loswerden. Sie schaute zu Mirek hinüber, der ihr hinter seiner Schutzwand mit einem strahlenden Lächeln zunickte.

„Vorsicht, der Typ hat ein Auge auf dich geworfen."

„Oder auf dich." Jack wunderte sich über ihre eigene Schlagfertigkeit.

Krätzer lachte. „Glaub mir, mit solchen Typen kenne ich mich aus."

Jack hoffte inständig, das Thema wechseln zu können. Auf Krätzers Gesicht war sie ohnehin schon gespannt, wenn er sie mit Mirek davongehen sah.

„Peggi ist heute wieder voller Energie." Hoffentlich würde Krätzer auf das Thema anbeißen, denn schließlich war der eigene Hund das Lieblingsthema eines jeden Hundebesitzers. Jack hoffte allerdings, dass Krätzer jetzt nicht auch noch die nächste halbe Stunde über Peggi schwadronieren würde. Jack kannte Hundebesitzer, die es schafften, ohne Punkt und Komma stundenlang über ihre Lieblinge zu berichten. Und irgendwann fiel der Satz: Er hat ein angenehmes Bellen, und dann konnte man nur noch auf bessere Zeiten warten. Aber sie hatte sich getäuscht. Krätzer interessierte sich mehr für das Christkind.

„Du kommst doch mit Sicherheit an den Terminplan von Melli. Hat sie irgendwann mal eine Veranstaltung ohne Kirche, Kindergarten oder Krankenhaus?“

„Nein. Keine Ahnung. Schau mal da drüben, Rüdiger. Peggi bellt den Typen aus.“ Jack deutete auf die Schutzwand, hinter der sich Mirek immer noch versteckt hielt.

„Meine Peggi ist schon eine“, meinte er stolz. „Sag mal, Jack. Kannst du deine Melli nicht überreden, dass sie mal zu mir in den Gesangsverein kommt? Als Christkind?“ Krätzer war irgendwo zwischen Nürnberg und Lauf in einem Dorf Vorsitzender in einem Gesangsverein.

„Sagen kann ich ihr das schon, aber die Termine machen andere.“

„Du kannst ja mal mit Melli reden, und Melli redet mit ihrem Manager.“ Krätzer schaute ganz wichtig drein, während er das Wort Manager aussprach. Jack war am Verzweifeln.

„Managerin.“

„Ach so, Managerin.“ Ein *-in* an das Wort Manager zu fügen, fiel Krätzer sichtlich schwer. Er konnte nicht verstehen, dass in der wichtigen Funktion des Christkindlesmanagements eine Frau an der Spitze stand. „Hat sie eigentlich einen Fahrer?“

„Wer? Die Managerin?“ Jack wusste genau, dass Krätzer Melli meinte.

„Nein. Unsere Melli natürlich.“

„Eine Fahrerin. Melli hat eine Fahrerin“, Jack machte sich einen Spaß daraus, Krätzer anzuschwindeln, „und es ist ein schwarzer Mercedes“, fügte sie wichtigtuerisch hinzu. Jack nannte ohne viel nachzudenken die Automarke eines Geschäftspartners ihres Vaters. Sogar neben dem gepflegten Audi ihres Vaters strahlte der Wagen mehr Geld und Macht aus.

„So, so. Eine Fahrerin.“ Krätzer konnte sich anscheinend nicht vorstellen, dass der Oberbürgermeister es zuließ, dass eine weibliche Stadtangestellte einen Wagen lenken sollte, der zu mehr als achtzig Stundenkilometern in der Lage war. „Ich hole Melli natürlich gerne auch persönlich ab, wenn sie zu uns in den Gesangsverein kommt. Die Fahrerin weiß ein paar freie Stunden sicher zu schätzen."

„Ich werde sehen, was sich machen lässt." Jack wollte Krätzer loswerden. Und das Einzige, was half, war, ihn in der Hoffnung zu lassen, sie würde sich um sein Anliegen kümmern.

„Das weiß ich zu schätzen. Du glaubst nicht, wie sich der Gesangsverein freuen würde, Jack."

Du glaubst nicht, wie nervig du bist, Krätzer, dachte Jack. Sie war nicht nur sauer, dass Krätzer dauernd nach Melli fragte, er hatte sie auch davon abgehalten, Mirek beim Training mit den Hunden zuzusehen. Und sie kam bei seinem ganzen Gerede gar nicht dazu, Lumix' Fortschritte zu bewundern, die er in den letzten Wochen gemacht hatte.

❄❄❄

„Morgen ist das Christkind in der Lorenzkirche." Jack hoffte auf dem Weg zurück zur U-Bahn, dass Mirek sich mit ihr auch am nächsten Tag treffen wollte. Er überlegte. Sie sah ihm an, wie er jedes Mal ihre Worte zusammensortierte, um einen Sinn herauszulesen.

„Was ist Lor-ins Kirche?" fragte er, und Jack hätte ihn am liebsten angefleht, die Frage noch einmal zu stellen. Sie war schon ganz verrückt nach seinem tschechischen Akzent.

„Hast du einen Stadtplan?" fragte sie stattdessen.

Mirek nickte und zog einen Stadtplan aus der Jackentasche. Er sah schon reichlich zerknittert aus (der Stadtplan).

„Hier ist der Hauptmarkt. Den kennst du." Jack deutete auf den Platz und sah Mirek an. Er beugte sich etwas nach unten. Also nicht nach oben, wie es neunzig Prozent ihrer Mitschüler hätten tun müssen. Sein Gesicht war ihrem jetzt ganz nahe. Wie in Zeitlupe bewegte sie ihren Zeigefinger vom Hauptmarkt zu der Stelle, wo die Lorenzkirche eingezeichnet war.

„Das ist die Lorenzkirche." Jack brachte kaum mehr einen Ton heraus. Mirek bewegte seinen Finger jetzt auf die Stelle zu, wo ihrer ruhte. Sie hielt den Atem an. Vor Aufregung hätte sie ihren Finger fast weggezogen, und sie musste sich fast zwingen, ihn dort zu lassen, wo er war. Dann berührte er sie ganz kurz. In Echtzeit war es wohl eine Millisekunde, aber Jack kam es vor wie eine Ewigkeit. Sie spürte die Berührung noch, als seine Hände schon längst wieder den Stadtplan hielten.

„Wann?" fragte Mirek. Jack starrte ihn entgeistert an. Dann fiel ihr wieder ein, dass es um die Uhrzeit ging.

„Um vier."

„Um vier nicht geht."

Erst jetzt merkte Jack, dass sich Lumix ganz dicht an sie herangedrängt hatte und kaum hörbar knurrte.

„Schade", sagte sie. Mirek verstand das Wort zwar nicht, aber er hörte aus ihrer Stimme heraus, dass sie enttäuscht war.

„Treffen andere Tag", meinte er aufmunternd, faltete den Stadtplan zusammen, und dann fuhr die U-Bahn ein.

Die Dreizehn

Jack konnte sich auf gar nichts mehr konzentrieren. Ständig hatte sie Mirek vor Augen. Mirek auf dem Feldweg, Mirek mit den Hunden, Mirek in der U-Bahn. Und dann ging es wieder von vorne los. Sie fragte sich, wie lange dieser Zustand noch andauern würde. Einerseits verlieh er ihr einen definitiv beschwingteren Gang, und sie hätte bis in alle Ewigkeit so zubringen können. Auf der anderen Seite konnte sie kein vernünftiges Gespräch mehr führen, nicht einmal mit Sascha oder Gülay. An diesem Morgen hatte Tante Petra sie sogar gefragt, ob sie krank sei, denn Jack brachte beim Frühstück keinen Bissen hinunter, starrte vor sich hin, und Schweiß stand ihr auf der Stirn. Tante Petra vermutete eine bevorstehende Grippe. Nur schwer war sie davon zu überzeugen, dass Jack in die Schule gehen konnte.

Als sie endlich in der Straßenbahn saß, dachte Jack darüber nach, dass sie bisher nirgendwo gelesen hatte, dass akutes Verliebtsein Symptome sprachlicher Ausfälle und fieberhafter Erkrankungen hervorbrachte.

Am Nachmittag besserte sich ihr Zustand etwas. Jack konnte sich jetzt sogar auf das Treffen mit Melli freuen. Sie war gespannt, wie ihre Freundin als Christkind aussehen würde. Sie nahm sich fest vor, diesmal nicht die Veranstaltung zu ruinieren. Sie wollte unter keinen Umständen den Messwein verschütten oder in einem Anfall von Sinnestrübung das Taufbecken zum Wanken bringen. Und ganz fest nahm sie sich vor, sich von wackligen Kerzenständern fernzuhalten.

Doch hätte sie lieber jede beliebige Peinlichkeit auf sich genommen, um das Schreckliche, das an diesem Nachmittag passieren sollte, ungeschehen zu machen.

Gespannt betrat Jack die Lorenzkirche.

Es wuselten zwar eine Menge Leute herum, die mit der Veranstaltung zu tun hatten, aber jeder versuchte trotzdem möglichst leise zu sein. Jack sah nach oben zum Kirchengewölbe hinauf. Ihr gefielen die gotischen Sandsteinbögen, die am Ende spitz zusammenliefen. Es war eisig in der Kirche, aber auf die geheizten Bänke wollte sie sich auch nicht setzen, damit sie Melli rechtzeitig abfangen konnte.

Jack holte ihre Mütze aus der Tasche, setzte sie auf und zog sie weit über die Ohren. Sie schritt die beiden Seiten der Kirche ab, sah sich die Altarbilder an und die Heiligenfiguren an den Säulen. Über dem Altar hing der „Englische Gruß“, eine Holzschnitzerei mit Maria und dem Engel Gabriel, der ihr gerade schonend beibrachte, dass sie ein Kind bekommen würde. Maria blickte ziemlich verwundert drein, was ja auch verständlich war.

Bis zum Treffpunkt mit Melli waren es vom Altar aus nur ein paar Schritte. Jack war schon hundertmal in der Lorenzkirche gewesen, aber die zugemauerte Wendeltreppe mit den weißen Butzenscheiben hatte sie bisher nie weiter beachtet. Dort, am Eingang, war sie mit Melli verabredet. Am liebsten wäre sie jetzt die Treppe hinaufgestiegen, um herauszufinden, wie man eigentlich von hier aus zum Chor am hinteren Ende der Kirche gelangen konnte, hielt sich aber zurück.

„Hier können Sie aber nicht herumstehen."

Jack drehte sich um. Eine schlanke Frau mit kurzen, glatten, dunkelrot gefärbten Haaren und einer rahmenlosen Brille tippte ihr auf die Schulter. Die Kanten ihrer Frisur waren messerscharf geschnitten und sahen wie die Verlängerung ihres schmalen, tiefrot geschminkten Munds aus. Auf dem Schild an ihrem schwarzen Mantel stand „Eventmanagerin – Birgit Jensen". Aha.

Jack beschloss, sich nicht auf weitere Diskussionen einzulassen, und setzte sich wortlos in die nächste Kirchenbank. Von dort aus konnte sie in wenigen Sekunden bei Melli sein, sobald sie auftauchen würde. Zufrieden stellte Jack fest, dass die Bank tatsächlich beheizt war und sich die Kirche allmählich füllte. Schlagartig wurde es immer betriebsamer, und ein paar Besucher verstellten bereits den Blick auf den Eingang zur Wendeltreppe. Jack entschied sich aufzustehen und sich wieder dort hinzustellen, denn sie wollte Melli auf keinen Fall verpassen. Sie hielt nach dunkelrot gefärbten Haaren Ausschau, die sie schließlich am anderen Ende der Kirche entdeckte. Von dort konnte die Eventmanagerin nicht so schnell herkommen.

Die Kirche füllte sich mehr und mehr, und es wurde immer hektischer. Von der andächtigen Stimmung, die die Kirche sonst erfüllte, war nichts mehr zu spüren. Das Gemurmel, Gewusel und Gedränge machten Jack plötzlich ganz nervös. Sie hatte das Gefühl, dass irgendetwas in der Luft lag, konnte aber nicht sagen, was es war. Aber als sie Melli in ihrem Christkindleskleid entdeckte, war ihre Unruhe wie verflogen.

„Du gehst die Empore hinauf, und dort wartet jemand vor der Tür auf dich“, sagte Mellis Begleiter. Der Pfarrer begann bereits mit seiner Ansprache.

„Kannst du dich etwas beeilen, Melanie?“ fragte der Begleiter.

„In Ordnung“, antwortete Melli, und im selben Moment erblickte sie Jack. Die Freundinnen gingen aufeinander zu. Jack hätte nie gedacht, dass das Christkindleskleid so ausladend war. Eine Umarmung war nicht möglich. Sie hatte auch Sorge, dass sie Melli die Perücke oder die Krone vom Kopf reißen würde, und das wollte sie ihrer besten Freundin nicht antun.

„Bitte beeil dich“, mahnte Mellis Begleiter jetzt eindringlich.

„Hier ist der Schal.“ Melli holte aus dem Ärmel schnell den glänzenden Stoff hervor und streckte ihn Jack entgegen. Der Begleiter sah Melli vorwurfsvoll an.

„Danke. Du siehst mega aus“, flüsterte Jack schnell, nahm den Schal entgegen und drehte sich gleich wieder um, damit Melli nicht in Schwierigkeiten geriet. Mittlerweile sprach der Pfarrer schon seine Schlussworte, und Melli verschwand hinter dem Eingang zur Wendeltreppe.

Die Besucher drehten die Köpfe zur Empore, und die glockenklaren Stimmen des Windsbacher Knabenchors erfüllten die Kirche mit ihrem Gesang. Jack kannte das Lied, konnte es aber nicht einordnen. Sie strich über den seidigen Schal und hielt ihn an ihre Nase. Er roch jetzt ein wenig nach Melli. In ihrer Tasche kramte Jack nach einer leeren Plastiktüte, wo sie den Schal hineinstecken wollte, um ihn nicht zu beschädigen. Sie hatte Glück, zog eine dunkelblaue Einkaufstüte hervor und legte das Stück Stoff vorsichtig hinein.

Der Gesang verstummte, und es wurde ganz still in der Kirche. Die Besucher drehten sich auf ihren Bänken zur Empore um. Jack stand noch am Eingang zur Wendeltreppe und sah zum Knabenchor hinauf. Gespannt warteten die Besucher auf das Erscheinen des Christkinds. Es würde in der Mitte der Empore stehen, da, wo normalerweise der Dirigent seinen Platz hatte. Jack wunderte sich über die Disziplin der Leute. Es waren bestimmt schon zwei Minuten vergangen, ohne dass etwas geschehen war. Niemand sagte einen Ton, es war nicht einmal ein Flüstern zu hören, denn keiner wollte den Moment, in dem das Christkind auf der Empore erschien, verpatzen. Jack merkte, dass sie die Luft anhielt, und atmete bewusst wieder aus, damit ihr nicht schwindelig wurde. Die Minuten vergingen, und allmählich fingen die Leute an leise zu sprechen. Jack kam es wie eine Ewigkeit vor, bis der Pfarrer endlich an den Altar trat. Er begann mit einer Predigt, die sich ganz danach anhörte, als ob er sie schon letzten Sonntag gehalten hätte. Allmählich sahen die Besucher unzufrieden aus, und das Gemurmel wurde immer lauter. Den Pfarrer verstand Jack kaum mehr.

Mit einem mulmigen Gefühl in der Magengegend fragte sie sich, wo Melli abgeblieben war. Der Weg vom oberen Ende der Wendeltreppe bis zur Empore war nun auch nicht so lang.

„Könnten Sie bitte zur Seite gehen?“ Jack hörte hinter sich eine angespannte Stimme, die zu der Eventmanagerin Frau Jensen gehörte. Sie drückte die Klinke zum Eingang der Wendeltreppe herunter, aber die Tür ließ sich nicht öffnen. Wortlos bahnte sich Frau Jensen einen Weg durch die Menge, bis sie vor einem untersetzten Mann mit Schnurrbart stand. Seine Hände steckten in den Reißverschlusstaschen einer dunkelblauen Jacke, und um seinen Hals hing ein kleines Schild. Jack schätzte, dass er eine Art Hausmeister war. Als die beiden endlich vor dem Eingang zur Wendeltreppe standen, zog der Hausmeister einen Schlüsselbund aus seiner ausgebeulten Hosentasche und steckte einen Schlüssel ins Schloss. Dass der Pfarrer mit seiner Predigt längst aufgehört hatte, schien ohnehin keinen mehr zu interessieren. Die Kirche war erfüllt vom Gemurmel ihrer Besucher.

Weil sich die Tür nicht öffnen ließ, versuchte es der Hausmeister mit einem anderen Schlüssel. Aber auch der führte nicht zum Erfolg. Auf der Empore machte sich nun der Chorleiter bemerkbar und rief etwas nach unten, das Jack zwar nicht verstand, aber die Botschaft verbreitete sich wie ein Lauffeuer in der Kirche. Die Tür zur Empore, wo der Windsbacher Knabenchor gesungen hatte, konnte nicht mehr geöffnet werden.

So beschwingt, wie es Jack gestern noch gegangen war, so schlecht war ihr jetzt. Sie hatte das sichere Gefühl, dass etwas passiert sein musste. Der Hausmeister beratschlagte inzwischen mit einem anderen Mann, der kurz verschwand und mit einem Polizeibeamten wiederkam. Gemeinsam machten sie sich an der Tür zu schaffen. Einer der Männer sagte, dass von innen ein Schlüssel stecken musste. Jack hätte sich jetzt am liebsten hingesetzt. Die drei Männer liefen ins Treppenhaus, und durch die Butzenscheiben war unscharf zu erkennen, dass sie bis hinauf gelaufen waren. Jack stellte sich näher an die Wendeltreppe. Von dort aus konnte sie hören, dass der Hausmeister nach einem Arzt rief.

„Ist hier ein Arzt anwesend?“ Die Stimme der Eventmanagerin drang schrill über die Kirchenbänke hinweg. Dann erhob sich eine kleine, drahtige Frau mit kurzgelockten, grauen Haaren und ging mit schnellen Schritten auf den Eingang der Wendeltreppe zu. Gemeinsam nahm sie mit Frau Jensen die Stufen nach oben. Jack befürchtete, dass Melli verletzt war, und ging den beiden hinterher. Sie ignorierte den Hausmeister, der sie am Ärmel festhalten wollte, aber Jack riss sich los.

Doch am oberen Ende angekommen, lag nicht Melli, sondern ein junger Mann mit einer Platzwunde, den sie noch nie in ihrem Leben gesehen hatte. Die Ärztin kniete sich hinter dem Kopf des Mannes und begann die blutige Stelle zu versorgen. Der Mann erwachte gerade aus seiner Bewusstlosigkeit.

„Was wollen Sie denn hier?“ Die Eventmanagerin drehte sich um und schenkte Jack einen eiskalten Blick.

„Was fällt Ihnen ein?“ fragte der Hausmeister, der hinter Jack die Treppe hinaufgelaufen war.

„Das Christkind. Melanie Zimmermann.“ Jack brachte keinen ganzen Satz mehr heraus.

Dann entdeckte sie einen Polizisten, dessen Anwesenheit sie nicht gerade beruhigte. Erst jetzt spürte sie, wie quälend die Kälte bis in ihre Knochen gedrungen war.

„Was Sie nicht sagen“, meinte Frau Jensen mit einem ironischen Unterton.

Der Polizist nahm sein Funkgerät. Seine Worte hämmerten Jack noch tagelang im Kopf.

„Schauer hier. Obere Wendeltreppe. Wir haben einen Verletzten. Keine Spur von Fräulein Zimmermann.“ Aus seinem Funkgerät schnarrte eine Stimme zurück, die offensichtlich nur Schauer verstehen konnte, denn selbst Frau Jensen starrte den Polizisten ungläubig an. Dann packte der Polizist Jack am Arm.

„Sie waren also auf der Wendeltreppe“, stellte Kommissar Stolzinger jetzt schon zum fünften Mal fest und bedachte Jack aus seinen kühlen, hellblauen Augen mit einem interessierten Blick. Der Kommissar trommelte mit den Fingerkuppen auf den schweren Holztisch, der sich inmitten eines weißgetünchten Raums befand, der ansonsten für Gespräche mit einem Geistlichen bestimmt war. „Was hatten Sie dort zu suchen, äh ...“, Stolzinger sah auf einen Zettel, „Fräulein Hofer.“

„Wo ist Melanie?“

„Das wollen wir von Ihnen wissen, Fräulein Hofer.“ Schon wieder Fräulein. Jack hasste es, wenn sie jemand mit Fräulein anredete. Doch Stolzingers Blick ruhte nur bewegungslos auf ihr.

„Es ist kalt hier!“ rief er unvermittelt, und es dauerte keine zwei Minuten, bis ein Polizeibeamter geschäftig einen Heizlüfter ins Beichtzimmer brachte. Dass es hier inzwischen viel wärmer war als in der Kirche, tröstete Jack nicht im Geringsten. Melli, ihre beste Freundin, war verschwunden.

Das ist schön, das Christkindl

„Wer ist da?“ fragte Georg Lamml, als es am Abend an seine Tür klopfte. Er musste vom Fernseher weg. Er wollte doch „Das Strafgericht“ auf RTL weiter anschauen.

„Ich bin's. Mach auf, Schorsch.“

Umständlich öffnete Georg die Tür und starrte seinen Kumpel an. Er hatte sein Auto direkt vor der Eingangstür geparkt. Und das hat er noch nie getan.

„Wir müssen die Welt retten, Schorsch“, sagte sein Kumpel.

„Äh, hä“, Georg brachte kein Wort heraus. Er schaute verwirrt an seinem Gegenüber vorbei.

„Hör zu, Schorsch“, flüsterte der Kumpel. „Da drin“, er deutete verschwörerisch auf den Kofferraum, „da müssen wir wen rausholen.“

Georgs rehbraune Augen blieben am Kofferraum hängen. Er dachte an das Strafgericht. Das war einfacher.

„Schorsch, du musst mir helfen, verstehst du?“

„Helfen, ja.“

„Ich mache jetzt den Kofferraum auf, und wir tragen wen in dein Wohnzimmer.“

„Ja, aber, ich schau doch grad fern.“

„Schon, aber du musst mir helfen.“

Es gab nicht viele Leute, die Georg um seine Hilfe baten. Der Kumpel öffnete den Kofferraum. Und Georg starrte auf einen lebensgroßen Engel mit zerknautschten Flügeln.

„Pack mit an, Schorsch.“ Gemeinsam hievten sie den Engel über die Kante des Kofferraums. Dann nahm Georg ihn über die Schulter. Er war kräftig gebaut. Das wusste er nämlich sogar selber und musste ihm keiner sagen.

„Schnell ins Wohnzimmer, auf das Sofa.“

Georg tat, was der Kumpel sagte, setzte sich in den Sessel und starrte auf den Fernseher. „Das Strafgericht“ war schon vorbei, und er hatte nicht mitbekommen, wie es ausgegangen war.

„Schorsch, machst du mal den Fernseher aus?“

Georg nahm bedächtig die Fernbedienung in seine große Hand, drückte auf den roten Knopf rechts oben und sah seinen Kumpel fragend an. „Deine Haare glänzen heute wieder schön, so schöne, schwarze Haare“, meinte Georg, der sich nämlich mit Haaren auskannte. Seine Oma, die war Friseuse gewesen, und da hat er im Geschäft immer zusammen gefegt. Die Kunden haben die Oma jedes Mal gelobt, wenn die Haare so schön glänzten. Und die Kunden haben sich noch mehr gefreut, dass sich die Oma gefreut hat, und manchmal hatte er sogar ein Zehnerl bekommen.

„Danke, Schorsch. Du, ich muss mit dir reden. Ich brauche deine Hilfe, Schorsch.“

Georg starrte seinen Kumpel an. Vorhin hat der Kumpel doch schon seine Hilfe gebraucht. Und reden war immer so anstrengend.

„Wart einmal.“ Georg blickte an die holzvertäfelte Zimmerdecke, als wenn er von dort selbst Hilfe bekommen würde. Bedächtig ging er zu seinem Bett hinüber. Von seinem Nachttisch kramte er ein paar kleine Hefte, tat sie in die Schublade, zog sich seinen Bademantel über und machte Licht. Georg war stolz auf sich, dass er alles in der richtigen Reihenfolge getan hatte, wegen der Hefte und so.

„Mach deinen Bademantel zu, dann ist dir wärmer, Schorsch.“

Georg band sich den Bademantel zu. Wärmer. Der Kumpel war ein Kluger. Auf den konnte man sich verlassen.

„Du, Schorsch, ich muss mit dir reden.“ Der Kumpel setzte sich auf einen der alten Gartenstühle, die am Küchentisch standen.

„Reden.“ Schon wieder. Georg setzte sich ebenfalls auf einen Stuhl. „Die sind neu, die Stühle.“

„Das sind schöne Stühle, Schorsch, sehr bequem.“

„Sehr bequem.“ Georg freute sich über das Kompliment, denn er hatte ganz alleine den Racklmühlbauern gefragt, nachdem er seinen Hof gefegt und zwei Euro dafür bekommen hatte, ob er die Stühle haben konnte. Weil, er hatte beobachtet, wie die Männer von der Müllabfuhr gerade die schönen Gartenstühle in das große Müllauto schmeißen wollten. Der Bauer hatte Georg erlaubt, die Stühle mitzunehmen, und dann hatte Georg die Stühle nach Hause getragen. Zum Racklmühlbauern war es so lang wie die ABBA-CD in seinem tragbaren CD-Player. Der war ihm mal heruntergefallen. Aber er hatte zum Glück noch funktioniert. Und am Abend war Georg dann ganz müde gewesen. So müde, dass er seine Hefte gar nicht mehr hatte anschauen wollen.

„Schorsch, weißt du, wer das ist, da?“ fragte der Kumpel und deutete auf den Engel.

„Das ist ein Engel. Der Engel schläft aweng.“

„Du, Schorsch, das ist mehr als ein Engel.“

Georg sah vom Engel zum Kumpel und wieder zurück.

„Schorsch. Ich verrate dir ein Geheimnis“, flüsterte der Kumpel in sein Ohr, „das ist das Christkind.“

„Das is schön, das Christkind.“ Und Georg schossen die Tränen in die Augen.

Durch die Mangel

„Waren Sie das nicht mit der Gondel im Rathaus?“ Kommissar Stolzinger machte ein heiteres Gesicht, so als ob er zwei zusammenpassende Kärtchen beim Memory aufgedeckt hätte. Jack wollte einfach nur weg von hier, weg von dem surrenden Heizlüfter und diesem Menschen mit seinem fliehenden Kinn und seinen schütteren, blonden Haaren. Aber die Befragung ging weiter. Welche Beziehung hatte Jack zu Melanie, seit wann kannten sie sich, gab es Streit, gab es Neid und so weiter. Und wieder von vorne. Dann bat ein Polizeibeamter Stolzinger, sich etwas anzusehen.

Der Kommissar stellte sich mit dem Rücken zu Jack auf und betrachtete etwas. Als er sich umdrehte, konnte Jack sehen, dass es ein Zettel war. Er hielt das Stück Papier so, dass es Jack nicht sehen konnte.

„Benutzen Sie einen Lippenstift?“ fragte er.

„Was?“

„Einen Lippenstift.“

„Nein.“ Jack trug nie einen Lippenstift. Konnte er das nicht sehen?

„Auch heute nicht?“

„Nie.“

„Sie sind minderjährig. Ihr Vater wird gleich hier sein.“

Natürlich, die Eltern mussten informiert werden. Jack stieg eine unangenehme Welle vom Magen bis in die Haarwurzeln hinauf. Sie wünschte, Claudia wäre jetzt hier.

„Herr Hofer klang nicht sehr begeistert“, stellte der Kommissar fest.

Jack wusste, dass ihr Vater auf dem Weg hierher vor Wut kochte. Dann legte Stolzinger den zerknitterten Zettel auf den Tisch. „Kennen Sie das?“

„Was?“

„Das Gedicht auf dem Zettel.“ Er drehte das Papier so, dass Jack das Gedicht lesen konnte. Es war ein Weihnachtsgedicht.

„Das Gedicht habe ich noch nie gesehen.“

Schweigend drehte Stolzinger den Zettel um. „Ihre Freundin scheint in Schwierigkeiten zu sein“, meinte er ernst.

Auf der Rückseite stand mit rotem Lippenstift HILFE. Der letzte Buchstabe wirkte so, als ob Melli der Lippenstift abgebrochen wäre.

Dann betrat Herr Hofer den Raum.

„Hallo“, begrüßte Jack ihren Vater tonlos.

„Guten Abend, Herr Hofer, wir müssen noch einige Formalitäten erledigen. Dann können Sie Ihre Tochter mitnehmen“, meinte Stolzinger sachlich.

Jacks Vater legte den Arm um ihre Schulter. Manchmal kommt es ganz anders, als man denkt.

„Da vorne ist ja Herr Bärlein“, sagte Jack zu ihrem Vater, als sie die Kirche verließen.

„Er hat mich hergefahren“, erwiderte er knapp.

Jack sagte nichts. Sie vermutete, dass ihr Vater seinen langjährigen Sicherheitsberater angerufen hatte, um sich hierher fahren zu lassen. Denn Herr Hofer setzte sich nie hinters Steuer, wenn er gestresst war. Und das hatte Jack nicht nur einmal erlebt.

Der Platz vor der Lorenzkirche war weiträumig abgesperrt. Polizisten sicherten die Durchgänge und überprüften jeden, der das Gelände verlassen wollte. Hinein durfte niemand. Auf der Uhr des Wetterhäuschens vor der Lorenzkirche, das sich wie ein Ecktürmchen in die Absperrung einpasste, konnte Jack erkennen, dass jetzt schon über zwei Stunden seit Mellis Verschwinden vergangen waren.

Sie passierten die Absperrung, gingen zu Bärlein hinüber und begrüßten ihn. Jack fiel auf, dass er ein gefährlich rotes Gesicht hatte und ihm der Schweiß aus den silbergrauen Haaren lief. Er tat einen tiefen Atemzug und lehnte sich an eine Häuserwand. Von Bärleins Schweißgeruch, der so stark war, dass er durch den Mantel drang, wurde Jack fast schlecht.

„Herr Bärlein, ist alles in Ordnung?“ fragte Herr Hofer.

„Das Pillendöschen. In der rechten Manteltasche“, ächzte Bärlein.

Jacks Vater griff in die Manteltasche und zog ein silbernes Pillendöschen heraus.

„Eine“, flüsterte Bärlein.

Jack fand, dass Bärleins Tabletten mit den winzigen Pfefferminzdragees Ähnlichkeit hatten, die ein Austauschschüler aus Amerika mitgebracht hatte. Aber zum Spaßen war diese Situation hier natürlich nicht.

Bärlein hielt die Hand auf, und Herr Hofer legte ihm eine Tablette hinein. In einer routinierten Bewegung führte Bärlein die Hand zum Mund.

„Wir setzen uns jetzt erst einmal in das Café da drüben. Es sind nur ein paar Schritte“, sagte Herr Hofer bestimmt, „und nachher werde ich Sie wohl fahren müssen.“

„Das ist wohl wahr“, antwortete Bärlein schon wieder gefasst.

Jack war froh, dass die Tablette so schnell wirkte.

Sie betraten das Café. Am Fenster wurde gerade ein Tisch frei, den Herr Hofer sofort in Beschlag nahm.

„Was möchten Sie trinken?“

„Mineralwasser.“

„Und du?“

„Heiße Schokolade.“ Jack drang wieder voll ins Bewusstsein, dass Melli verschwunden war. Wie konnte sie jetzt nur in einem Café sitzen und heiße Schokolade trinken? „Nein, ich nehme auch ein Wasser.“

„Du brauchst jetzt ein paar Kalorien, Kind.“ Ausgerechnet Kalorien, das war das Letzte, was sie brauchen konnte.

„Was kann ich Ihnen bringen?“ fragte eine junge Frau, die kaum älter als Jack war.

„Zweimal Mineralwasser, eine Tasse Kaffee und drei Butterbrezeln“, sagte Herr Hofer.

„Es ist mein Herz“, meinte Bärlein.

„Das habe ich vermutet.“

Bärlein sah sorgenvoll aus dem Fenster.

„Jetzt machen Sie doch nicht gleich so ein Gesicht, als ob ich Ihnen keine Aufträge mehr geben würde“, meinte Jacks Vater energisch, und damit war das Thema Herz und Sicherheitsberatung in der Firma Hofer erledigt. Ihr Vater konnte manchmal recht unbequem werden, aber einen langjährigen Mitarbeiter würde er nicht hängenlassen.

Die Bedienung brachte die Getränke und die Brezeln, und Bärlein nahm erst einmal einen großen Schluck Wasser. „Was ist in der Lorenzkirche eigentlich passiert?“ fragte er.

Jack und ihr Vater setzten gleichzeitig an zu erzählen. „Erzähl du“, sagte sie zu ihrem Vater. Sie ließ ihm in diesem Fall lieber den Vortritt.

Jack hoffte, dass Bärlein vielleicht eine Idee hatte, was passiert sein könnte. Er kannte sich in seinem Beruf mit Verbrechen zumindest besser aus als sie.

„Und mehr kann ich Ihnen leider auch nicht berichten“, sagte Herr Hofer, als er fertig war.

„Haben Sie eine Idee, was passiert sein könnte?“ fragte Jack.

„Nein, es tut mir leid. Ich hoffe für Sie, dass Melli bald wieder unversehrt auftaucht“, antwortete er ruhig.

Ihr Vater zahlte, und Bärlein versprach Jack, seine Augen und Ohren offen zu halten. Er hatte schließlich auch gute Beziehungen zur Nürnberger Polizei.

Eiszeit

„Bei uns lief gestern noch den ganzen Abend das Radio“, meinte Jack, die mit Gülay und Sascha auf Telefonkonferenz geschaltet hatte. Die Freunde redeten sich schon seit einer Stunde die Köpfe heiß, obwohl jedem klar war, dass das zu nichts führen würde. Es war schon fast Mitternacht, und sie mussten trotz Mellis Verschwinden am nächsten Tag in der Schule antreten.

Jacks Handy piepste.

Mirek. Noch vor 24 Stunden konnte sie an nichts anderes denken, aber jetzt kam ihr Mirek eigenartig unwirklich vor. Denn Jack lebte nur noch in der schrecklichen Gewissheit, dass Melli verschwunden war.

Wie geht? Wann treffen wir? schrieb er. Jack starrte auf ihr Handy.

„Was ist los? Hast du eine SMS bekommen?“ Gülay hatte ein Ohr für Handys. Selbst in einer Disco konnte sie noch Klingeltöne voneinander unterscheiden. „Ist es Melli?“

„Mirek will mich treffen.“

„Mirek?“

Jack erzählte kurz, dass sie mit Mirek in der Hundeschule gewesen war. „Könnt ihr mir sagen, was ich ihm sagen soll? Wahrscheinlich hat er noch nicht einmal mitbekommen, was passiert ist.“

Nach ein paar Sekunden Stille fingen plötzlich Gülay und Sascha gleichzeitig an zu reden. Jack hörte etwas von Briefeschreiben heraus, persönlich treffen, Übersetzer mitnehmen, Abholen und zur Lorenzkirche bringen. Ihre Vorschläge wurden immer wirrer, bis ihnen endlich auffiel, dass Jack nichts mehr sagte.

„Du weißt wahrscheinlich am besten, was du ihm sagst“, begann Gülay.

„Meinst du, dass ich ihn anrufen soll?“

„Dann hast du dich zumindest gemeldet. Am besten, du rufst ihn gleich an“, meinte Sascha.

Nach einigem Hin und Her beendeten sie ihre Telefonkonferenz, Jack stand vom harten Boden auf und setzte sich in ihren Lieblingssessel. Sie wählte seine Nummer.

„Hallo, hier ist Jack.“

„Hallo Jack“, antwortete Mirek.

„Es ist etwas Schlimmes passiert.“

„Schlimmes?“ Das ging ja schon gut los.

„Das Christkind, meine Freundin Melli.“

„Ja?“

„Sie ist weg.“ Wie sollte sie ihm bloß klarmachen, dass sie verschwunden war. „Die Polizei sucht Melli.“ Jack hoffte, dass Mirek beim Wort Polizei nicht dachte, dass Melli irgendwie kriminell geworden ist.

„Das ist schlecht.“

„Ja, das ist sehr schlecht." Jack hatte keine Ahnung, wie sie Mirek sagen sollte, dass sie mit den Nerven am Ende war. Sie hoffte, dass das Wort Nerv auch im Tschechischen existierte. „Ich bin mit den Nerven am Ende", sagte sie.

„Ende der Nerven? Was ist das?"

„Melli ist weg", wiederholte Jack langsam, „morgen ist das in der Zeitung."

„Deine Nerven sind kaputt", meinte Mirek darauf. Wenn nicht alles so traurig gewesen wäre, hätte sie jetzt lachen müssen.

„Ja, meine Nerven sind kaputt." Jack wusste nicht, wie sie ihm sagen sollte, dass sie jetzt absolut keinen Nerv für einen Jungen hatte. Auf der anderen Seite wollte sie ihn auch nicht einfach abservieren, weil sie ihn wirklich mochte.

„Ich rufe andere Woche dich an", sagte er.

Danke, danke, danke. „Das ist gut. Entschuldige, bitte."

„Du nicht Entschuldigung." Mirek klang mittlerweile ziemlich aufgeregt, und sein Deutsch wurde immer merkwürdiger. Aber sie wusste, was er meinte.

„Gute Nacht, Mirek." Jacks Kopf war wie leer. Sie wusste nicht, was sie in einfachem Deutsch noch sagen konnte.

„Ich freue auf andere Woche. Gute Nacht."

Sie fragte sich, ob sie schnell noch einmal ihre Freunde anrufen sollte. Aber welchen Sinn hätte das gehabt? Sie legte das Handy neben ihr Bett auf den Boden. Heute Nacht sollte es angeschaltet bleiben.

Jack konnte nicht schlafen. Ihre Gedanken kreisten immer noch um Melli. Sie kannten sich schon seit der fünften Klasse, hatten immer was zum Reden und niemals Streit. Es war fast wie ein Wunder.

Und einmal hatte Melli ihr das Leben gerettet. Es kam ihr wie gestern vor, obwohl seitdem schon vier Jahre vergangen waren. Der Valzner Weiher schien damals komplett zugefroren zu sein, und seit Tagen zeigte das Thermometer Minusgrade. Beste Voraussetzungen zum Schlittschuhlaufen, zumal die Sonne von einem unendlich blauen

Himmel herunterschien. Noch in der Schule verabredeten sich Jack und Melli für den Nachmittag am Hauptbahnhof. Von dort aus fuhren sie mit dem Bus zum See hinaus. Jack erinnerte sich heute noch an jedes Wort, das sie gesprochen hatten. In der Hauptsache diskutierten sie sich die Köpfe heiß über „Deutschland sucht den Superstar", wie sich die Kandidaten anstellten, wie sie aussahen, und ob Dieter Bohlen wirklich so gemein war, wie er immer tat. Solche Sachen eben.

Am Valzner Weiher angekommen, zogen Jack und Melli ihre Schuhe aus und schlüpften schnell in ihre Schlittschuhe, um nicht noch mehr Wärme zu verlieren. Und noch viel wichtiger, jede wollte die Erste auf dem Eis sein. Lumix banden sie mit seiner ausziehbaren Hundeleine an den Baum. Auf das Eis würde er ohnehin nicht freiwillig gehen.

Melli fuhr noch etwas unsicher am Rand des Sees umher, und Jack flitzte bis zur Mitte über das Eis. Sie drehte Kurven, fuhr in Schlangenlinien rückwärts und übersetzt wieder nach vorne. Begierig sog sie die winterliche Luft ein und blinzelte in die Sonne. Dann knackte es, und alles ging ganz schnell. Ihr linker Fuß brach ohne Vorwarnung ein. Und wieder knackte es. Das bitterkalte Wasser ging ihr schon bis zum Oberschenkel, und das Knie, in das die scharfe Eiskante geschnitten hatte, schmerzte. Sie schrie. Dann brach sie mit dem anderen Bein ein. Die Kälte lähmte sie. Tränen rannen ihr über das Gesicht und gefroren in Sekundenschnelle zu Eis. Plötzlich hatte sie das Gefühl, als ob die Kälte erbarmungslos von den Beinen durch ihren Oberkörper kroch und ihr Gehirn lähmte. Später erinnerte sie sich nur noch, wie Melli plötzlich bäuchlings vor ihr lag und ihr mit ausgestreckten Armen die Schlittschuhe entgegenhielt.

„Pack die Kufen", schrie Melli verzweifelt.

Jack wollte nicht. Die Kälte hatte bereits ihren Überlebenswillen gelähmt. Sie hätte die leichte Melli nur mit sich ins Wasser gezogen.

„Die Kufen. Die Hundeleine sichert mich!" Melli war außer sich. Lumix' Bellen war unendlich weit weg.

In Jacks Bewusstsein drang der Gedanke, dass sie zugreifen musste. Die steifen Hände hakte sie in die Kufen. Der Schmerz in ihren Händen brachte sie fast um den Verstand. Die Beine spürte sie nicht mehr.

Später hat ihr Melli erzählt, dass ein älteres Ehepaar am Ufer stand und gemeinsam an der Hundeleine gezogen hatte, die sich Melli um ihren Bauch gebunden und an einem Baum befestigt hatte. Dann kam ein Fahrradfahrer, der vom Fahrrad gesprungen war und dem Ehepaar half.

Heute konnte sie sich nur noch daran erinnern, dass die alte Frau in den Armen ihres Mannes weinte, Melli in sich zusammensackte und ein junger Mann in sein Handy schrie. Dann war alles nur noch schwarz. Zu Bewusstsein kam sie erst wieder im Krankenhaus. Als die Wärme zurück in ihre Beine kroch, brüllte Jack vor Schmerzen.

Jetzt lag sie sicher in ihrem warmen Bett. Die Tränen strömten ihr über das Gesicht. Melli war verschwunden, ihre Lebensretterin. Sie fühlte sich unendlich machtlos.

Jacks Mund brannte inzwischen vor Durst. Erst jetzt fiel ihr auf, dass sie schon seit Stunden nichts mehr getrunken hatte. Sie stand auf, ging in die Küche hinunter und füllte ein Glas mit Leitungswasser. Sie setzte sich an den Küchentisch. Wie oft hatte sie hier schon mit Melli gesessen? Beim Mittagessen, bei den Hausaufgaben und früher bei Monopoly, als sie noch klein waren und sich wie die Größten gefühlt hatten.

Jack schluckte ihre Tränen hinunter und fasste den Entschluss. Sie wollte ihre beste Freundin finden.

Gleich auf Sendung

Das Verlies war gerammelt voll. Der Lärm war unerträglich. Selbst hinter der Theke standen Schüler und redeten aufeinander ein. Jack gab Gülay und Sascha ein Zeichen, und sie verließen den Keller.

„Ich werde Melli suchen“, meinte Jack.

Sascha und Gülay sahen sie an und sagten nichts.

„Ich habe noch keine Ahnung wie, aber ich werde sie finden."

„Wo willst du anfangen?" fragte Gülay. „Oh Jack. Es tut mir so leid." Sie umarmte ihre Freundin.

Plötzlich hielt ein großer Wagen vor dem Schultor. Das Bayerische Fernsehen war da, und immer mehr Schüler strömten auf den Schulhof. Jack und ihre Freunde stellten sich auf einen Betonklotz, um von dort aus besser sehen zu können. Sie konnten erkennen, wie Tom mit einem Reporter sprach und dabei ein sorgenvolles Gesicht aufsetzte, während sich Galaktika und die Sponge Girls einen Weg durch die Schülermenge zu Tom bahnten.

„Wir sind gleich auf Sendung." Der Reporter sprach jetzt lauter, und dann begann auch schon die Aufzeichnung.

„Tom", sagte der Reporter. „Du bist Schülersprecher an Melanie Zimmermanns Gymnasium. Ich darf doch Du zu dir sagen?"

„Ja, selbstverständlich." Tom beherrschte jede Situation. Er war wie ein Politiker.

„In welcher Beziehung stehst du zum diesjährigen Christkind, deiner Mitschülerin?"

„Wir haben uns immer gut verstanden, zusammen gelernt und anderen geholfen, wenn Not am Mann war." Jack konnte nicht glauben, was sie da hörte, denn nichts von alldem stimmte. Ein einziges Mal hatte ein Lehrer Melli und Tom zu einer fünfminütigen Teamarbeit in Deutsch eingeteilt. Sie fragte sich, wie sie Tom nur jemals toll finden konnte.

„Wie ist jetzt die Stimmung in der Schule? Gibt es schon Hinweise auf einen möglichen Täter?"

Galaktika und die Sponge Girls hatten sich jetzt neben Tom aufgestellt. Der Kameramann schwenkte kurz zu Galaktika, in deren makelloses Gesicht Fassungslosigkeit geschrieben war. Auf ihren seidigen, blonden Haaren blieben nun auch noch perfekt geformte Schneeflocken liegen, die wie bestellt vom Himmel fielen. Dann schwenkte er wieder zurück zu Tom und dem Kollegen vom Fernsehen.

„Wir sind alle entsetzt", sagte Tom tapfer, „und wollen alles dafür tun, um Melanie wiederzufinden." Tom zog ein Heft aus seiner Tasche und hielt die brandneue Sonderausgabe der Schülerzeitung in die Kamera.

„‚Wir sind Christkind', liebe Zuschauer", rief der Reporter begeistert. „Der Titel der neuesten Ausgabe der Schülerzeitung hier, meine Damen und Herren. Die Schüler und Schülerinnen dieses Gymnasiums solidarisieren sich mit dem Christkind", und er warf Galaktika einen besonders mitfühlenden Blick zu, „und alle hoffen, dass Melanie baldmöglichst wieder mit ihren Freunden die Schulbank drücken darf. Das war der Bericht aus Nürnberg."

„Klappe und aus", rief eine Frau vom Fernsehteam, und der Kameramann ließ seine Kamera sinken.

Kaum war das Bayerische Fernsehen weg, kam Galaktika direkt auf Sascha zugesteuert und hakte sich bei ihm unter.

„Das ist alles total schrecklich", sagte sie.

„Das ist echt total schrecklich", echoten Anja und Tanja.

Wie versteinert sah Jack Galaktika zu, wie sie in ihrer Tasche kramte, ein Tempo hervorholte und sich die Augenwinkel tupfte. Wie von Galaktika bestellt, ging die Direktorin genau im selben Augenblick vorbei. Ahnungslos biss die Direktorin an und berührte Galaktikas Arm in so einer Art, dass man sich als Jugendliche ernst genommen fühlte.

„Yvonne, das tut mir so leid für dich. Wir hoffen alle, dass Melanie wieder auftaucht", meinte Frau Bastian mit fester Stimme.

„Danke", hauchte Galaktika.

„Wenn du möchtest, kannst du dich heute vom Unterricht befreien lassen."

„Das ist doch nicht nötig, Frau Bastian", antwortete Galaktika brav. Sie hätte sich unter keinen Umständen den Trubel in ihrer Schule entgehen lassen wollen.

„Ihr müsst jetzt alle zusammenhalten“, rief die Direktorin in die Menge, strich sich über ihr beigefarbenes Kostüm und steuerte das Schulgebäude an.

❄❄❄

„Jacqueline Hofer, bitte ins Sekretariat“, quäkte die Stimme der Sekretärin durch den Lautsprecher, als Jack sich gerade in die Schulbank setzen wollte. Wie elektrisiert erhob sie sich. Sie hoffte, dass es gute Nachrichten von Melli gab, aber gleichzeitig war ihr bewusst, dass die Schulleitung nicht ausgerechnet sie aus dem Unterricht holen würde.

Jack betrat das Sekretariat. Durch die Verbindungstür entdeckte sie Kommissar Stolzinger, wie er gerade mit der Direktorin redete, als ob sie alte Bekannte wären.

„Einen Moment bitte, Jacqueline“, sagte die Sekretärin. Stolzinger und Frau Bastian nickten einander zu. Jack wurde flau im Magen.

„Der Herr Kommissar möchte mit dir sprechen. Ich habe ihm mein Büro zur Verfügung gestellt. Ich muss jetzt ohnehin in eine Sitzung“, meinte Frau Bastian, öffnete die Garderobe und nahm einen eierschalenweißen Ledermantel vom Bügel. Als Tochter eines Trachtenfabrikanten konnte Jack genau einschätzen, dass die gute Frau Direktorin ein halbes Vermögen dafür ausgegeben hat.

„Kommen Sie doch herein, Fräulein Hofer. Wir hatten bereits das Vergnügen“, rief Stolzinger Jack aus dem Direktorat zu. Jack ging mit einem unguten Gefühl im Bauch zu dem Schreibtisch, an dem der Kommissar gerade im schwarzen Chefsessel Platz genommen hatte. Ihr war so mulmig, dass sie sich nicht einmal über die Anrede als Fräulein aufregte.

„Grüß Gott“, sagte Jack und setzte sich nach der einladenden Handbewegung des Kommissars.

„Grüße Sie.“ Stolzinger sah einige Sekunden in Jacks Gesicht, ohne etwas zu sagen. Jack wurde die Stille unangenehm. „Sie haben Melanie

Zimmermann zuletzt am Eingang der Wendeltreppe gesehen. Richtig?“ stellte er schließlich fest.

„Ja“, antwortete Jack.

„Wohin haben Sie Ihre Freundin gelockt?“ Stolzinger beugte sich nach vorne und starrte in Jacks Augen.

„Wie bitte?“

„Wohin haben Sie Melanie Zimmermann gelockt, als Sie mit ihr auf der Wendeltreppe waren?“

„Ich war nicht auf der Wendeltreppe“, begann sie.

„Doch, das waren Sie.“

„Aber erst nachdem Melli verschwunden war.“

„Woher wissen Sie, dass Melanie weg war?“

„Wie meinen Sie das?“ Jack hatte das Gefühl, dass Stolzinger sie in eine Falle locken wollte.

„Wo ist Melanie Zimmermann?“

„Hören Sie, ich bin die Wendeltreppe erst hinaufgegangen, als ich jemanden oben schreien hörte.“

„Die Wendeltreppe ist wegen der Butzenscheiben nicht einsehbar.“ Stolzinger lehnte sich zurück und starrte aus dem Fenster. „Da ist etwas faul, finden Sie nicht?“

Jack wusste nicht, was sie darauf antworten sollte. Ein paar Sekunden lang konzentrierte sie sich auf ein Gemälde, das hinter Stolzinger an der Wand hing. Das Bild zeigte ein kleines Fischerboot in einem südländischen Hafen. Um sich von Stolzinger abzulenken, versuchte sie den kräftigen Farben des Aquarells Namen zu geben.

Jack atmete tief durch. Sie dachte an einen Satz, den ihr Vater gerne zitierte, wenn er sich wegen der Steuer aufregte: ‚Die Wahrheit ist der einzig richtige Weg‘. Und dann seufzte er immer gottergeben und richtete die Augen an die Zimmerdecke.

„Nun, Fräulein Hofer?“

Jack lenkte ihren Blick zurück zum Kommissar. „Melli ist meine beste Freundin. Ich habe Angst, dass ihr etwas Schlimmes passiert ist. Mehr kann ich Ihnen nicht sagen."

„So, so", sagte Stolzinger und spitzte den Mund. Aus der Innentasche seines Jacketts zog er eine Plastiktüte mit einem Gegenstand und legte sie auf den Tisch.

„Das haben wir gefunden", sagte er. Jack beugte sich nach vorne, um besser zu sehen. Es war ein ramponierter Lippenstift, dem die Kapsel fehlte.

„Kennen Sie den?"

„Nein."

„Hat Melanie diese Marke bevorzugt?"

„Melli verwendet keinen Lippenstift."

„Zurzeit schon, als Christkind nämlich." Stolzinger wusste immer alles besser.

„Das ist ein Lippenstift von Nivea."

„Ja", meinte Stolzinger langgezogen, „und?"

„Mellis Gesichtscreme ist immer von Nivea."

„Und was sagt uns das?" Stolzinger hob seine Augenbrauen.

„Wahrscheinlich ist es ihr Lippenstift."

„Gut. Das haben wir auch schon in Erfahrung gebracht."

Dieser Stolzinger konnte einen rasend machen. Jack fragte sich, was er damit bezweckte.

„Melanie Zimmermann hat mit ihrem Lippenstift noch eine Botschaft geschrieben, die Sie ja kennen, und dann haben Sie Ihre Freundin durch die geheime Tür geschubst."

„Was? Welche geheime Tür?" Jack wusste nicht im Geringsten, wovon Stolzinger sprach.

„Dann sind Sie nach oben gerannt", beschrieb Stolzinger, „und haben den armen Menschen, der das Christkind zur Empore bringen sollte, mit einem Gegenstand niedergeschlagen. Groß und kräftig genug sind Sie ja."

Jack wurde rot vor Wut.

„Sie werden ja ganz rot."

Jack sagte nichts.

„Spaß beiseite", meinte Stolzinger trocken, „wir haben einen Geheimgang von der Wendeltreppe in die Tiefgarage der Stadtsparkasse entdeckt." Jetzt wirkte er wieder, als ob er wüsste, dass Jack mit Mellis Verschwinden nichts zu tun haben konnte. Sie hoffte, dass Stolzinger weiterreden würde.

„Sie können sich wahrscheinlich vorstellen, dass eine Reihe von Leuten recht nervös geworden ist, als wir sie von einer geheimen Tür in der Lorenzkirche informiert haben." Stolzinger lehnte sich genüsslich im Chefsessel der Direktorin zurück. „Nehmen wir da zum Beispiel unseren Sachverständigen für mittelalterliche Kirchen in Bayern. Der Mann kennt jede gotische Kirche wie seine Westentasche. Ich schätze, dass sein Kopf in den nächsten Tagen rollen wird. Denn entweder hat er etwas mit dem Fall zu tun, oder er hat schlicht und ergreifend den Geheimgang übersehen. Ein Münchener eben. Da kann man einfach nichts machen."

„Ein Geheimgang?" Jack hatte ihre Sprache wiedergefunden.

„Direkt von der Lorenzkirche zur Tiefgarage der Stadtsparkasse." Stolzinger sah aus, als ob er ein Verhältnis zwischen Madonna und Prinz Charles aufgedeckt hätte.

Jack starrte Stolzinger an.

„Mit welchem Wagen wurde Melanie Zimmermann weggeschafft?" fragte er unvermittelt.

„Ich habe keine Ahnung, was passiert ist."

Der Kommissar sah auf seine Armbanduhr. „Wissen Sie bereits, wie es für Sie nach dem Abitur weitergeht?"

Jack entschied sich für die Wahrheit. „Ich möchte eine Ausbildung bei der Polizei machen und Diensthundeführerin werden."

Stolzinger sagte darauf nichts und wünschte Jack einen guten Tag.

Rendezvous in der Tiefgarage

Jack hielt Lumix den Seidenschal, den ihr Melli zurückgegeben hatte, vor die Nase, bevor sie mit ihrem Hund in die Tiefgarage der Stadtsparkasse hinunterging. Dann steckte sie das Tuch wieder gewissenhaft in die blaue Plastiktüte, die sie sorgfältig abdichtete und in ihrer Tasche unterbrachte. Sie konnte nicht wissen, ob sie den Schal noch einmal brauchte. Lumix hielt die Nase dicht am Boden, und zusammen gingen sie die Einfahrt nach unten in die Tiefgarage. Dort unten war die Spurensicherung zugange, die jedoch schon ihre Pinsel, Döschen und Kreiden in den Metallkoffern verstaute. Das rot-weiße Absperrband rollte ein Mensch im Overall gerade zusammen. Diensthunde waren nicht mehr da, sonst hätte Lumix schon längst aufgeregt an seiner Leine gezogen. Jack ging an einer Reihe geparkter Autos entlang, schaute in jedes hinein und achtete genau auf Lumix' Reaktionen, bis ihr von hinten jemand auf die Schulter tippte.

„Hatten wir nicht gestern bereits das Vergnügen?" fragte Kommissar Stolzinger. Blöde Frage, so zu tun, als ob er sich nicht mehr an sie erinnern könnte.

„Grüß Gott." Jack war es gar nicht recht, dass der Kommissar aufgetaucht war.

„Grüße Sie, Fräulein Hofer. Darf ich fragen, was Sie hier tun?"

„Ich gehe spazieren."

„In der Tiefgarage?"

„Ist das verboten? Die Absperrung wird gerade abgebaut."

„Sie können mir nicht erzählen, dass Sie für gewöhnlich Ihren Hund in Tiefgaragen spazieren führen." Der Kommissar betrachtete Lumix neugierig. „Riesenschnauzer, ein schönes Tier."

Jack fühlte sich geschmeichelt. „Um ehrlich zu sein", sagte sie, und Stolzinger hob seine dichten Augenbrauen, „ich suche eine Fährte von Melli."

„Und Sie können sich nicht vorstellen, dass wir das bereits getan haben."

Jack fragte sich, wie sie dem Kommissar beibringen sollte, dass sie sich vorgenommen hatte, alles dafür zu tun, um Melli zu finden.

„Aber vielleicht entdecke ich ja etwas Neues, weil ich meine Freundin so gut kenne."

„Liebes Fräulein Hofer", begann Stolzinger und machte eine Pause, „wir haben Spezialisten. Eigentlich sollten Sie das wissen, zumal Sie sich für den Dienst bei der Polizei interessieren."

„Sitz", sagte Jack zu Lumix gewandt. Sie holte tief Luft, denn sie hatte von den ewigen Sticheleien des Kommissars genug, ganz zu schweigen von Stolzingers ewigem Fräulein. „Wenn Sie Ihre Arbeit richtig machen würden, hätten Sie schon längst ganz andere Leute befragt, als Ihre wertvolle Zeit damit zu verbringen, mir Löcher in den Bauch zu fragen."

„Aber, aber, liebes Fräulein Hofer."

Das ‚liebe Fräulein Hofer' brachte Jack endgültig auf die Palme. „Frau Hofer, wenn schon. Und Ihr *lieb* können Sie sich an den Hut stecken."

„Jetzt werden Sie nur nicht gleich aufsässig", meinte Stolzinger ohne die Miene zu verziehen, „Frau Hofer."

Lumix stand auf und ging in Habachtstellung.

„Ist gut, Lumix, alles ist gut." Jack tätschelte ihrem Hund den Hals. „Haben Sie eigentlich schon Krätzer interviewt?"

„Wer ist Krätzer?"

„Sehen Sie? Sie schnüffeln dauernd hinter mir her und haben überhaupt keine Ahnung, wer hinter Melli her ist."

„Wer ist Krätzer?" Stolzinger ließ sich nicht aus der Ruhe bringen.

„Wohnt in Kalchreuth, ist Vorsitzender von irgendeinem dämlichen Gesangsverein und kennt kein anderes Thema als das Christkind."

„Woher kennen Sie den Mann?"

„Er trainiert mit seinem Hund in derselben Hundeschule wie ich."

„Und Sie haben Ihre Freundin öfter einmal dorthin mitgenommen“, stellte Stolzinger fest. „Der Vorname?“

„Rüdiger.“

„Wie alt ist denn Herr Krätzer?“

„So alt wie Sie, vielleicht ein bisschen älter.“

„Hm.“ Stolzinger zog ein rotes Notizheft aus der Innentasche seines Wolljackets und kritzelte die Informationen hinein. Dann zog er sein Handy aus der Außentasche seines blauen Anoraks und wählte eine Nummer.

„Stolzinger hier. Überprüfen Sie mal Rüdiger Krätzer, Kalchreuth, zwischen vierzig und fünfzig.“ Der Kommissar wippte von den Fußspitzen auf die Ballen und wieder zurück. „Christkind – ja – Wiederhören.“

Jack wartete ab.

„Herr Krätzer wird heute keinen besonders gemütlichen Feierabend verbringen“, stellte Stolzinger fest und sah Jack aus seinen hellblauen Augen mit einem durchdringenden Blick an. „Und jetzt verlassen Sie bitte die Tiefgarage. Das nächste Mal werde ich Ihren Vater informieren, wenn ich Sie dabei erwische, dass Sie die Arbeit der Polizei behindern. Auf Wiedersehen.“

„Wiedersehen“, antwortete Jack knapp. Obwohl sie auf diesen Stolzinger wütend war, wollte sie wenigstens ein Mindestmaß an Höflichkeit bewahren.

Jack drehte sich um, ließ Lumix an der Leine vor sich herlaufen, und als sie sich noch einmal umschaute, bemerkte sie, dass ihr der Kommissar hinterherblickte.

Jack ließ Lumix ausgiebig an der Hausecke der Stadtbibliothek schnüffeln, bevor sie mit ihm in die U-Bahn steigen würde. Es begann zu schneien, und sie stellte den Jackenkragen hoch. Dann erblickte sie einen ihr wohlbekannten Hinterkopf. Sie wusste sofort, zu wem die silbergrauen Haare und der dunkelblaue Trachtenmantel gehörten. Sie ging etwas schneller, und Lumix freute sich, dass er mehr Tempo vorlegen durfte. Als sie auf der gleichen Höhe wie Bärlein war, grüßte sie ihn.

„Was für eine Überraschung", sagte der Sicherheitsberater ihres Vaters sichtlich erstaunt. Er sah zum Glück viel besser aus als beim letzten Mal.

„Bin ich froh, dass ich Sie treffe. Ich hatte gerade eine unangenehme Begegnung mit der Polizei. Ständig quetscht mich dieser Stolzinger aus. Der Mensch kann sich gar nicht vorstellen, dass ich überhaupt keine Ahnung habe, was passiert sein könnte."

„So sind die nun mal", sagte Bärlein beschwichtigend.

„Da haben Sie wahrscheinlich recht", seufzte Jack. Sie erzählte ihm, was sich in der Tiefgarage zugetragen hatte. „Hätten Sie gedacht, dass noch jemand einen unterirdischen Gang hier in der Altstadt findet, von dem keiner etwas wusste?"

„Nein, bestimmt nicht. Aber mich interessiert der Fall auch. Schließlich kenne ich Ihre Freundin, seitdem Sie miteinander gemeinsam die Schulbank drücken."

Jack tat es gut, nach der Angelegenheit mit Stolzinger die beruhigende Stimme des sympathischen Herrn Bärlein zu hören. Zum Glück roch er heute nicht nach Schweiß.

„Ich würde gerne mit Ihnen noch plaudern, aber ich habe heute Abend noch etwas zu erledigen", meinte Bärlein, was Jack ein wenig enttäuschte.

„Falls Sie etwas von der Polizei wegen Melanie hören, rufen Sie mich dann gleich an?" fragte Jack vorsichtig. Ihr war es ein wenig unangenehm, Bärlein zu bedrängen, weil er sicher noch andere Aufgaben hatte, als sich um das Verschwinden des Christkinds zu kümmern. Und dann noch sein Herz und eine kranke Frau zu Hause.

Kaum merklich runzelte Bärlein die Stirn. Er zögerte, holte dann aber sein Handy hervor. „Wie ist Ihre Nummer?"

Jack nannte Bärlein ihre Handynummer. „Und Ihre? Kann ich Ihre Nummer auch haben?" fragte sie.

„Nun gut“, sagte er und diktierte ihr seine.

„Danke.“

„Nun muss ich aber wirklich los“, meinte er väterlich und verabschiedete sich höflich von ihr.

Jack konnte von der Stadtbibliothek aus die Turmspitzen der Lorenzkirche sehen. Von diesem vertrauten Ort war ihre beste Freundin verschwunden.

❄❄❄

Jack war schon auf dem Weg zur U-Bahn, als ihr Handy klingelte.

„Hallo du, hier ist Gülay.“

„Hi. Was machst du so?“

„Sascha und ich sind gerade mit dem Lernstoff fertig geworden. Gemeinsames Referat und so.“

„Ja.“ Jack konnte sich kaum darauf konzentrieren, was ihre Schulfreundin sagte.

„Kommst du auch? Wir wollen noch was kochen.“

Jack rieb sich die Stirn.

„Was?“ fragte sie.

„Ob du zu Sascha kommst. Wir kochen.“

„Ich weiß nicht.“

„Ach komm. Ohne dich ist es echt öde.“

Normalerweise freute sich Jack über so ein Kompliment. Sie dachte darüber nach, dass sich wenigstens Lumix darüber freuen würde, draußen noch herumzulaufen, und bis in die Bergstraße hinauf war der Auslauf für ihn weit genug.

„Was ist jetzt?“ fragte Gülay noch einmal.

„Okay. Bin in zwanzig Minuten da.“

„Bis dann.“

Jack legte auf und blickte nachdenklich in den schwach beleuchteten Nachthimmel, bevor sie sich mit Lumix auf den Weg zu Sascha machte.

Pass auf dich auf

„Dieser blöde Kommissar ist mir über den Weg gelaufen“, sagte Jack aufgebracht, als sie endlich in Saschas Küche saß. Lumix hatte sich unter dem Tisch ausgestreckt, die Augen geschlossen und zuckte jedes Mal mit den Ohren, wenn jemand ansetzte, etwas zu sagen.

„Wo denn?“ fragte Gülay.

„In der Stadtsparkassentiefgarage.“ Nach der Vernehmung im Direktorat hatte Jack ihren Freunden alles erzählt, was sie von Stolzinger erfahren hatte. „Ich bin mit Lumix da runter, um eine Spur zu finden.“

„Und dem Kommissar hat das gar nicht gefallen.“

„Das kannst du laut sagen.“

„Hast du trotzdem etwas herausfinden können?“ fragte Gülay und reichte Sascha, der vor einem riesigen Topf am Herd stand, ein Schälchen mit gehackter Petersilie.

„Nein. Aber ich habe ihm von Krätzer erzählt. Ihr wisst schon.“

Gülay und Sascha verdrehten die Augen.

„Der gute Krätzer ist zwar nervig, aber eine Entführung?“ meinte Sascha.

„Stolzinger wollte wissen, wo Krätzer wohnt und hat einen Kollegen angerufen.“

„Das hört sich nach Herrenbesuch an.“

„Nicht gerade das, worauf Krätzer steht.“

Jack dachte wieder an Melli, und sie wurde ganz still. Wie von fern hörte sie, wie ihre Freunde die Gewürze durchdiskutierten. Sie hatten ganz unterschiedliche Meinungen, wie ein Eintopf schmecken sollte.

„Hast du eine Sprite da?“ fragte Jack. Ihr Mund fühlte sich trocken an. Sascha reichte ihr die Zweiliterflasche und ein Glas mit einem Aufdruck von Donald Duck. Sie hielt die große Plastikflasche mit zwei Händen, goss sich ein und trank. Die Kohlensäure prickelte auf ihrer

Zunge. Jack starrte in das halbvolle Glas. Sie erinnerte sich plötzlich wieder an den zugefrorenen See und daran, wie kalt Wasser sein konnte. Fror Melli genau in diesem Augenblick? Jack wünschte sich, dass die Tür aufgehen würde und Melli hereinmarschiert käme. Am besten mit Ole an ihrer Seite. Aber Jack kannte ihre Freundin. Melli würde nie ohne ein Wort zu sagen abhauen. Wozu sollte sie auch? Ihre Eltern waren in Ordnung. Sie wusste immer, was sie wollte, und sie war das verkörperte Pflichtbewusstsein. Nie, nie, nie würde sie aus einer Laune heraus verschwinden, und erst recht nicht als amtierendes Christkind.

Jack zuckte zusammen, als ihr Handy klingelte. Gülay und Sascha waren augenblicklich still.

„Es ist mein Vater“, sagte Jack zu ihren Freunden und hob ab. Die Nervosität war ihr anzusehen. Jede Sekunde hoffte sie auf ein Lebenszeichen von Melli.

„Hallo du. Gibt es Neuigkeiten?“

„Leider nein. Wann kommst du nach Hause?“

„Wenn ich fertig bin.“

„Wo bist du?“

„Bei Sascha.“

„Aha.“ Herr Hofer konnte zwar nicht verbergen, dass er Sascha etwas merkwürdig fand, ordnete ihn aber ansonsten in die Schublade „harmlos“ ein. „Ich mache mir Sorgen, wenn du abends noch so lange unterwegs bist.“

„Du brauchst dir keine Sorgen zu machen.“

„Herr Bärlein hat mich angerufen. Du warst in der Tiefgarage.“

„Ist das verboten?“ Sie hätte es sich denken können, dass Bärlein nichts Besseres zu tun hatte, als ihren Vater gleich über ihre Aktivitäten zu informieren.

„Kind, die Polizei tut, was sie kann. Ich möchte, dass du jetzt nach Hause kommst.“

Jack überlegte.

„Mal schauen. Bis dann“, sagte sie und legte auf. Was bildete sich ihr Vater eigentlich ein, sie nach Hause zu zitieren? Schließlich war sie schon siebzehn.

„Was ist los?“ fragte Gülay.

„Nichts weiter“, antwortete Jack und lehnte sich wieder zurück in ihre Sofaecke. Gülay und Sascha sahen sich an.

„Essen ist fertig Kinder“, rief Sascha dann vom Herd herüber. Es klang nicht so fröhlich wie sonst.

Der Tisch war schon gedeckt, und Sascha stellte den Topf in die Mitte. „Lasst noch was übrig. Thorsten kommt nachher von der Arbeit. Der hat immer Hunger wie ein Bauarbeiter.“

„Verstehe gar nicht, wie er als Programmierer in seinem schicken Büro so viel Energie verbrauchen kann“, meinte Gülay.

„Ich auch nicht“, seufzte Sascha und teilte den Eintopf aus.

Die Freunde aßen schweigend. Es war ganz anders als sonst, wenn alle am liebsten gleichzeitig redeten.

„Danke für das leckere Essen, aber ich muss jetzt gehen“, sagte Gülay. Sie wusste, dass es unhöflich war, gleich nach dem Essen aufzustehen, aber sie musste heute auf ihren kleinen Bruder aufpassen, weil ihre Eltern ausgehen wollten. „Läufst du mit mir zur U-Bahn?“

„Ja.“ Für die Antwort hatte Jack eine halbe Ewigkeit gebraucht. Sie beugte sich unter den Tisch. „Lumix, eine Runde Gassi.“

Als der Hund seinen Namen hörte, kam er unter dem Tisch hervor, stellte sich auf die Beine und spitzte die Ohren. Schweigend legte ihm Jack die Leine an.

„Ich gehe noch das Stück bis zur Straßenbahn“, meinte Jack tonlos zu Gülay, als sie an der U-Bahn-Haltestelle angekommen waren. Den ganzen Weg dorthin waren sie schweigend nebeneinander hergelaufen. Sie tauschten sich nicht einmal über den Christkindlesmarkt aus, der in goldenes Licht getaucht war und vom Rufen fröhlicher Menschen erfüllt war. „Dann brauche ich am Bahnhof nicht umzusteigen.“

„Ist in Ordnung“, antwortete Gülay.

„Wir könnten uns morgen in der Ruhestörung treffen“, schlug Jack vor, „was hältst du davon?“

Über Jacks unerwarteten Vorschlag war Gülay überrascht. „Warum dort?“ fragte sie, obwohl sie froh war, dass Jack wieder ein Lebenszeichen von sich gab. „Ich find den Typen dort ziemlich schräg. Ich geh da eigentlich nie hin.“

„Meinst du Pierre?“ fragte Jack.

„Wahrscheinlich schon, den Franzosen jedenfalls“, antwortete Gülay. „Aber warum die Ruhestörung?“

„Das ist Mellis Lieblingscafé.“

„Du willst dort aber nicht Detektiv spielen, oder?“ fragte Gülay misstrauisch.

„Ich will mich nur mal unverbindlich umsehen.“

Gülay seufzte. „Pass auf dich auf.“

„Du auch.“

Die Freundinnen umarmten sich. Dann drehte sich Jack um und ging mit Lumix in die andere Richtung.

Jack war gerade wieder in Gedanken versunken, als neben ihr Kommissar Stolzinger auftauchte. Sie fragte sich, ob es in dieser Stadt einen Ort gab, wo sie vor Stolzinger sicher war.

„Guten Abend, Fräulein Hofer. Sie sind aber noch spät unterwegs.“

„Ja.“ Was ging ihn das an?

„Wir müssen uns mal unterhalten.“

Nicht schon wieder, dachte sie. „Worüber?“

„Wir haben Ihren Rüdiger Krätzer überprüft. Und jetzt gebe ich Ihnen mal einen guten Ratschlag. Sie sollten sich aus unseren Ermittlungen heraushalten. Haben Sie das verstanden?“

Jack sagte nichts darauf.

„Das ist kein Vorabendkrimi auf ZDF.“

„Ich weiß.“ Jack dachte an Melli. Es war ihr egal, was dieser Stolzinger meinte.

„Wenn ich Sie noch einmal dabei erwische, dass Sie unsere Arbeit behindern, werde ich Ihren Vater informieren."

Das hatte er schon einmal gesagt.

„Und passen Sie auf sich auf", sagte der Kommissar überraschend milde.

Schlagzeilen

CHRISTKIND ENTFÜHRT. Nürnberg ist schockiert

Nürnberg – Das amtierende Christkind Melanie Zimmermann (17) verschwand letzten Donnerstag spurlos in der Lorenzkirche. Bei der intensiven Suche entdeckten die Ermittler überraschenderweise einen mittelalterlichen Geheimgang, der heute zur Tiefgarage der Stadtsparkasse führt. Die Polizei vermutet, dass Melanie über diesen Weg entführt worden ist. Im Rathaus ging inzwischen eine Lösegeldforderung in Höhe von 200.000 Euro ein, so die Informationen des Radiosenders Antenne Bayern, an den sich ein Mitarbeiter der Stadt Nürnberg wandte. Ob es sich um einen einzelnen oder mehrere Täter handelt, ist bis jetzt nicht bekannt. Die Polizei ermittelt in alle Richtungen (ausführlicher Bericht auf Seite 3).

Jack ließ die Samstagszeitung sinken. Beim Versuch auf Seite drei zu blättern, zitterten ihre Hände so stark, dass sie ihre halbvolle Tasse umschmiss und das dünne Papier den Tee fast vollständig aufsaugte.

„Was ist denn hier los?" Tante Petra kam gerade mit einer Tüte frischer Brötchen in die Küche „Kannst du das nicht aufwischen?"

Jack stützte ihre Stirn in beide Hände. „Tante Petra. Die Zeitung."

„So schlimm ist das nun auch wieder nicht. Kein Grund, gleich blass zu werden."

„Lies."

Erst jetzt merkte Tante Petra, dass etwas nicht stimmte, legte die Brötchen auf den Tisch und stellte sich neben Jack.

„Was?“ Sie zuckte zurück, nachdem sie den Artikel gelesen hatte. „Das ist ja schrecklich.“

Lumix kam in die Küche getrabt und legte seinen Kopf auf Jacks Schoß. Er schien zu merken, dass etwas nicht stimmte. Nach einer Weile stand Jack wie in Trance auf, zog sich die Jacke über und legte ihrem Hund die Leine an.

Nach dem zweistündigen Spaziergang im Wiesengrund konnte Jack wieder klare Gedanken fassen. Dann fiel ihr die Verabredung in der Ruhestörung ein, und sie sah auf die Kuckucksuhr im Wohnzimmer. Es war schon fast elf. Sie musste sich beeilen.

Als Jack das Café betrat, saßen Gülay und Sascha bereits an einem Tisch in der hintersten Ecke. Vor ihnen standen zwei Cappuccino. Jack fiel ein, dass sie bis jetzt noch nichts gegessen hatte, und bestellte bei Pierre an der Theke ein Glas Tee und ein Croissant mit Nutella. Appetit hatte sie zwar keinen, aber sie wollte nicht mit leerem Magen herumlaufen. Denn sie hatte ein Ziel.

Pierre ging ans andere Ende der Theke, wo seine Frau gerade Zettel sortierte. Sie deutete auf eines der Blätter, was sein Lächeln gefrieren ließ. Die beiden begannen aufgeregt zu flüstern, doch Jack entging nicht, dass sie Streit wegen einer Rechnung hatten. Weil ihr das alles unangenehm war, ging sie zum Tisch, an dem ihre Freunde saßen, um dort auf ihre Bestellung zu warten.

Jack beugte sich zuerst zu Gülay herunter, um sie zu umarmen und dann zu Sascha. Es tat ihr gut, die beiden zu sehen.

„Ihr wisst es schon, oder?“ fragte Jack.

„Ja.“ Sascha holte die Zeitung hervor und legte sie auf den Tisch.

„Die Polizei hat keine Ahnung, ob es ein Einzeltäter war oder mehrere Leute“, meinte Gülay.

„Das muss jemand gewesen sein, der finanziell in der Klemme steckt“, sagte Jack.

„Wer tut das nicht?“ fragte Sascha.

„Richtig in der Klemme. Nicht nur so, dass man gerne dies oder das hätte.“

Und als ihr Pierre das Croissant und den Tee brachte, fuhr Jack ein Gefühl von Eiseskälte in den Nacken und erfasste ihren Hinterkopf.

„Oh, nein“, stöhnte sie.

„Was ist los?“ fragte Gülay.

„Habt ihr gerade mitbekommen, was Pierre und seine Frau geredet haben?“

„Nein“, sagte Sascha.

„Ich auch nicht.“

Jacks Freunde blickten ratlos drein.

„Da ging es um eine Rechnung“, flüsterte Jack. „Die Frau war ziemlich sauer. Es ging um Geld. Wir befinden uns in der Innenstadt, und dann hat sie was von Engel gesagt. Wisst ihr, was ich meine?“

Die drei drehten ihre Köpfe langsam zur Theke und wieder zurück.

„Du hast sie ja nicht mehr alle“, meinte Gülay genervt.

„Sie stehen wieder zusammen“, flüsterte Sascha. „Ich gehe mal unauffällig hin. Vielleicht höre ich was.“

Sascha ging zur Theke und hoffte, dass Pierre und seine Frau ihn nicht bemerkten, aber Pierre hob sofort den Kopf. Er schaltete im Bruchteil einer Sekunde sofort wieder auf charmant.

„Kann isch Ihnen ‘elfen?“ fragte er.

„Ja. Ich bräuchte eine Zwei-Euro-Münze. Können Sie einen Zehner wechseln?“

„Zigaretten, stimmt’s?“ Pierre grinste Sascha verschwörerisch an.

„Ja.“ Sascha hasste Zigaretten.

Pierre kramte in einem großen, schwarzen Geldbeutel und gab ihm Wechselgeld.

„Danke.“

„Gern gesche’en.“

Sascha ging zurück zum Tisch. „Es hat nicht geklappt.“

„Haben wir mitbekommen.“

„Die Frau sah ziemlich sauer aus.“

„Wie heißt sie eigentlich mit Vornamen? Schließlich gehört ihr der Laden“, sagte Gülay leise.

„Irene, glaube ich“, flüsterte Jack.

Sascha saß aufrecht da und sagte nichts. Er kam sich vor wie Lumix, wenn er gerade die Ohren spitzte. Er versuchte etwas von dem Gespräch zwischen Irene und Pierre mitzubekommen. Mittlerweile konzentrierte er sich so stark, dass sich seine Stirn in Falten legte. Nach einer Weile beugte er sich zu seinen Freundinnen über den Tisch.

„Es geht um Schulden“, flüsterte er. „Und um eine Hypothek.“

„Sch... Das war ein Volltreffer“, flüsterte Jack zurück.

„Das weißt du doch gar nicht“, warf Gülay ein.

„Überleg doch mal. Die Ruhestörung ist Mellis Lieblingscafé. Das heißt, sie ist Stammkundin hier. Als ich vor zehn Tagen mit ihr hier war, hat Du-weißt-schon-wer Melli zum Christkind gratuliert. Und unsere Rechnung ging aufs Haus.“

„Das sagt gar nichts“, meinte Gülay.

„Du warst noch nicht oft hier, oder?“ fragte Jack.

„Nein. Wieso?“

„Sascha, weißt du Bescheid?“

„Wenn du auf das Fotografieren anspielst, schon.“

„Könnt ihr mich mal aufklären?“ sagte Gülay säuerlich, denn sie wusste überhaupt nicht, wovon Jack und Sascha sprachen.

„Du-weißt-schon-wer ist dafür bekannt, dass er gerne Mädchen fotografiert, unser Alter und etwas jünger. Er verschenkt als Dankeschön auch gern mal ein Kettchen.“

„Und das findet seine Frau nicht besonders prickelnd“, ergänzte Sascha.

„Möschten Sie noch etwas ‘aben?“

Jack, Gülay und Sascha riss es fast von den Stühlen, als Pierre begann die Tassen abzuräumen. Jack war die Erste, die sich von dem Schock erholt hatte.

„Drei kleine O-Saft, bitte", sagte sie und sah Pierre an. Sie hatte nicht das Gefühl, dass er von ihrem Gespräch etwas mitbekommen hatte.

„Das geht auf mich", sagte sie zu ihren Freunden. „Ich wollte nur schnell seine Reaktion abchecken."

„Ach komm", sagte Gülay, „das können wir schon selbst zahlen."

„Wirklich! Das hast du super gemacht!" rief Sascha.

„Psss, nicht so laut", flüsterte Jack.

„Was sind das für Fotos?" fragte Gülay leise.

„Ich habe gehört, dass er die Fotos draußen macht, also nichts, äh, ihr wisst schon, was ich meine."

„Nein, erklär es uns", sagte Sascha.

„Blödmann."

Pierre stellte die Gläser mit dem Orangensaft auf den Tisch und verschwand wieder hinter der Theke, als Irene gerade die Treppe in den Keller hinunterging.

„Gibt es da unten noch was anderes außer den Toiletten?" fragte Sascha.

„Keine Ahnung."

„Wir sollten da mal nachschauen. Man kann ja nie wissen."

„Seid ihr eigentlich verrückt geworden?" fragte Gülay.

„Verstehst du nicht, was hier los ist?" Sascha fuhr mit einer Hand durch seine nussbraunen, glatten Haare.

„Ich geh mir mal die Nase pudern", sagte Gülay, „aber ohne zu spionieren."

„Gülay hält uns für paranoid", stellte Sascha fest, als Gülay auf der Toilette war.

„Das vermute ich auch", meinte Jack. „Du, ich habe eine Idee. Ganz schnell, bevor sie wiederkommt."

„Und die wäre?"

„Gülay war hier eher selten, und wir können davon ausgehen, dass Du-weißt-schon-wer sie nicht kennt. Kurz gesagt, wir müssen sie überzeugen, dass sie auf naive Gastschülerin macht und mit ihm die Fotonummer abzieht."

„Das glaubst du ja selber nicht, dass Du-weißt-schon-wer Gülay was erzählen wird", sagte Sascha ernst.

„Sie muss ihn dazu bringen, sie zu sich nach Hause einzuladen."

„Das hört sich nicht besonders angenehm an."

„Wir bleiben in der Nähe."

„Und seine Frau?"

„Er wird sie nur einladen, wenn sie nicht da ist."

„Bin mal gespannt, was Gülay dazu sagt. Achtung, sie kommt."

Jack atmete tief durch. „Du, Gülay, wir müssen mit dir reden."

„Ihr seid ja total verrückt geworden", sagte Gülay. Jack und Sascha machten enttäuschte Gesichter.

„Ich tue es", fügte Gülay dann entschlossen hinzu, stand auf und ging an die Theke. Verwundert sahen ihr Jack und Sascha hinterher, um sich gleich wieder umzudrehen und mit unschuldigen Mienen ihren O-Saft zu schlürfen.

„Sie haben aber leckere Kuchen hier. Können Sie etwas empfehlen?" fragte Gülay, und Jack gab ihr ein Zeichen, dass sie jedes Wort verstand. Sascha nickte, denn auch er konnte alles hören.

„Aber sischer. Mögen Sie fruchtige oder e'er trockene Kuchen?"

„Fruchtig."

„Dann nehmen Sie den 'imbeerkuchen. Isch liebe ihn sehr."

„Ja, gerne."

Pierre hob vorsichtig das Stück Kuchen mit der dunkelroten Glasur auf den weißen Teller und stellte ihn vor Gülay.

„Danke." Gülay probierte auf der Stelle einen Bissen. „Hmm, der schmeckt gut." Sie setzte ein begeistertes Gesicht auf. „Sehr lecker." Gülay nahm noch einen Bissen und machte keine Anstalten, zurück an ihren Tisch zu gehen.

„Wo kommen Sie 'er? Isch 'abe Sie noch nie 'ier gese'en."

„Ich komme aus der Türkei. Austauschschülerin."

„Sie sprechen ein sehr gutes Deutsch, besser als isch. Isch bin Franzose."

„Aber nein!" rief Gülay. „Sie sprechen viel besser als ich."

„Aus welche Stadt kommen Sie?"

„Istanbul."

„Isch war dort als Tourist. Wunderschöne Stadt."

„Ich habe großes Heimweh nach Istanbul."

„Isch kann Ihnen Dias zeigen, wenn Sie möchten."

„Das würden Sie wirklich tun?" fragte Gülay begeistert.

„Ja, sischer."

„Das ist ja fantastisch!" rief Gülay begeistert.

„'aben Sie 'eute um sieben Uhr Zeit?" fragte Pierre hoffnungsvoll, und Gülay nickte. Er kritzelte mit einem schwarzen Kugelschreiber seine Adresse auf einen kleinen Zettel. „Da wohne isch", sagte Pierre schnell und schob Gülay den Zettel zu. Aus den Augenwinkeln konnte sie sehen, dass Irene zurückkam, was auch Pierre nicht entgangen war.

Irene stand jetzt neben Pierre und warf Gülay einen abschätzigen Blick zu. Gülay war sich sicher, dass Irene nicht mitbekommen hatte, wie ihr Pierre seine Adresse zugeschoben hatte, aber ihr schlechtes Gewissen konnte jeder von ihrem Gesicht ablesen.

„Danke für die Empfehlung", meinte Gülay brav, klemmte Pierres Adresse zwischen den Kuchenteller und ihre rechte Hand und ging zurück an den Tisch, wo Jack und Sascha schon gespannt auf sie warteten.

„Besser hätte es nicht laufen können", flüsterte Jack verschwörerisch.

Ein schlafender Lockvogel

„So kennen wir dich gar nicht“, sagte Jack, nachdem sie das Café verlassen hatten.

„Es ist ein idiotischer Plan. Warum tue ich das überhaupt?“ fragte Gülay zweifelnd.

„In deinem Innersten spürst du, dass es richtig ist“, meinte Sascha salbungsvoll.

„Hör mir bloß auf mit dem Quatsch.“ Auf Gülays Stirn bildete sich eine gefährliche Zornesfalte.

„Entspannt euch, Kinder“, sagte Jack. „Wir müssen uns erst mal ansehen, wo unser Pierre wohnt. Wir schicken Gülay da nur rein, wenn wir eine gute Chance haben, ihr zu helfen, falls es brenzlig wird.“ Jack sah sich bereits im dunkelgrünen Kampfanzug und mit schwarzem Schutzhelm, wie sie gerade Pierres Wohnung stürmte.

„Sehr freundlich“, erwiderte Gülay.

„Wir nehmen Lumix auf jeden Fall mit. Aber erst fahren wir dorthin“, sagte Jack.

„Wo ist das eigentlich?“ fragte Sascha. Die Freunde blickten auf den Zettel.

„Das ist gar nicht so weit von hier. Südstadt, in der Nähe des historischen Straßenbahndepots.“

„Was du nicht alles weißt.“

„Weiß ich von meiner Tante.“

„Hört sich erst mal unwichtig an. Aber wer weiß, ob deine Tante noch hilfreich sein wird. Wir sehen uns das Haus erst mal an, bevor ich da reingehe. Habt ihr eure Monatsfahrkarten dabei?“ Allmählich lief Gülay zur organisatorischen Höchstform auf. Jack und Sascha nickten.

„Los, Leute, bevor Pierre auf die Idee kommt, nach Hause zu gehen.“

„Wir sprechen jetzt nochmal alles durch“, meinte Jack und kraulte Lumix hinter den Ohren.

Gülay streckte ihren Hals einmal zur linken und einmal zur rechten Seite. „Punkt eins: Wir haben Glück, dass Pierre in einem einzeln stehenden Haus wohnt. Und es sieht so aus, als ob es hier keine Hunde gibt. Punkt zwei: Es gibt kein Obergeschoss. Die Zimmer sind also von überall einsehbar.“

„Das heißt, dass wir vor dem Fenster Wache beziehen können“, sagte Sascha. „Und das Geniale ist, dass es keine Rollos oder Fensterläden gibt.“

„Aber vielleicht gibt es ein Innenrollo“, gab Gülay zu bedenken.

„Das Haus ist schon ziemlich alt. Ich kann mir nicht vorstellen, dass es Innenrollos gibt. Ansonsten gehst du sofort wieder, falls Pierre die Fenster dichtgemacht hat.“ Jack spähte um die Ecke und sah zu Pierres Haus hinüber. „Vor den Fenstern hängen Vorhänge. Die sind zwar schon zugezogen, aber du kannst versuchen, sie einen Spalt zu öffnen. Dann können wir hineinsehen und wissen, was passiert.“

„Hoffentlich schließt er die Tür nicht ab.“

„Wenn er das tut, trommelst du von innen an die Tür und führst dich auf. Entweder er lässt dich sofort raus, oder wir hören dich und rufen sofort die Polizei“, beruhigte Sascha sie.

„Sind eure Handys aufgeladen?“ fragte Gülay.

Jack und Sascha sahen sich an. „Hundert Pro“, meinte Sascha.

„Meines auch.“

„Das ist ja schon mal was“, sagte Gülay, wie um sich selbst zu beruhigen.

Jack überlegte. „Du musst Pierre versichern, dass du noch nie zuvor so ein interessantes Haus gesehen hast. Vielleicht zeigt er dir dann die anderen Zimmer, und du entdeckst einen Hinweis auf Melli. Und versuch immer die Vorhänge ein bisschen zur Seite zu schieben. Ein winziges Stück reicht schon, um hineinsehen zu können.“

„In Ordnung“, sagte Gülay, die wegen der ganzen Angelegenheit ein flaues Gefühl im Magen zu haben schien.

„Bist du bereit?“ Jack sah auf die Uhr. Es war kurz nach sieben.

„Ja.“ Gülay atmete noch einmal tief durch und ging um die Ecke zu Pierres Haus hinüber. Jack, Sascha und Lumix bezogen zunächst hinter einem großen Baum Stellung und lauschten angestrengt. Dann konnten sie hören, wie Pierre Gülay überschwänglich begrüßte und sie hineinließ.

Sie warteten nur kurz und schlichen sich an den Gartenzaun heran. Sascha versuchte die Gartentür zu öffnen. „Die Tür hat sich nach Gülay automatisch verschlossen“, flüsterte er.

„Sieh nach, ob es auf der Innenseite am Pfosten einen Türöffner gibt.“

Sascha entdeckte einen kleinen Knopf, den er drückte. Die Gartentür gab ein so lautes Surren von sich, dass Jack und Sascha zusammenzuckten und sie sich hinter dem Pfosten duckten. Lumix bellte beunruhigt zweimal laut auf.

„Schhh“, machte Jack. Sie blieben hinter dem Pfosten und warteten.

„Hoffentlich beobachtet uns niemand“, flüsterte Sascha.

Jack sah zu den Häusern auf der anderen Straßenseite. Bläuliches Licht von den Fernsehern schimmerte durch die Fenster. „Hoffen wir, dass die Leute vor der Sportschau sitzen.“

„Ich glaube, dass keiner was mitbekommt“, sagte Sascha leise. „Wir gehen jetzt in den Garten.“

Sie schlichen ein paar Meter weiter und hockten sich mit Lumix an der Seite hinter einen Busch.

„Schau“, flüsterte Sascha aufgeregt, „der Vorhang hat sich bewegt.“

Ganz leise arbeiteten sie sich vorwärts, bis sie an dem beleuchteten Fenster waren und spähten hindurch. Lumix blieb gehorsam an ihrer Seite.

„Kannst du was sehen?“ fragte Jack.

„Sie laufen im Zimmer umher und reden. Pierre fuchtelt mit seinen Armen herum. Warte, jetzt holt er eine Kamera aus dem Regal. Sieht aus wie eine Spiegelreflex."

Jack drehte sich kurz um und sah, wie jemand auf das Haus zuging. „Da kommt jemand", sagte sie schnell, „hoffentlich ist es nicht Irene. Duck dich."

Sascha und Jack machten sich klein, aber die Person ging zum Glück am Haus vorbei. Jack stand der Schweiß auf der Stirn. Sascha sah wieder durch das Fenster.

„Er fotografiert Gülay. Sie sitzt auf dem Sofa und lacht."

„Nerven hat sie ja schon. Das muss man ihr lassen."

„Neben ihr steht ein Glas Wasser. Sie hat es aber noch nicht angerührt."

„Kluges Mädchen."

„Pierre baut jetzt seinen Diaprojektor auf."

„Der zeigt ihr tatsächlich Dias?"

„Sieht so aus. Gülay steht jetzt auf. Sie geht zum Fenster mit Daumen nach oben. Sie zwinkert. Es scheint gut zu laufen. Jetzt reden sie wieder."

„Was passiert jetzt?" Ein paar Minuten waren vergangen.

„Nichts", antwortete Sascha. „Pierre steht auf!" rief er plötzlich.

„Nicht so laut", ermahnte ihn Jack.

„Er telefoniert."

„Vielleicht ein Komplize."

„Er legt wieder auf. Ich kann Gülays Gesicht sehen. Sie sieht normal aus."

„Beruhigend."

„Pierre geht aus dem Zimmer, Gülay hinterher."

„Du gehst rechts rum, ich links rum", sagte Jack schnell und drehte sich um. Hinter dem Fenster auf ihrer Hausseite ging das Licht an, und kurz darauf öffnete Gülay den Vorhang einen winzigen Spalt. Jack sah in das Zimmer. Sie waren in der Küche. Dann ging das Licht aus.

Jack lief um das Haus herum zurück zum Fenster, wo Gülay zuerst gewesen war. Sie spähte durch den Vorhang. Zu ihrer Erleichterung sah sie Gülay, wie sie sich zurück auf das Sofa setzte. Pierre stellte ihr Wasserglas jetzt an eine andere Stelle, wo es Jack nicht mehr sehen konnte. Von Gülay sah sie nur ihren Hinterkopf. Dann fummelte Pierre am Diaprojektor herum, bis ein Bild erschien, das ein prachtvolles, orientalisches Gebäude zeigte. Jack vermutete, dass es eine berühmte Moschee war.

„Was siehst du?“ Sascha war um das Haus herumgegangen.

„Pierre redet und redet. Wenn er für jedes Dia so lange braucht, dann stehen wir hier noch bis morgen früh herum.“

Jack spähte weiterhin durch das Fenster.

„Passiert was?“ fragte Sascha.

„Er steht auf und geht aus dem Zimmer. Gülay beugt sich nach vorne. Sie lehnt sich wieder zurück. Sie sitzt da. Sie bewegt sich nicht.“

Jack und Sascha warteten.

„Es tut sich nichts“, sagte Jack. „Kannst du mich ablösen? Mir tut schon der Rücken weh. Ich schau mal, ob er in einem anderen Zimmer ist.“

Sascha übernahm ihren Platz und sah durch das Fenster. Dann stellte sich Jack wieder neben ihn.

„Alle anderen Räume sind dunkel. Ist schon komisch.“

„Gülay sitzt immer noch da. Sie rührt sich keinen Millimeter. Wo steckt der Typ bloß? Jetzt stehen wir schon seit zwanzig Minuten rum, und nichts passiert.“

„Kommt mir alles sehr merkwürdig vor“, sagte Jack nervös.

„Gülay hat ihren Arm so komisch über die Sofalehne gelegt. Ihr Kopf kippt zur Seite“, rief Sascha panisch. „Wir müssen da rein!“

Jack nahm Lumix fest an die Leine, und sie stürmten zur Tür. Sascha drückte die Türklinke herunter. Erleichtert stellte er fest, dass sich die Tür öffnen ließ. Und dann überschlugen sich die Ereignisse.

„Was macht ihr denn da?“ fragte Gülay benommen, als sie aus dem Schlaf hochschreckte. Jack hatte sie unsanft an der Schulter gerüttelt. Jack und Sascha fanden keine Worte. Lumix bellte.

„Wir dachten ...“, begann Jack, aber hinter ihr öffnete sich schon die Tür, und herein trat Pierre, mit zwei Schachteln Pizza.

„Was ist denn ‘ier los? Isch kenne eusch doch.“ Pierre blickte verwundert von Jack zu Sascha.

„Wir bringen nur die Schlüssel vorbei“, stammelte Jack. „Wir bringen nur meine Haustürschlüssel vorbei. Entschuldigung. Wir hatten Gülay vorhin hierher gebracht. Sie ist Austauschschülerin. Und da dachten wir, sie braucht die Schlüssel, weil ich heute Nacht nicht zu Hause bin und sie bei mir wohnt“, sprudelte es aus Jack heraus. Sie war eine Niete, was Lügengeschichten anging und hoffte, dass Pierre den Braten nicht roch.

„Ach, so ist das“, sagte Pierre, und Jack wusste nicht genau, was er damit meinte. Sie kramte ihre Haustürschlüssel aus der großen Umhängetasche und übergab sie Gülay.

„Wollt ihr nischt einfach dableiben, eine Pizza mit uns essen. Es ist genug da. Ihr könnt mit uns schöne Dias von Istanbul anse’en“, sagte Pierre nicht ungehalten.

Jack sah Sascha an. Sie wusste genau, was er dachte. Es würde ein stinklangweiliger Dia-Abend werden, wo sie mit ganz anderen Ereignissen gerechnet haben. „Ja, gerne“, schwindelte sie.

„Gute Idee!“ Sascha versuchte begeistert zu klingen.

❄❄❄

„Das war der langweiligste Abend, seit ich denken kann.“ Sascha gähnte und lehnte seinen Kopf gegen das Fenster der Straßenbahn.

„Was glaubt ihr, warum ich vorhin eingeschlafen bin?“ fragte Gülay. „Pierre erklärte das erste Bild in allen Einzelheiten, und ich musste mich zwingen, die Augen offenzuhalten. War ich froh, dass er Pizza holen ging. Da konnte ich endlich ein Schläfchen halten."

„Hättest du uns kein Zeichen geben können?" fragte Jack.

„Ich habe damit gerechnet, dass ihr Pierre beim Hinausgehen beobachtet."

„Wir haben ihn nicht hinausgehen sehen. Ich schwör's. Wir haben uns nur gewundert, dass er nicht mehr bei dir im Zimmer war. Ansonsten waren die anderen Zimmer dunkel."

„Ihr Helden, es gibt eine Hintertür. Habt ihr die denn nicht gesehen?"

Jack und Sascha blickten auf den Boden. So wie in der Schule, wenn sie nicht abgefragt werden wollten.

„Und?"

„Nein", antworteten sie gleichzeitig und erwarteten eine Strafpredigt. Doch Gülay seufzte nur.

„Wir waren ganz schön aufgeregt, als deine Hand plötzlich auf die Armlehne gesackt ist", meinte Jack.

„Ihr seid in Sachen Observierung Nullen, aber ansonsten seid ihr okay."

Jack und Sascha schwiegen eine Weile.

„Ich glaube, Pierre können wir als Verdächtigen abhaken", meinte Jack. „Das Haus hat kein Dachgeschoss, Gülay hat alle Zimmer gesehen, und Sascha durfte in Pierres Weinkeller hinunter."

„Die Weine sahen nicht gerade billig aus", ergänzte Sascha.

„Sascha, unser Weinkenner", meinte Jack gespielt respektvoll.

„Ich habe bei Pierre eigentlich nur das nachgequatscht, was mein Bruder und seine Kumpel in Sachen Wein immer so von sich geben. Hätte nie gedacht, dass mir das noch einmal nützlich sein könnte."

„Erzähl, was du wirklich im Keller gemacht hast. Ich hoffe, dass du nicht nur die Etiketten an den Weinflaschen studiert hast, während wir die Dias über uns ergehen lassen mussten", warnte Jack, und Sascha lachte.

„Du warst glatte zwanzig Minuten da unten. Ich habe auf die Uhr gesehen“, meinte Gülay.

„Der Keller besteht nur aus einem Raum. Und glaubt mir, ich habe jede einzelne Wand abgetastet, ob da doch noch eine versteckte Tür ist.“

„Hast du an den Boden gedacht?“ fragte Jack aufgeregt und schlug sich mit der flachen Hand auf die Stirn.

„Auf dem Boden liegt ein alter Perserteppich ausgebreitet. Das kam mir zuerst reichlich verdächtig vor. Ziemlich abgewetzt das gute Stück.“

„Es geht nicht um die Qualität“, stöhnte Jack. „Da war nichts drunter, oder?“

„Nein, keine Falltür und gar nichts. Ich habe dann noch etwas gelauscht, aber es war kein Mucks zu hören.“

„Unter dem alten Teppich war es sicher spannender, als die öden Dias zu sehen“, meinte Jack, und Gülay nickte zustimmend.

Königinnen, Narren und Betrüger

Zu Hause sah Jack auf ihr Handy. Drei Anrufe, und sie hatte nichts gehört. Das Handy steckte die ganze Zeit in ihrer Umhängetasche, und sie hatte kein einziges Mal daran gedacht, zu kontrollieren, ob sie das Klingeln hören würde. Nicht gerade eine Meisterleistung in Sachen Sicherheit und detektivisches Gespür.

Drei Nachrichten. Mirek wollte sich mit ihr treffen, und ihre Mutter bat dringend um einen Rückruf, bis zwei Uhr nachts. Das war ja wieder mal typisch. Der dritte Anrufer hinterließ ein merkwürdiges Stöhnen. Jack wurde wieder hellwach. Angst schlich sich in ihre Knochen, und sie wäre fast die Treppen hinuntergefallen, als sie Lumix holen wollte. Aber sie konnte sich gerade noch am Geländer festhalten, während ihr Knie eine Stufe traf. Vor Schmerz wurde ihr ganz kurz schwarz vor Augen, und sie stöhnte leise. Lumix horchte auf, verließ seine Schlafecke im Flur und kam zur Treppe gelaufen. Aufgeregt blieb er am unteren

Ende stehen und gab ein besorgtes Wimmern von sich. Das obere Stockwerk war für ihn verboten. Doch sein Frauchen gab ihm zu verstehen, dass er ausnahmsweise hochkommen sollte. Eine seltene Ehre.

Die Anwesenheit von Lumix in ihrem Zimmer beruhigte Jack. Sie hoffte nur, dass ihr Vater nicht bemerkte, dass der Hund im oberen Stockwerk war. Jetzt konnte sie auch wieder klar denken.

Unter normalen Umständen hätte Mireks Anruf Jack in Hochstimmung versetzt. Aber jetzt? Warum musste er ausgerechnet jetzt in ihr Leben platzen? Warum nicht ein halbes Jahr vorher, oder wenn Melli wieder da war? Was sollte sie ihm sagen?

Und ihre Mutter. Sobald sie Claudia am Telefon hatte, hieß das stundenlange Monologe über sich ergehen zu lassen. Und es waren immer dieselben Themen: neueste Yoga-Techniken, ihre Kursteilnehmer, ihr Auto, das ständig in die Werkstatt musste, und astrologische Betrachtungen über sich, ihre Mitmenschen und die Welt. Von den in allen Lebenslagen orakelnden Tarotkarten ganz zu schweigen. Aber es würde sie wenigstens ablenken.

„Hallo Claudia, hier ist Jack."

„Hallo Kind. Wie geht es dir?"

„Es geht so. Ich habe mir das Knie angestoßen. Das wird einen blauen Fleck geben."

„Du Ärmste. Wie hast du das angestellt?" Das Mitleid tat Jack gut, und sie erzählte, wie sie sich an der Treppenstufe angestoßen hatte.

„Ich muss dir was erzählen", sagte Claudia.

„Was denn?" Am liebsten hätte Jack *bloß nicht* gesagt.

„Ich habe jemanden kennengelernt."

„Wen denn?" Nicht schon wieder.

„Richard. Er wohnt in Düsseldorf. Und stell dir vor, er ist auch Yoga-Lehrer!"

„Kaum zu glauben!" Jack versuchte begeistert zu klingen.

„Wir haben so viel gemeinsam. So habe ich das noch nie erlebt."

„Das ist doch toll.“ Das hatte sie bei Claudias letztem Freund auch schon gesagt. Hoffentlich hatte das ihre Mutter nicht bemerkt.

„Richard ist zurzeit in Berlin, und wir treffen uns nächste Woche in Nürnberg. Ich werde bei Juliane übernachten.“

„Prima.“ Gar nicht prima. Jack konnte Juliane nicht ausstehen.

„Ich habe das von Melli gehört. Das ist ja schrecklich“, sagte Jacks Mutter schließlich mitfühlend.

„Ja. Ich mache mir Sorgen um sie.“

„Du, hör mal. Ich habe Tarotkarten gelegt wegen Melli.“

Jack war fassungslos. Ihre Mutter schien alles wie ein Spiel zu nehmen. „Was sagen die Karten?“ Ihre Neugierde war trotz ihrer Skepsis größer.

„Ich habe die Karten noch vor mir liegen. In der Mitte sehe ich die Königin der Stäbe. Das steht für eine Frau mit Energie. Das ist wahrscheinlich Melli.“

„Weiter.“

„Neben der Stabkönigin liegt die Karte für die Kraft.“

„Was bedeutet das?“

„Es geht ihr gut“, sagte Claudia fassungslos. Sie konnte anscheinend nicht verstehen, dass ihre Tochter beim Tarot nicht die einfachsten Zusammenhänge erkennen konnte.

Jack wusste nicht, ob sie sich freuen oder das alles für Hokuspokus halten sollte. „Gibt es noch mehr Karten?“

„Es gibt einen Betrüger in dieser Angelegenheit.“

„Ach wirklich?“

„Und dann gibt es noch jemanden, der an der Nase herumgeführt wird.“

„Wer?“

„Der Narr.“

„Der Narr? Was soll das heißen?“ Jack bekam eine Gänsehaut.

„Ich weiß es nicht genau. Da ist noch jemand, der den Ernst der Lage nicht richtig einschätzen kann.“

„Stolzinger."

„Stolzinger? Kommt mir von irgendwoher bekannt vor. Wer ist das?"

„Der idiotische Kommissar. Narr, das passt gut."

Claudia schwieg.

„Was ist, Mama?"

„Die Karten sind nicht immer so, wie man denkt."

„Warum legst du sie dann?"

„Ach Kind. Auf der Zukunftsposition liegt noch die Schwertkönigin mit dem Turm."

„Was heißt das?"

„Eine Frau wird kommen, die zu einem Umbruch führen wird." Claudia hörte sich jetzt wie eine Prophetin an. „Das kann eine gute oder eine böse Frau sein. Schwerter sind meistens eher negativ."

„Das ist ja sehr aufbauend."

„Man muss den Tatsachen ins Auge sehen." Das sagte ausgerechnet Claudia.

„Sicher doch."

„Manchmal bringen Schwertköniginnen aber auch positive Wendungen mit sich."

Jack wurde die Weissagung allmählich zu viel. Im Prinzip konnte ihre Mutter die Karten auslegen, wie es ihr gerade in den Kram passte. Und wenn sie nicht wusste, was passieren würde, hielt sie gleich mehrere Möglichkeiten parat.

„Du, Mama, ich muss jetzt aufhören. Ich brauche noch etwas Schlaf."

„So früh? Es ist Samstag und erst Mitternacht", sagte Claudia erstaunt.

„Es war ein langer Tag." Sie wollte ihrer Mutter lieber nicht erzählen, dass sie hinter dem vermeintlichen Kidnapper Mellis her gewesen war.

„Dann schlaf schön, mein Kind. Gute Nacht."

„Gute Nacht.“

Jack atmete tief durch. Sie wusste nicht, was sie von den Karten halten sollte. Königinnen, Narren und Betrüger. Man brauchte doch nur die Zeitung aufzuschlagen. Aber wenigstens hatte ihre Mutter Jack die winzige Hoffnung gegeben, dass es Melli gut ging.

Kaum hatte Jack das Handy zur Seite gelegt, fiel ihr wieder Mireks Anruf ein. Was sollte sie ihm bloß sagen? Sie musste sich jetzt auf Melli konzentrieren. Jack schaltete den Fernseher ein und zappte sich durch ein paar Programme. Nicht zu ertragen. Dann schaltete sie ihn wieder aus, griff nach ihrem Handy und klopfte nervös mit ihrem rechten Daumen gegen das Gehäuse. Ihr Verstand arbeitete auf Hochtouren.

Hi, hole dich morgen um 5 h mit Lumix ab. Wo wohnst du? J., schrieb sie. Für einen Anruf war es schon zu spät.

❄❄❄

Am Schoenen Brunnen ueber Supermarkt, Mirek.

Jack kannte das Haus. Im Erdgeschoss befand sich der Laden, und darüber lagen einige kleine Apartments. Sie hatte sich schon immer gefragt, was für Leute hier wohnten. Jack vermutete, dass sich Mirek eine kleine, möblierte Wohnung angemietet hatte für die Zeit, in der er in Nürnberg Deutsch lernen wollte. Und das waren immerhin vier Monate. Ein zu langer Zeitraum, um in einem mäßigen Hotel herumzuhängen.

Puppenliebe

Die zentrale, alles bestimmende Frage ließ sie jetzt schon seit einer geschlagenen Stunde nicht mehr los. Was sollte sie anziehen? Kleiderschrank auf, Kleiderschrank zu, Schubladen durchwühlt, die Kommode auf vergessene Glanzstücke inspiziert. Es war zum Verrücktwerden und schon Viertel vor fünf.

Beherzt griff sie nach ihrer Lieblingsjeans (verflixte Größe 42), zog einen dunkelbraunen Ledergürtel mit einer auf alt getrimmten, messingfarbenen Schnalle durch die Schlaufen und schlüpfte in ihren blauen Lieblingspulli aus flauschigem Kaschmir mit V-Ausschnitt. Jack widerstand der Versuchung, den Seidenschal umzulegen, der fantastisch zu ihrem Oberteil gepasst hätte. Sie wollte ihn lieber in der Plastiktüte lassen, damit er Mellis Geruch bewahrte. Man konnte ja nie wissen. Stattdessen wählte sie einen weißen, dünnen Baumwollschal mit dezenten Goldfäden.

Als Jack sich in dem großen Spiegel im Flur betrachtete, fragte sie sich, ob es normal war, sich für eine Verabredung genau das anzuziehen, was sie eigentlich die ganze Zeit anhatte. Auf der anderen Seite gab ihr das Alltägliche ein Gefühl von Sicherheit. Und jetzt die Lederjacke übergeworfen, Lumix an die Leine und los.

„Novotny“ stand auf einem weißen Papierschildchen über einem der schwarzen Klingelknöpfe. Sie drückte die Klingel. Es dauerte nicht einmal fünf Sekunden, bis sie Mireks Stimme durch den Lautsprecher hörte. Sie nannte ihren Namen, und der Türöffner surrte. Das helle Treppenhaus mit seinem weißlackierten Geländer im Stil der 60er Jahre roch frisch geputzt. Jack wusste nicht, in welchem Stockwerk Mirek wohnte. Erleichtert stellte sie beim Hinaufgehen fest, dass eine Wohnungstür im zweiten Stock aufging und er aus der Tür trat. Sein Gesicht war ganz rot, wahrscheinlich kam er gerade vom Joggen.

„Hallo, komm rein, kurz“, sagte er.

Jack trat in einen winzigen Flur. „Hallo, ich habe Lumix mitgebracht.“

Mirek kraulte Lumix zur Begrüßung hinter den Ohren, und der Hund sprang freudig an ihm hoch. „Bin gleich fertig“, sagte er, befreite sich von Lumix und ging ins Bad.

„Kann ich mich in die Küche setzen?“ fragte sie.

„Ja, nehmen Sie Platz.“ Jack vermutete, dass er den Satz in der Sprachschule gelernt hatte. Sonst hätte er hoffentlich ‚du‘ gesagt. Sie setzte sich an einen kleinen Küchentisch. Die Küche war aufgeräumt. Zufrieden stellte sie fest, dass keine dreckigen Kaffeetassen und Teller mit Brotkrümeln herumstanden. Lumix legte sich auf den Fußboden neben sie.

Ihr Blick wanderte von den gelben Hängeschränken zu einer auf Hochglanz geputzten Spüle. Jack fragte sich, ob Mirek vielleicht von der ganzen Putzerei ein so rotes Gesicht bekommen hatte. Im Bad rauschte der Wasserhahn.

Gleich gegenüber der Küche lag das Wohnzimmer. Jacks Neugierde wurde immer größer. Sie wollte wissen, wie es eingerichtet war, stand auf und nahm das Wohnzimmer von der Küchentür aus näher in Augenschein.

An der rechten Wand ein schwarzes Schlafsofa, daneben ein schwarzer Schrank und auf der gegenüberliegenden Seite ein kleiner Fernseher in einer schwarzen Regalwand. Sah alles aus wie IKEA, letztes Jahrtausend sozusagen. Und dann blieb ihr Blick an einem der Fächer über dem Fernseher hängen. Was sie dort sah, gefiel ihr gar nicht.

Der Wasserhahn im Bad hörte auf zu rauschen, und Jack setzte sich wieder auf einen der beiden Stühle in der Küche. Ihre Hand ruhte auf Lumix’ Hals. Mirek schloss die Badezimmertür auf, holte aus dem Wohnzimmer seinen Geldbeutel und knipste das Licht aus.

„Wir können gehen“, sagte er und sah Jack an.

„Hm“, machte Jack.

„Wie geht es dir?“ fragte er, denn er schien zu merken, dass etwas nicht stimmte.

„Gut, und dir?“ Jack fing sich wieder und wollte später nach einer Erklärung für das suchen, was sie in Mireks Regal entdeckt hatte.

❄❄❄

„Er hatte *was* im Regal?“ fragte Gülay. Jack war froh, dass ihre Freundin so spät noch an ihr Handy gegangen war.

„Puppen. Mindestens zwanzig.“

„Das ist ja schräg. Was macht er denn damit?“

Jack wusste noch immer nicht, wie sie die Entdeckung einordnen sollte. Sie fühlte sich davon peinlich berührt. „Keine Ahnung. Ein paar hatten keine Kleider an.“ Jack beschlich das Gefühl, einem jungen Perversen ins Netz gegangen zu sein.

„Und dann bist du mit ihm noch in aller Seelenruhe durch die beleuchtete Altstadt spaziert?“ fragte Gülay vorwurfsvoll.

„Was hätte ich denn tun sollen? Es ist schließlich der zweite Advent.“ Jack fühlte sich in der Defensive.

„Du hättest ihm sagen sollen, dass du dich mit niemandem triffst, der mit Puppen spielt“, antwortete Gülay.

„Aber dann hätte Mirek gewusst, dass ich einen Blick in sein Wohnzimmer geworfen habe.“

„Wäre das so schlimm gewesen? Bei dem Hobby?“ fragte Gülay aufgebracht.

Jack schwieg.

„Jungs, die mit Puppen spielen, sind garantiert gestört.“ Gülay geriet jetzt richtig in Fahrt. „Und er hat lange Haare, zu einem Zopf gebunden.“

„Vielleicht verkauft er sie in Tschechien.“

„Die Haare?“

„Nein, die Puppen.“ Jack wusste selbst, dass das Unsinn war.

„Erstens: Was du uns von Mirek erzählt hast, lässt den Schluss zu, dass er nicht gerade arme Eltern hat. Das heißt, dass er kaum auf den Verkauf von Gebrauchtwaren angewiesen ist. Zweitens: Tschechien ist wirtschaftlich auf dem Vormarsch. Die Leute kaufen sich neue Sachen, wenn sie was brauchen. Und drittens: In Tschechien gibt es alles zu kaufen, zu normalen Preisen.“

„Glaubst du, dass er ein Triebtäter ist?“ Jack rollte sich in ihrem roten Lieblingssessel zusammen.

„Keine Ahnung. Aber nackte Puppen sind bestimmt kein gutes Zeichen. Erinnerst du dich eigentlich noch an den Puppenmörder von vor einem Jahr?“

Die schrecklichen Bilder aus dem Fernsehen hatte Jack noch heute vor sich. Der Mörder hatte den jungen Frauen jedes Mal eine nackte Barbie in die Armbeuge geklemmt.

Unheimliche Grüße

„Wir sollen sofort ins Polizeipräsidium kommen“, rief Tante Petra Jack bereits an der Haustür aufgeregt zu. „Du brauchst dich gar nicht erst auszuziehen.“

„Warum? Ist Melli wieder aufgetaucht?“ Lumix sprang an Jack hoch und bellte aufgeregt.

„Nein, aber sie schicken eine Streife vorbei. Sie holen uns ab.“

„Uns?“

„Das habe ich doch gesagt, Kind.“

„Warum dich?“

Tante Petra machte ein beleidigtes Gesicht. Jack merkte, dass sich ihre Tante in ihrer Wichtigkeit nicht ernst genommen fühlte. Zum Glück klingelte das Handy. Jack sah auf das Display und drückte Mirek weg.

„Wer war das, Schatz?“

„Niemand“, antwortete Jack.

„Die Streife ist da.“

Jack hatte nicht bemerkt, wie ein Polizeiwagen vor ihrem Haus gehalten hatte. Ein Polizist stieg aus, öffnete das Gartentor und ging auf Jack und ihre Tante zu.

„Grüß Gott. Mein Name ist Günthner. Haben Sie Ihre Ausweise dabei?“

„Selbstverständlich“, antwortete Tante Petra und zog ihren Personalausweis akkurat aus ihrer braunen Krokodillederhandtasche. Jack kramte in ihrer Schultasche. Natürlich hatte sie ihren Ausweis ausgerechnet heute nicht dabei. „Er liegt in meinem Zimmer“, sagte sie und wartete ab, wie der Polizeibeamte reagieren würde.

„Können Sie ihn bitte holen?“ fragte er höflich.

Jack rannte die Treppen hinauf. Sie hoffte inständig, dass ihr Personalausweis in der Tasche war, die sie gestern dabeihatte, als sie mit Mirek unterwegs gewesen war. Mirek. Jacks Gedanken schweiften kurz ab, aber dann rief sie sich wieder zur Vernunft. Vielleicht spielte er gerade mit seinen Puppen.

Sie sah in der kleinen Innentasche nach und atmete erleichtert auf. Sie stürmte die Treppe wieder hinunter. Tante Petra versuchte währenddessen den Polizisten in ein Gespräch zu verwickeln, aber Herr Günthner blieb einsilbig. Sie folgten ihm zu seinem Streifenwagen.

„Wo ist eigentlich Papa?“

„Er ist heute Morgen nach Finnland geflogen.“

„Lumix, du bewachst schön das Haus“, sagte Jack zu ihrem Hund, der ihnen bis zur Gartentür gefolgt war. „Du darfst leider nicht mitkommen.“

Jack schloss die Gartentür hinter sich, und Lumix sah ihr mit großen Hundeaugen und schiefgelegtem Kopf hinterher. Er war mitleiderregend. Am liebsten hätte sie ihn mitgenommen. Lumix legte die Pfoten auf die Brüstung der Gartentür, und als das Auto ohne ihn davonfuhr, bellte er entrüstet. Aber sie hörten ihn schon nicht mehr.

„So sieht man sich also wieder. Grüße Sie, meine Damen.“ Stolzinger schien wieder in Hochstimmung zu sein.

„Grüß Gott, Herr Kommissar“, erwiderte Tante Petra.

„Grüß Gott“, sagte Jack knapp, aber freundlich. Ihr Vater hatte ihr schon von früher Jugend an beigebracht, dass man immer höflich bleiben sollte, selbst wenn man das Gefühl hatte, dass der andere einen nicht ganz ernst nahm.

„Darf ich Sie in den Raum dort drüben bitten. Sie werden dort ein kurzes Video sehen."

Jack bekam eine Gänsehaut. Sie hakte sich bei ihrer Tante unter, was sie schon seit Jahren nicht mehr getan hatte. Gemeinsam nahmen sie in einem abgedunkelten Raum Platz. Vor ihnen war eine Leinwand aufgebaut, und auf der rechten und linken Seite waren verspiegelte Scheiben angebracht. Von dort aus konnte sie jemand beobachten.

„Es kann losgehen", rief Stolzinger und schaltete einen Videorekorder ein.

Auf der Leinwand erschien Melli und machte einen seltsam aufgeräumten Eindruck. Sie steckte in einem weißen, sauberen Jogginganzug, und ihre blonden Haare sahen frisch gewaschen aus. Ihre Hände ruhten in ihrem Schoß, und beim Sprechen setzte sie ein Gesicht auf, als wollte sie eine Wohltätigkeitsaktion der Pfadfinder ankündigen. Jack hing an jedem einzelnen ihrer Worte, die Melli in dem Video sagte.

Und dann war die Leinwand wieder weiß. Stolzinger schwieg. Er beobachtete Jacks Reaktionen und die ihrer Tante.

„Was halten Sie davon?" fragte er nach einer Weile.

„Ich hatte Melanie schon immer ins Herz geschlossen", meinte Tante Petra.

Jack wusste nicht, wie sie Mellis Worte einordnen sollte. „Können Sie das noch einmal abspielen, bitte?" fragte sie den Kommissar. Ihre Stimme klang wie ein Krächzen.

„Natürlich." Stolzinger spulte das Band zurück und spielte das Video ein zweites Mal ab.

„Wie Sie wissen", sagte Melli mit klarer Stimme, „bin ich in der Gewalt eines Entführers. Er verlangt 200.000 Euro Lösegeld. Der Entführer wird sich mit der Stadt Nürnberg in Verbindung setzen. Ich werde freigelassen, sobald er das Geld hat. Der Entführer macht im Notfall ernst. Bitte bezahlen Sie das Lösegeld. Ich möchte leben. Ich grüße meine Eltern, meine Oma, Jack und Tante Petra."

„Fräulein Hofer?"

Jack saß mit dem Kommissar in seinem Amtszimmer, und sie starrte auf den Alpenkalender, der hinter ihm an der Wand hing. Das Dezemberbild zeigte das mächtige Matterhorn bei Sonnenaufgang.

„Warum grüßt Melanie Zimmermann ausgerechnet Sie und Ihre Tante?" fragte Stolzinger.

„Ich weiß es nicht. Wir sind eng befreundet."

„Wie eng?"

„Wir kennen uns seit der fünften Klasse. Wir haben immer zusammen Hausaufgaben gemacht und uns alles erzählt."

Stolzinger hob seine Augenbrauen.

„Melanie ist meine beste Freundin."

„Ganz besonders verstehen wir nicht, warum Fräulein Zimmermann ausgerechnet Ihre Tante erwähnt. Wir machen uns darüber Gedanken. Was denken Sie?"

„Ich weiß es nicht." Jack fand keine Erklärung.

„Warum grüßt Melanie Ihre Tante? Sind Sie auf irgendeine Weise miteinander verbunden?"

Jack schwieg. Sie hatte keine Idee, warum Melli Tante Petra grüßen ließ. Sie entschied sich für die Wahrheit. „Ich habe keine Ahnung."

Die Tür ging auf. Ein Mann mit weißen Turnschuhen, schwarzen Jeans und einem verwaschenen, grauen Sweatshirt brachte ein Tablett mit zwei Pappbechern Kaffee und einem Päckchen Camel. Stolzinger stellte einen der Becher vor Jack hin und legte ein Zuckertütchen daneben. Sich selbst nahm er den anderen Becher.

„Rauchen Sie?" fragte er.

„Nein, danke", antwortete Jack. Stolzingers Kollege verließ schweigend das Zimmer.

„Milch und Zucker?"

„Nur Milch, bitte“, antwortete sie.

Jack wärmte ihre Hände an dem Becher, und sie nahm einen Schluck.

„Sie haben Glück. Der Kaffee ist heute gar nicht so schlecht“, meinte Stolzinger.

„Ja. Er ist nicht schlecht“, antwortete Jack. Stolzinger stellte seinen Becher zur Seite und lehnte sich nach vorne, legte die Unterarme auf den Tisch und faltete die Hände.

„Sind Sie in die Entführung verwickelt, Fräulein Hofer?“ fragte er nach einer Weile.

„Nein.“ Jack wusste, dass Stolzinger sie aufs Glatteis führen wollte. Nur er wusste nicht, dass sie tatsächlich nichts mit der Entführung zu tun hatte.

„Ist Petra Hofer, Ihre Tante, in die Entführung verwickelt?“

„Nein“, sage Jack trotzig.

„Woher wissen Sie das so genau?“

„Sie würde so etwas nicht tun.“ Jack war klar, dass der Kommissar diesen Satz schon tausendmal gehört hatte.

„Warum nicht?“

Jack schwieg.

„Wo hält sich Melanie Zimmermann auf?“

„Ich weiß es nicht.“

„Wie ist der Name des Entführers?“

„Ich weiß es nicht. Glauben Sie mir nicht?“

„Ich glaube für gewöhnlich niemandem.“ Stolzinger lehnte sich in seinen Stuhl zurück und ließ seinen Blick auf Jack ruhen. Dann ließ er sie gehen.

❄❄❄

„Es war so unaussprechlich“, schluchzte Tante Petra, die am Küchentisch auf Jack wartete. Eine Streife hatte sie schon vor zwei Stunden nach Hause gebracht. Lumix trottete zurück zu Tante Petra und legte seinen Kopf auf ihre Füße. „Der Kommissar hat mich verdächtigt, in die Entführung verwickelt zu sein.“

„Dich auch?“ fragte Jack.

„Ja. Er konnte sich nicht vorstellen, dass mich deine Melanie auf dem Video einfach so grüßen lässt“, jammerte Tante Petra.

Jack konnte das allerdings ebenfalls nicht ganz nachvollziehen. Aber das wollte sie ihrer Tante nicht einfach so sagen. Jack vermutete, dass mehr dahintersteckte. Sie nahm sich vor, mit Sascha und Gülay zu telefonieren, um sich mit ihnen zu verabreden.

„Macht es dir viel aus, wenn ich in mein Zimmer hochgehe?“ fragte Jack.

„Nein, geh ruhig“, sagte Tante Petra leise. „Lumix wird mir ein wenig Gesellschaft leisten.“

Kleine Fische, große Fische

„Und sonst hat der Kommissar nichts gesagt?“ fragte Gülay und schlug die Beine übereinander.

„Nein“, antwortete Jack. „Er hat uns lediglich das Video gezeigt und mich danach in seinem Büro verhört. Klar, dass er mich jetzt nur noch mehr verdächtigt.“

„Hat er auch mit deiner Tante gesprochen?“ fragte Sascha, der gerade die Ofentür öffnete, um einen Fischauflauf zu kontrollieren.

„Ja. Tante Petra saß vorhin an unserem Küchentisch und hat geheult wie ein Schlosshund. Stolzinger verdächtigt sie, in die Entführung verwickelt zu sein.“

„Das ist ziemlich absurd, wenn man deine Tante kennt“, sagte Sascha.

„Ich will nicht sagen, dass sie etwas mit der Entführung zu tun hat“, meinte Gülay vorsichtig, „aber es ist trotzdem merkwürdig, dass Melli ausgerechnet deine Tante grüßen lässt. In so einer Situation." Gülay legte die Fingerspitzen aufeinander. „Ganz ehrlich gesagt", sie machte eine Pause und holte Luft, „die paar Mal, als wir alle zusammen bei dir waren, hatte ich nicht den Eindruck, dass deine Tante Melli besonders mochte."

Jack schaute zu Boden. Gülay kannte den Konflikt nicht, der in ihr vorging. Einerseits machte sie das Verhalten ihrer Tante gegenüber Melli wütend, und andererseits wusste Jack, dass Tante Petra im Grunde eine gute Seele war.

„Hab ich nicht so gemeint", sagte Gülay schnell.

„Ist schon in Ordnung. Du hast leider recht. Und schönreden bringt uns jetzt nicht weiter. Melli gibt mir mit dem Gruß an meine Tante eine versteckte Botschaft."

„Das hört sich realistisch an", meinte Gülay.

„Ich schließe mich deiner Meinung an", sagte Sascha.

„Aber was könnte es sein?" Jack strich mit den Fingern nervös durch ihre Haare.

„Du musst dir überlegen, was Melli mit deiner Tante verbindet."

„Der Fisch ist fertig, Leute!" Sascha streifte sich die Kochhandschuhe mit dem Nikolausmotiv über und holte vorsichtig den Auflauf aus dem Backofen. „Verdammt, ist das heiß!" Fluchend stellte er die längliche Auflaufform mit einem lauten Krachen auf den Tisch. An seinem Unterarm bildete sich ein dunkelroter Streifen, der eine Brandblase bilden würde.

„Schnell Eis und kaltes Wasser!" rief Gülay, sprang auf und öffnete das Eisfach. „Her mit dem Arm!" Blitzgeschwind presste sie ein paar Eiswürfel auf Saschas Arm. „Jetzt halte ihn unter das Wasser."

„Das tut gut. Es wird schon besser, glaube ich", meinte Sascha, trocknete seinen Arm ab und widmete sich wieder dem Auflauf.

„Du hast ja die Kartoffeln gleich mitgebacken", sagte Jack, um Sascha von der Verbrennung abzulenken.

„Ja, die ziehen dann den Fischfond mit ein und bekommen dadurch ein herrliches Aroma.“

„Du sprichst wie ein Fernsehkoch“, meinte Gülay und probierte einen Bissen. „Aber es ist hundertprozentig lecker.“

Sie waren alle so hungrig, dass keiner mehr was sagte. Dann legte Jack plötzlich ihre Gabel weg und starrte den Auflauf an.

„Was ist mit dir? Hast du eine Gräte verschluckt?“ fragte Sascha besorgt.

„Nein. Mir ist nur gerade etwas eingefallen. Tante Petra kocht am Freitag immer Fisch, und Melli hat nach der Schule bei uns oft mitgegessen.“

Gülay und Sascha ließen ihre Gabeln sinken.

„Und außerdem ist Tante Petras Sternzeichen Fische. Sagt jedenfalls meine Mutter.“

„Hm“, machte Gülay, „hört sich interessant an. Sprich weiter.“

„Melli befindet sich vielleicht an einem Ort, der was mit Fischen zu tun hat.“

„Oder der Name enthält Fisch.“

„Esst weiter, Mädels“, sagte Sascha, „sonst wird es kalt.“ Gehorsam griffen Jack und Gülay wieder zu ihren Gabeln.

„Fisch, Fische, Fischer“, meinte Gülay kauend. Das Essen konnte sie nicht davon abhalten, laut nachzudenken.

„Peter Vischer!“ prustete Jack.

„Iiiiiiih“, machte Gülay, „du hast Fisch auf meinen Ärmel gespuckt!“ Sie ging zur Spüle und rieb die Stelle mit einem Küchenhandtuch und Wasser ab.

„Verzeihung“, sagte Jack, „aber ich glaube, wir haben einen Volltreffer gelandet.“

„Auf meinem Ärmel.“

„Versteht ihr? Tante Petra – Peter. Sternzeichen Fische – Vischer. Peter Vischer!“

„Wer ist das?“ fragte Sascha. „Den Namen habe ich irgendwo schon mal gehört.“

„Du weißt nicht, wer Peter Vischer ist?“ fragte Jack, aber dann fiel ihr ein, dass er erst vor einem Jahr aus Berlin hierhergezogen war. „Nicht so schlimm. Peter Vischer war im Mittelalter ein Nürnberger Bildhauer. Das haben wir neulich erst im Kunstunterricht durchgenommen.“

„Da muss ich krank gewesen sein.“

„Jetzt kann ich mich wieder genau erinnern. Melli meinte noch, dass wir mit dir mal das Sebaldusgrab in der Sebalduskirche ansehen sollten. Es ist aus Peter Vischers Werkstatt. Sie meinte, dass dir das bestimmt gefallen würde.“

„Glaubst du, dass sie in der Sebalduskirche versteckt ist?“ fragte Sascha.

Jack zögerte. „Nein, das denke ich nicht. Die Kirche ist zu überschaubar. Und dass jetzt noch ein zweiter Geheimgang auftaucht, den vorher noch niemand entdeckt hatte, kann ich mir nicht vorstellen.“

„Sie ist in der Peter-Vischer-Schule versteckt!“ rief Gülay aufgeregt. „Es ist eine riesige Schule. Was haltet ihr davon?“

„Wenn überhaupt etwas dran ist, musst du damit zur Polizei gehen“, meinte Sascha.

„Aber ganz bestimmt nicht. Dieser Stolzinger hat mich sowieso schon auf dem Kieker. Ich gehe da alleine hin.“

„Stell dir mal vor, dass Melli dort wirklich versteckt ist, und du bekommst heraus, wo. Glaubst du nicht, dass das gefährlich ist?“ Gülay sah besorgt drein.

„Ich gehe dahin. Ich schaue mir morgen die Schule an und nehme Lumix mit.“

Gülay rollte mit den Augen. „Du bringst einen noch um den Verstand. Die Polizei ist für solche Einsätze geschult. Am Ende gerätst du auch noch in die Hände des Entführers.“

„Nicht mit Lumix.“

„Ein gezielter Tritt, und dein Hund ist erledigt", gab Sascha zu bedenken.

„Wie kannst du so etwas sagen?" fragte Jack vorwurfsvoll.

„Schau den Tatsachen ins Auge, Jack", sagte Gülay vorsichtig. „Sascha hat recht. Wenn der Entführer mitbekommt, dass du gerade dabei bist, ihn zu entlarven, macht er kurzen Prozess mit dir. Mit Melli ist er immerhin schon sehr weit gegangen."

„Aber stellt euch mal vor, ich gehe zu Stolzinger und erzähle ihm von unserer Theorie. Der macht sich doch nur lustig über mich, schmeißt mich raus oder verhört mich. Ihr habt überhaupt keine Ahnung, wie ekelhaft dieser Typ sein kann."

„Du kannst da nicht alleine hin", sagte Sascha, „es ist zu gefährlich."

„Falls wirklich etwas an deiner Theorie dran sein sollte …", gab Gülay zu bedenken. „Morgen nehmen wir die Schule mal genauer unter die Lupe. Kann ich bitte noch etwas Wasser haben?"

Schulbesuch

„Das ist ganz anders hier. Alles ist viel größer", flüsterte Jack. Sie hatte gerade mit ihren Freunden die große Eingangshalle der Peter-Vischer-Schule betreten und hoffte, dass ihnen kein Lehrer über den Weg laufen würde. Oder noch schlimmer ein Hausmeister. Jack wollte sich gar nicht erst ausmalen, wie er auf ihren Riesenschnauzer reagieren würde.

„Am besten, wir sehen uns erst einmal den Keller an." Gülay bemühte sich ebenfalls, ganz leise zu reden.

„Hast du den Schal dabei?" fragte Sascha.

„Ich habe ihn in eine Plastiktüte gesteckt." Jack kramte eine Einkaufstüte aus ihrer Umhängetasche und zog den Seidenschal hervor und hielt ihn Lumix unter die Nase. „Such Melli!" flüsterte sie. Lumix schnüffelte an dem Tuch und hielt seine Nase an den Boden. Dann nahm Jack ihn an die Leine, und sie gingen eine schmale Steintreppe hinab.

„Da sind ja lauter Türen, und da hinten ist eine Eisentür“, meinte Gülay, bevor sie plötzlich Schritte die Treppe hinuntergehen hörten.

„Los, wir gehen da rein“, flüsterte Sascha und öffnete eine der graulackierten Türen. „Die ist offen, schnell!“ Die Freunde drängten sich durch die Tür, Jack zog Lumix in das schwach beleuchtete Zimmer, und kaum hörbar schloss sie die Tür hinter sich. Sie sah durch das Schlüsselloch, und ihre Freunde lauschten. Lumix stellte die Ohren auf. Jack hoffte, dass er nicht bellen würde. Die Schritte kamen immer näher.

„Das ist bestimmt ein Mann. So schreiten nur Männer aus.“ Jack sprach so leise, dass die anderen sie kaum verstehen konnten.

Plötzlich blieb der Unbekannte stehen, und Jack konnte vom Schlüsselloch aus einen dunklen Schatten erkennen, der vorher nicht da gewesen war. Der Unbekannte drückte langsam die Klinke hinunter. Jack schreckte zurück. Dann ließ der Mensch, ohne die Tür zu öffnen, die Klinke wieder los und entfernte sich.

„Das war knapp“, bemerkte Sascha und wischte sich mit dem Ärmel den Schweiß von der Stirn.

„Wo sind wir hier eigentlich?“ fragte Gülay.

„Das sieht nach einer Art Abstellkammer aus“, meinte Jack. An der Wand standen ineinander gestapelte Stühle und mitten im Zimmer Holzkisten.

„Hört ihr noch was?“ Sascha schaute seine Freundinnen fragend an.

Sie lauschten.

„Nein. Am besten, wir sehen uns die anderen Zimmer an“, sagte Jack. „Und an dich ein ganz großes Lob, dass du nicht gebellt hast, Lumix. Zu Hause bekommst du einen Extraknochen.“

„Dein Hund hat sich vorbildlich verhalten.“ Gülay kraulte Lumix unter dem Kinn.

„Los, in die anderen Zimmer.“ Jack drückte vorsichtig die Klinke hinunter, steckte den Kopf zum Flur hinaus und blickte nach rechts und links. „Die Luft ist rein.“ Ein zweites Mal hielt sie ihrem Hund das Tuch unter die Nase, und sie gingen an allen Türen entlang. Lumix schnüffelte an jeder Türritze, zeigte ansonsten aber keine Reaktionen.

„Ich bin mir ziemlich sicher, dass Melli nicht hier unten ist“, sagte Jack, „aber zur Sicherheit werfen wir trotzdem ein paar Blicke in die Zimmer.“

„Es ist ein Wunder, dass wir niemandem begegnet sind“, sagte Sascha, als sie gerade zum Schultor liefen.

„Das kannst du laut sagen. Immerhin haben wir alle Stockwerke durchkämmt“, antwortete Jack.

„Was macht ihr denn hier mit dem Hund?“

Erschreckt drehten sich die drei Freunde um. Vor ihnen stand ein wuchtiger Mann in einer dunkelblauen Latzhose, die einen gefährlichen Kontrast zu seinem roten Kopf bildete. Jack war sich sicher, das konnte nur der Hausmeister sein.

„Wir gehen nur etwas spazieren“, antwortete Jack.

„Was gibt's denn hier zu sehen auf dem Schulhof? Ich habe euch gesehen, wie ihr aus dem Schulgebäude gekommen seid.“ Der Hausmeister runzelte die Stirn.

„Wir wollten uns nur mal die Schule von innen ansehen, wie andere Schulen so sind.“

„Was erzählt ihr da für einen Quatsch?“

Lumix machte einen Satz nach vorne und bellte den Hausmeister an. Jack nahm ihren Hund fest an der Leine.

„Halt bloß deinen Köter fest, sonst zeige ich dich wegen Körperverletzung an“, schrie der Hausmeister.

„Lumix, ruhig.“ Jack griff mit beiden Händen nach dem Halsband.

„Wir sollten gehen“, meinte Gülay. „Kommt.“ Sie hakte Jack und Sascha unter.

„Du hast recht“, meinte Sascha.

Jack war froh, dass sich Lumix zum Umdrehen bewegen ließ, und sie steuerten das Schultor an. Der Hausmeister schrie hinter ihnen her. Doch sie wussten, dass er sich nicht von der Stelle bewegte. Der Riesenschnauzer hatte ihm Respekt eingeflößt.

„Das war ein komischer Typ“, sagte Gülay, als sie um die nächste Straßenecke bogen.

„Der gute Mann hat sich aufgeführt ...“, begann Sascha.

„... als wenn er etwas zu verbergen hätte“, beendete Jack den Satz mit einem ironischen Unterton und packte Sascha am Unterarm. „Melli befindet sich bestimmt nicht hier. Lumix hat in dem ganzen Schulhaus nicht angeschlagen.“

„Ehrlich gesagt, glaube ich nicht, dass unsere Aktionen zu etwas führen“, sagte Gülay und setzte eine sorgenvolle Miene auf. „Vielleicht sollten wir es doch besser der Polizei überlassen.“ Sie kräuselte den Mund.

„Hm“, brummte Jack.

„Sascha und ich könnten zu diesem Typ gehen.“

„Stolzinger“, sagte Jack verächtlich. „Aber er würde in Nullkommanichts herausfinden, dass ich irgendwie dahinterstecke.“ Sie sah zu Boden. Dann hob sie plötzlich ihren Kopf und sah ihre Freunde an. „Ich habe eine Idee.“

„Und welche?“ fragte Gülay.

„Ihr kennt doch den Sicherheitsberater meines Vaters, oder? Bärlein hat Connections zur Polizei.“

„Klingt nicht allzu schlecht. Und wenn er von dir selbst Details aus dem Entführungsvideo erfährt, kann keiner was sagen. Er zieht seine eigenen Schlüsse daraus und setzt sich mit der Polizei in Verbindung.“

❄❄❄

„Ihre Tante hat mir bereits von dem Video erzählt", meinte Bärlein am Telefon. „Sie war wegen der Verdächtigung sehr aufgebracht. Aber die Polizei muss eben in alle Richtungen ermitteln."

„Schon. Trotzdem kann dieser Stolzinger echt ekelhaft werden."

„Aber, aber", versuchte Bärlein Jack zu beruhigen. „Stolzinger ist ein hervorragender Mann. Das muss ich Ihnen leider so sagen, Fräulein Hofer, auch wenn Sie es nicht gerne hören."

Jack erwiderte nichts darauf. Sie machte eine kleine Pause, bevor sie Bärlein von ihrer Theorie erzählte, dass Melli Tante Petra wegen ihres Namens und dem Sternzeichen grüßen ließ, um die Spur auf die Peter-Vischer-Schule zu lenken.

„Das hört sich nicht uninteressant an", meinte Bärlein. „Und der Hausmeister reagierte tatsächlich überzogen auf Ihre Anwesenheit?"

„Ja, absolut", rief Jack eifrig in ihr Handy. Sascha und Gülay sahen sie verwundert an.

„Vielleicht ist da wirklich etwas dran", erwiderte Bärlein.

„Herr Bärlein", begann Jack, „meinen Sie, es würde Ihnen etwas ausmachen, äh, könnten Sie nicht vielleicht Stolzinger erzählen, dass Sie selbst auf das Petra-Peter und Fische-Vischer gekommen sind?" Jack mochte sich selbst nicht, wenn sie sich so zuckersüß anhörte.

„Nun", Bärlein schien zu zögern, „ich rufe Sie wieder an."

„Bitte, Herr Bärlein", flehte Jack.

„Also gut. Ich setze mich mit Herrn Kommissar Stolzinger in Verbindung."

„Rufen Sie mich an, sobald Sie mit ihm gesprochen haben?"

„Ja, das kann ich tun. Aber Sie wissen selbst, dass die Polizei über Ihre Ermittlungen nicht plaudert."

„Sie sind der Beste!"

„Ich muss noch einen Gang erledigen, Fräulein Hofer. Ich rufe Sie wieder an."

„Danke, danke, danke. Wiederhören." Jack legte auf. „Leute, er ruft Stolzinger an."

„Du hast dich ja mächtig ins Zeug gelegt“, meinte Sascha.

„Du hättest dich mal hören sollen.“ Gülay verzog das Gesicht zu einer Grimasse und klimperte mit den Augen.

„Ich weiß, aber es hat zumindest geklappt.“

„Kommt, beeilen wir uns, dann erwischen wir noch die Straßenbahn!“ rief Sascha, und die Freunde begannen loszulaufen.

„Also tschüs, ihr beiden“, sagte Jack, als sie vor Saschas Haus standen, „lernt schön. Ich muss noch ein paar Stifte kaufen gehen.“

Gülay und Sascha kraulten Lumix zum Abschied ausgiebig hinter den Ohren, was er sich gerne gefallen ließ.

„Ruf an, sobald sich Bärlein meldet“, sagte Sascha zu Jack und umarmte sie zum Abschied.

„Okay, mach ich, bis dann.“

Gülay breitete ihre Arme aus. „Pass auf dich auf.“ Jack hatte das Gefühl, dass Gülay sie am liebsten festhalten wollte.

„Mach ich. Du auch.“ Jack drehte sich um und ging mit Lumix auf dem Kopfsteinpflaster die steile Straße hinunter an der Sebalduskirche vorbei. Der kürzeste Weg führte an Mireks Haus vorbei, das direkt am Christkindlesmarkt lag. Aber sie wollte ihm unter keinen Umständen begegnen. Jack wusste nicht, wie sie auf ihn reagieren sollte. Das mit den Puppen in seinem Wohnzimmerschrank hatte sie zu sehr irritiert. Die Uhr zeigte bereits fünf. Sein Deutschunterricht war also auch schon vorbei. Und bei ihrer Größe war es nicht leicht, einfach in der Menschenmenge unterzutauchen. Aber vielleicht hatte sie auch nur einfach Glück, und Mirek stand gerade, erschöpft von seinem Sprachunterricht, unter der Dusche.

Jack erreichte den Christkindlesmarkt, der sich von Minute zu Minute immer mehr mit Menschen anfüllte. Angenehm stieg ihr die Mischung aus weihnachtlich duftendem Glühwein und leckeren Bratwürsten in die Nase. Und plötzlich entdeckte sie Mirek an einem Stand mit Spielwaren. Ihr war es, als würde ihr Magen eine Rückwärtsrolle machen. Sie blieb stehen und war froh, dass Lumix Mireks Witterung durch die Menschenmassen und über die Distanz hinweg nicht aufgenommen hatte, denn er konzentrierte sich voll und ganz auf eine attraktive Pudeldame, die an ihm vorbeistolzierte.

Mirek sprach gerade mit der Verkäuferin. Dann drehte er sich kurz um, und Jack bückte sich. Er hatte sie nicht gesehen. Die Verkäuferin nickte ihm freundlich zu und breitete Geschenkpapier über die Theke. Sie griff nach einer Christkindlespuppe mit blonden Locken und wickelte sie ein. Mirek bezahlte.

Sobald Jack die Tür zum Kaufhaus aufschob, war ihr Kopfinneres wie ausgelöscht. Sie konnte nicht glauben, was sie gesehen hatte. Mirek war verrückt. Jack war sich ganz sicher. Aber jetzt hieß es, kühlen Kopf bewahren. Doch das war leichter gesagt, als getan. Ihr wollte nicht einmal mehr einfallen, warum sie eigentlich hier war.

Vorbei an den Markenjeans für Herren, Lederjacken und Pyjamas strebte sie den Ausgang an, von dem sie einen direkten Blick auf die Lorenzkirche haben konnte. Lumix trottete brav neben Jack her. Sie öffnete die Tür, ließ zuerst eine Frau mit Kinderwagen hinaus und atmete wenige Sekunden später die angenehme, kühle Luft ein. Erst jetzt fiel ihr auf, wie stickig es im Kaufhaus gewesen war.

Gleich gegenüber verkauften einheimische Marktfrauen ihr Gemüse, die sonst ihre Stände auf dem Hauptmarkt aufbauten. Doch dort standen jetzt die Buden für den Christkindlesmarkt.

Jack hatte eine Idee. In ihrer Jackentasche kramte sie nach ihrem Schülerausweis. Mit Lumix an der Leine und hochgestelltem Jackenkragen ging sie zum ersten Gemüsestand hinüber. Sie wartete, bis der Kunde vor ihr bezahlte, zückte den Ausweis und hielt ihn der Marktfrau entgegen.

„Entschuldigen Sie bitte. Kriminalpolizei“, log Jack, „mein Name ist Hofer.“

„Grüß Gott, wie kann ich Ihnen helfen?“ fragte die vor Kälte rotwangige Marktfrau.

Jacks Plan war aufgegangen. Endlich nützte ihr ihre Größe etwas, die ihr offensichtlich eine gewisse Autorität verleihen konnte.

„Wir führen eine großflächige Befragung durch. Sie wissen sicher von der Entführung des Christkinds."

„Wer weiß des net?"

„Ist Ihnen am Tag der Entführung etwas aufgefallen?"

„Was hätt mir auffallen sollen?"

Jack ärgerte sich über die Gegenfrage. Sie kannte diese typische Masche von zahlungsunwilligen Kunden ihres Vaters, sich erst einmal dumm zu stellen.

„Haben Sie jemanden beobachtet, der sich auffällig benommen hat?"

„Glauben 'S, ich hab nix Besser's zu dun, als 'n ganz'n Dog die Leut' zu b'obacht'n?"

„Natürlich nicht. Aber wenn Sie genau an den Nachmittag denken, als die Entführung passiert ist."

„Also wissn'S, ich hab nix g'sehen, und hinder Ihner stehn drei Kund'n. Wiederseh'n."

„Wiedersehen."

An den anderen Marktständen ging es Jack auch nicht anders. Sie vermutete ein geheimes Schweigeabkommen zwischen den Marktfrauen, sich durch Nullaussagen auf keinen Fall in Schwierigkeiten zu bringen.

❄❄❄

Enttäuscht schmiss Jack ihre Tasche in die Ecke, als sie endlich wieder in ihrem Zimmer war. Bärlein hatte immer noch nicht angerufen. Genau in dem Augenblick, als sie sich fragte, ob er überhaupt mit Stolzinger reden würde, klingelte ihr Handy.

„Hallo Herr Bärlein." Jack las am Display ab, dass er es war.

„Hallo Fräulein Hofer."

„Haben Sie mit der Polizei gesprochen?“ Sie wollte den Namen Stolzinger erst einmal vermeiden.

„Ich habe Stolzinger Ihre Theorie unterbreitet und als meine verkauft. Er hatte bereits dieselbe Idee und schon gestern ein paar Leute zur Peter-Vischer-Schule geschickt. Nichts zu finden.“

Jack hatte einen Kloß im Hals. Sie sagte nichts.

„Sind Sie noch da, Fräulein Hofer?“

„Ja“, sagte sie mit viel Überwindung, „ich bin nur enttäuscht.“

„Das verstehe ich.“ Bärlein bemühte sich sachlich zu klingen. „Ich wäre auch froh gewesen, wenn die Polizei Erfolg gehabt hätte.“

Gleich nachdem sie sich verabschiedet hatten, klingelte erneut Jacks Handy. Kraftlos sah sie auf das Display.

„Hallo Claudia.“

„Hallo Jack. Wie geht es dir?“

„Nicht so toll. Die Polizei hat immer noch keine Spur von Melli gefunden. Und ich habe auch keine Ahnung, wo sie sein könnte.“

„Das ist schrecklich.“

„Hast du schon von dem Entführungsvideo gehört?“

„Ich hatte vorhin Petra am Festanschluss. Ich weiß alles.“

„Glaubst du nicht auch, dass Melli eine Botschaft mit dem Gruß an Tante Petra hinterlassen wollte?“

„Das kann schon sein. Oder sie stand unter Drogen.“

„Das ist geschmacklos, Claudia.“ Ihre Mutter und ihre Tante mochten sich noch nie richtig, und die alles umfassende Liebe, die ihre Mutter der gesamten Menschheit angedeihen ließ, schloss ihre Exschwägerin aus.

„Ich habe noch mal wegen Melli Karten gelegt.“

Nicht schon wieder. „Und?“ Jack schwankte zwischen Ablehnung und Neugierde.

„Die Schwertkönigin steht in Opposition zum Teufel.“

Jack bekam eine Gänsehaut, obwohl sie Claudias Kartenlegerei für Hokuspokus hielt. „Das hört sich nicht gut an.“

„Nicht unbedingt. Zuerst denkt man natürlich an Melli und den Entführer. Aber wenn du genau hinsiehst, könnte es sich auch um eine Polizistin handeln, die dem Entführer auf der Spur ist."

„Es ermittelt ein Kommissar."

„Petra hat mir von Stolzinger erzählt. Er hat sie ganz schön in die Mangel genommen." Claudia konnte den Anflug von Genugtuung kaum verbergen.

„Sie war ganz schön fertig. Sie hat mir leid getan", meinte Jack trocken.

„Ich rufe noch aus einem anderen Grund an." Claudia wollte das Thema nicht weiter vertiefen. „Ich bin ab übermorgen in Nürnberg."

„Ist dein Freund auch da?" Jack hoffte, dass ihre Mutter diesmal verneinen würde.

„Juliane ist letzten Samstag nach Teneriffa geflogen. Wir haben die Wohnung für uns."

„Das ist ja toll", antwortete Jack leicht genervt. Sie würde ihre Mutter wie so oft nicht für sich alleine haben. „Wann fährt Werner wieder ab?"

„Richard, nicht Werner. Richard und ich haben drei Tage für uns."

„Du kannst dich ja rühren, sobald er weg ist", meinte Jack von oben herab.

„Kind. Wir werden viel Zeit miteinander haben."

„Okay." Jack wusste, dass sich diese viele Zeit auf zwei, drei Stunden beschränken würde. Aber sie wollte Claudia nicht Unrecht tun. Die kurze Zeit mit ihr war tausendmal intensiver, als es andere Mütter in einem ausgedehnten Urlaub hinbekommen hätten.

„Wir sehen uns, Schätzchen." Claudia schickte Jack Schmatzküsse durch das Telefon.

„Bis dann, Mama, dickes Bussi." Jack legte auf. Erst jetzt merkte sie, dass ihr die Füße wehtaten. Es war ein hektischer Tag gewesen, voller Ereignisse und Emotionen. Sie ließ sich rücklings auf ihr Bett fallen und schlief sofort ein.

Fährten, Blut und Regengüsse

Als Jack aufwachte, lag sie immer noch angezogen auf ihrem Bett, und der Fernseher lief. Morgenprogramm. Ihre Knochen fühlten sich wie Blei an, und sie hatte überhaupt keine Lust, zur Schule zu gehen. Sie stellte den Alarmknopf des Radioweckers ab und schaltete den Fernseher aus.

Schlaftrunken ging sie in die Küche hinunter, wo Lumix schon auf sie wartete. Aber sie begrüßte ihn nur kurz, kritzelte auf einen Zettel, dass sie heute krank war und ging wieder in ihr Zimmer hinauf. Tante Petra würde sich ohnehin um Lumix kümmern, wenn sie auftauchte, um Jack Frühstück zu machen. Darüber nachdenken, ob ihr Verhalten egoistisch war, würde sie auf einen anderen Zeitpunkt verschieben.

Es war schon elf, als Jack ein zweites Mal erwachte. Sie drehte ihren Kopf zum Dachfenster, das einen Winterhimmel preisgab, an dem dunkle Regenwolken vorbeizogen. Bei diesem Anblick hätte Jack die Augen am liebsten wieder geschlossen, aber es war schon genug, dass sie die Schule geschwänzt hatte, und in Mathe hatte sie jede einzelne Unterrichtsstunde nötig. Aber es war ohnehin viel wichtiger, sich um Mellis Verschwinden zu kümmern. Tante Petra und die Fische. Es musste irgendetwas damit zu tun haben. Was war Tante Petra im Leben wichtig? Ihre Nichte. Aber das konnte kein Hinweis sein. Oder die Trachtenfabrik. Aber Jack wusste genau, dass es hier keine geheimen Gänge oder Kellerräume gab. Das hatte Jack schon als Kind aufs Genaueste erforscht. Was lag in der Persönlichkeit von Tante Petra? Sie liebte ihren Heimatverein und natürlich die Tatsache, dass sie adlige Vorfahren hatte. Jack ging alle Gespräche mit ihrer Tante durch, an die sie sich erinnerte und bei denen Melli gerade zu Besuch war.

Jack starrte jetzt an die Holzdecke. Der verhangene Himmel hatte sie zu sehr deprimiert. Hatte ihre Tante nicht vor ein paar Wochen etwas von irgendwelchen Schlössern in Fischbach erzählt? Jetzt erinnerte sich Jack wieder, dass Melli und sie ganz erstaunt waren, dass dort ein paar hundert Jahre alte Herrensitze standen.

Jack spürte wieder Energie in ihren Adern. Sie sprang aus dem Bett, zog sich an und kramte die Tüte mit dem Seidenschal hervor, den Melli getragen hatte.

Als sie die Treppe hinunterging, wartete Lumix schon auf sie. Sonst war das Erste, was sie tat, frühstücken, aber heute ging sie in das Arbeitszimmer ihres Vaters, wo sich ein Bücherregal an das andere reihte. Irgendwo musste auch dieses Buch von den Schlössern und Herrensitzen in und um Nürnberg stehen. Sie erinnerte sich, dass das Buch groß und dunkelrot war, und alles, was mit Franken zu tun hatte, stand links neben dem Fenster im Arbeitszimmer. Es dauerte keine drei Sekunden, bis sie das Buch in den Händen hielt. Zum Glück waren die Orte alphabetisch angeordnet, und sie konnte sofort Fischbach finden. Erstaunt stellte Jack fest, dass es dort drei Schlösser gab, die für ein Versteck in Frage kamen. Sie notierte sich die Namen und die Adressen mit einem Bleistift auf einem Schmierzettel. Scheuerlsches Schloss, Harsdorfsches Schloss und Pellerschloss. Jack wusste, dass sie vom Hauptbahnhof dorthin mit der S-Bahn fahren konnte und dann mit dem Bus, denn sie war vor ein paar Monaten in Fischbach auf einem Hundetrainingswettbewerb gewesen.

Ohne die Küche zu betreten, verließ Jack mit Lumix an der Leine, einem Stadtplan und der Plastiktüte mit dem Schal in ihrer Jackeninnentasche, das Haus und fuhr mit der Straßenbahn zum Hauptbahnhof.

Jack stieg gleich nach dem Ortsschild Fischbach aus dem Bus, denn das Scheuerlsche Schloss lag direkt an der Hauptstraße. Die Hauptstraße war eng, und alle paar Sekunden fuhr ein Lastwagen mit lautem Krachen vorbei. Lumix zog dann jedes Mal den Kopf ein. Jack sah noch einmal auf dem Stadtplan nach. Sie stellte fest, dass sie zu früh ausgestiegen war. Ausgerechnet jetzt schlug ihr eine Windböe den Stadtplan ins Gesicht. Kalt und unangenehm pfiff ihr der Wind um den Kopf. Jack war froh, dass sie wenigstens ihre Haare hinten zusammengebunden hatte.

Die zehn Minuten entlang der Hauptstraße kamen ihr wie eine Ewigkeit vor. Endlich hatte sie die richtige Hausnummer entdeckt. Und tatsächlich, ein kleines Schild wies darauf hin, dass es sich hier um das Scheuerlsche Schloss handelte. Sie war enttäuscht. Ein Schloss hätte sie sich viel größer vorgestellt, selbst in einem kleinen Kaff wie Fischbach. Jetzt stand sie vor einem überschaubaren Sandsteinhaus, zu dem ein eingeschossiges Wirtschaftshäuschen gehörte. Von weitem hörte sie ein paar Enten schnattern. Sie ging um das Hauptgebäude herum und konnte die ehemaligen Wirtschaftsgebäude jetzt besser sehen. Die Fenster eines der Häuser waren von innen mit Papier verkleidet. Jack wurde misstrauisch. An das Haus grenzte ein Pferdestall, bei dem die Tür offen stand. Als sie näher kam, zog Lumix nervös an der Leine. Jack betrat den Pferdestall und stellte verwundert fest, dass hier keine Pferde waren, obwohl es deutlich nach Heu und Stroh roch. Sie ließ ihre Hand über das Zaumzeug an der Wand gleiten und überlegte gerade, was sie als Nächstes tun würde, als ihr plötzlich jemand von hinten eine Hand auf die Schulter legte. Jack fuhr zusammen. Selbst Lumix schien überrascht zu sein und bellte.

„Was suchen Sie hier?“ fragte eine Frau mit langen, unordentlichen Haaren. „Und beruhigen Sie Ihren Hund!“

„Entschuldigung, äh, nichts“, antwortete Jack verlegen. „Ist schon gut, Lumix.“

„Und warum sind Sie dann hier?“

Jack schätzte, dass die Frau ungefähr im gleichen Alter wie ihre Mutter war.

„Meine Tante sucht eine Wohnung“, log sie, „und beim Vorbeigehen habe ich gesehen, dass die Fenster verklebt sind. Da habe ich mal geschaut, was hier sonst noch ist.“

Jack nahm Lumix fest an die Leine. Aus einem undefinierbaren Grund war sie froh, dass die Tür offen stand. Sie trat ins Freie, und die Frau ging hinter ihr her. Sie blieben vor dem Nebengebäude stehen. Als die Frau an Jack herantrat, fielen ihr der verhärmte Gesichtsausdruck und der unangenehme Geruch ungewaschener Kleidung auf, den die Frau verströmte.

„Sie können sich die Räume ansehen, aber den Pferdestall vermiete ich nicht. Warten Sie hier.“ Die Frau öffnete die schmale Holztür. „Kommen Sie“, sagte sie und betrat das Haus.

Im hellen Flur stellte Jack überrascht fest, dass auch die anderen Räume freundlich wirkten, ganz anders, als es in ihrer Vorstellung gewesen war.

„Dachboden gibt es nicht“, meinte die Frau knapp.

„Und einen Keller? Ist das Haus unterkellert?“ Jack wusste, dass das ein Qualitätsmerkmal war – mehr Stauraum und wärmer im Winter.

Wortlos ging die Frau in einen Raum, in dem lediglich ein Herd stand, und öffnete eine Holzklappe im Boden. Von dort aus führte eine schmale Treppe nach unten. Jack bekam eine Gänsehaut, als die Frau regungslos dastand, mit der Hand auf der Klappe, die sie an ihren Körper gelehnt hatte.

Jack ging näher und sah hinunter. Es war stockdunkel da unten. Lumix stand brav neben ihr und machte keine Anstalten, dass er ein Geräusch hörte oder einen Geruch wahrnahm.

„Wie groß ist der Keller?“ Jack musste irgendetwas fragen.

„Unter der Küche.“

„Der Keller ist so groß wie die Küche?“

„Das sage ich doch.“

Jack begann die ganze Situation auf die Nerven zu gehen. Und die Tatsache, dass Lumix nicht angeschlagen hatte, hielt sie hier keine Sekunde länger.

„Ich schicke meine Tante her, falls sie Interesse hat“, sagte Jack knapp und ging zur Haustür. Ohne auf die Frau zu warten, trat sie ins Freie und atmete die frische Luft ein. Selbst den Wind empfand sie jetzt nicht mehr als so unangenehm.

Sie sah auf die Adresse des zweiten Herrensitzes. Auch er lag an der Hauptstraße. Kaum war sie ein paar Meter gegangen, spürte sie auf ihrem Gesicht die ersten Regentropfen. Die anfängliche Erleichterung, wieder an der frischen Luft zu sein, verflog schlagartig.

Endlich stand Jack vor dem zweiten Schloss. Auf einem Schild las sie, dass hier eine Werbeagentur ihre Firmenräume hatte. Unter normalen Umständen hätte sie Lumix draußen warten lassen, aber ihr war wohler zumute, ihren Hund mit in das Haus zu nehmen.

Die Tür ließ sich von außen öffnen, wie es bei Firmen üblich war. Jack trat in eine kleine Vorhalle, an deren Wände Wappen mit kleinen Türmchen darauf hingen. Neugierig sah sie in ein offen stehendes Zimmer, und eine elegant gekleidete Dame in einem dunkelgrauen Hosenanzug und strahlend weißer Bluse blickte von ihrem Schreibtisch auf.

„Kann ich Ihnen helfen?“ fragte sie mit einer angenehmen Stimme.

„Nicht direkt“, antwortete Jack, „ich schreibe ein Referat über Wappen, und da wollte ich mir ein paar Originale ansehen.“

„Ach so.“ Die Frau stand auf. Erst jetzt fiel ihr Jacks großer Hund auf, und sie zog die Augenbrauen hoch.

„Er ist ein friedlicher Hund“, meinte Jack erklärend, „und ich bin auch gleich wieder weg.“

„So, so.“

„Haben Sie hier alle Räume angemietet?“ wollte Jack wissen.

„Ja, das haben wir. Aber mit dem Hund können Sie sich die nicht ansehen.“

„Das ist auch nicht nötig. Ich bin ja nur wegen der Wappen hier.“

Das Telefon klingelte, und die Frau ging zurück in ihr Büro. Jack nutzte die Gelegenheit, zog schnell die Plastiktüte mit Mellis Schal hervor und hielt Lumix das Tuch unter die Nase. Dann ließ sie ihn in der Vorhalle herumschnüffeln. Aber wieder reagierte er auf keinen Geruch.

Die Dame hatte zu Ende telefoniert, und Jack streckte den Kopf in ihr Büro. „Ich habe mir jetzt die Wappen angesehen. Vielen Dank noch mal."

„Sie können ja noch ein paar Fotos machen."

„Gute Idee, aber ich habe meine Digitalkamera vergessen."

„Das ist aber schade."

Jack wollte sich schnell verabschieden. „Wenn es recht ist, komme ich demnächst noch mal vorbei. Und vielen Dank. Auf Wiedersehen."

„Wiedersehen."

Als Jack ins Freie trat, begann es zu nieseln. Selbstverständlich hatte sie keinen Regenschirm dabei und die Kapuze zu ihrer Jacke abgeknöpft, bevor sie sich das erste Mal mit Mirek getroffen hatte. Blöde Idee, und gelohnt hatte es sich sowieso nicht.

Die Feuchtigkeit in der Luft und auf der Straße ließen das Krachen der vorbeifahrenden Laster noch lauter werden. Vom Nieselregen hatte Jack schon ein ganz nasses Gesicht, und ihre Hände waren eiskalt. Warum hatte sie bloß keine Handschuhe mitgenommen?

Von weitem konnte sie ein braunes Informationsschild mit weißer Schrift erkennen. Als sie näher kam, las sie, dass es an der nächsten Straßenecke zum Pellerschloss gehen würde. Die letzte Station in Fischbach.

Jack sah zu Lumix hinunter. Er trabte mit leicht gesenktem Kopf neben ihr her. Als sie wieder aufblickte, sah sie die Frau vom Reitstall auf der anderen Straßenseite ohne Schirm und Jacke in die entgegengesetzte Richtung hasten. Eigenartige Person.

Das Pellerschloss hatte mehr Ähnlichkeit mit einem Schloss, als die anderen Gebäude. Es wurde von einer niedrigen Mauer aus Sandstein umgeben. Durch ein Eisentor trat Jack in den kleinen Schlossgarten. Auf der gepflegten Wiese stand wie verloren eine Statue aus Stein, und am anderen Ende des Gartens führte eine kurze Brücke über ein schmales Bächlein. Der ganze Garten wirkte im Nieselregen unwirklich. Jack stellte sich vor, wie Melli als Engel über die Szenerie schwebte und ihr einen freundlichen Gruß zurief. Schnell vertrieb sie diesen Gedanken wieder und ging zum Hauptgebäude hinüber. Dort las sie, dass das Schloss von der Gemeinde Fischbach für Trauungen und offizielle Anlässe genutzt wurde. Es sah so gar nicht danach aus, dass hier jemand festgehalten werden konnte. Trotzdem zog Jack am Türgriff. Sie hatte Glück und konnte eintreten. Ein paar Sekunden lang lauschte sie, aber es war still. Ohne lange zu zögern, hielt sie Lumix das Tuch unter die Nase und ließ ihn die Fährte aufnehmen. Alle Räume durchsuchte sie, aber weder sie noch Lumix konnten etwas finden. Erleichtert, dass sie diesmal niemandem begegnet war, trat sie wieder ins Freie. Es nieselte immer noch.

Am hinteren Ende des Gartens befand sich ein Wirtschaftsgebäude mit hübschen, orangefarbenen Gardinen und bunten Fensterbildern. An die Hauswand gelehnt standen ein paar Bonanzaräder. Gerade als sie etwas nähertreten wollte, öffnete jemand die Tür, und eine Schar von etwa zehnjährigen Jungen stürmte aus dem Haus. Die Kinder schnappten sich ihre Räder, sprangen auf und setzten sich mit lautem Geschrei in Richtung Ausgang in Bewegung, und schon waren sie weg. Jack war sich ganz sicher, dass hier bestimmt niemand festgehalten wurde.

Erleichtert und enttäuscht zugleich verließ sie durch das Eisentor den kleinen Schlossgarten. Erst jetzt fiel ihr auf, dass ein Schlachtbetrieb gleich an das Hauptgebäude anschloss. Ohne lange zu überlegen, betrat sie das Haus. Es roch nach rohem Fleisch, und die Kälte, die die Kühlräume verströmten, kroch in ihre Knochen. Der lustige Anblick der Jungen auf ihren Fahrrädern kam ihr plötzlich wie aus einer anderen Welt vor.

Jack hielt Lumix fest an der Leine, dem vom Fleischgeruch schon das Wasser von den Lefzen tropfte, und ging zum hinteren Ende der

Eingangshalle. Auf einem Metallschild stand in schwarzen Buchstaben „Keller“. Sie öffnete die Tür, und vor ihr lag ein dunkles Treppenhaus. Jack drückte auf den Lichtschalter rechts neben ihr, und gleißendes Neonlicht überflutete ein türkisgrün gekacheltes Treppenhaus. Jack hielt Lumix das Tuch unter die Nase.

„Such!“ flüsterte sie und stieg mit ihrem Hund die Treppen hinab. Sie hoffte noch, dass Lumix durch den Geruch nach rohem Fleisch nicht zu sehr irritiert war, als hinter ihr die Kellertür quietschend ins Schloss fiel.

Am unteren Ende der Treppe führte ein schmaler Gang nach rechts. Gerade als Jack die erste Tür öffnen wollte, hörte sie Schritte hinter sich und drehte sich um. Vor ihr baute sich ein großer Mann mit schwarzen Haaren und Schnurrbart auf, und vor seinem Bauch hing eine weiße, blutbefleckte Plastikschürze. Jack starrte auf das große Messer in seiner rechten Hand, von dem noch Blut tropfte.

Das war’s dann, dachte Jack und blieb eigenartig ruhig. Sie fragte sich nur, ob er zuerst Lumix oder ihr die Kehle aufschlitzen würde.

„Was suchst du hier?“ schnauzte der Mann sie an, dessen Gesichtsfarbe dasselbe Schweinchenrosa aufwies wie die Tiere, die er täglich tötete.

„Ich bin die beste Freundin des Christkinds.“ Nun war schon alles egal. Sie konnte ruhig die Wahrheit sagen.

„Verarschen kann ich mich selbst. Und ich der Freund vom Weihnachtsmann.“

„Ich suche das entführte Christkind und dachte, vielleicht sehe ich hier mal nach.“ Jack kam sich ziemlich dämlich vor, aber ihre Überlebenschancen stiegen, solange sie mit dem Verrückten vor ihr im Dialog blieb.

„Wenn du mit diesem Riesenvieh näher kommst, steche ich zu.“ Er fixierte Lumix, hielt sein Messer in die Höhe, den Griff mit der Faust fest umklammert. „Du verschwindest jetzt sofort, sonst hole ich die Polizei.“

Jack ging den Gang hinunter, und plötzlich schaltete sich das Licht ab. Vor ihr lag ein Lichtschalter mit einem roten Lämpchen. Sie schaltete das Licht wieder ein und rannte, ohne sich umzudrehen, die Treppe hinauf und durch die Halle zum Ausgang. Inzwischen regnete es wie aus Kübeln.

❄❄❄

Ihr Vater tobte, als Jack die Haustür aufschloss. Sie wollte die Wortfetzen lieber nicht in einen Zusammenhang stellen, denn sie bestanden vor allem aus Erkältung, Polizei und Schlachtbetrieb. Dann schwieg ihr Vater unerwartet, und er starrte aus dem Fenster. Kein gutes Zeichen.

Jugendgericht

„Dein Vater ist enttäuscht von dir, Jacqueline", meinte Tante Petra, als Jack am nächsten Morgen zum Frühstück hinunterkam. „Möchtest du ein Taschentuch, Liebes?"

„Ja, bitte." Jacks Nase lief.

„Du warst sehr unvernünftig gestern. Du hättest nicht im Regen herumlaufen sollen. Jetzt siehst du, was du davon hast."

„Es geht schon." Jack schnäuzte sich. „Kann ich noch eines haben?"

Tante Petra reichte ihr ein zweites Taschentuch und blickte dabei sorgenvoll drein. „Kind, die Polizei hat gestern hier angerufen."

„Ja?" Jack hoffte, etwas Neues von Melli zu erfahren, trotzdem sie den Blick ihrer Tante als nicht gerade erfreulich einstufte.

„Es war dieser Stolzinger." Tante Petra fühlte sich immer noch in ihrer Ehre gekränkt, weil der Kommissar sie verdächtigt hatte, an der Entführung beteiligt zu sein. Der Name Stolzinger wurde allmählich zwischen Jack und ihrer Tante aus unterschiedlichen Gründen zu einem Inbegriff für Unannehmlichkeiten. Jack stützte ihre Stirn in die Hände, denn sie ahnte schon, was jetzt kommen würde.

Tante Petra drehte ihr den Rücken zu und kramte in einer Küchenschublade. „Die Fischbacher Polizei hat Stolzinger gemeldet, dass eine verwirrte, junge Frau mit einem großen Hund gestern Nachmittag im ansässigen Schlachtbetrieb herumgeschlichen ist und etwas vom Christkind gefaselt hat. Stolzinger wusste gleich, dass das nur du gewesen sein konntest."

„Sch..."

„Jacqueline!" ermahnte Tante Petra Jack entrüstet.

„Wo ist Papa?" fragte Jack vorsichtig.

„Er hat einen Termin in Hannover."

Jack atmete auf. „Dann kommt er nicht vor heute Abend zurück." Oder Mitternacht, wenn er mit dem Auto oder Zug gefahren ist, was leider unwahrscheinlich war.

„Er kommt gegen acht nach Hause. Und es wäre besser, wenn du hier wärst."

❄❄❄

In der Schule hatte Jack geschlagene drei Packungen Papiertaschentücher verbraucht, und nach dem Mittagessen hatte ihr Tante Petra einen heißen Tee in ihr Zimmer gebracht, den sie jetzt schlürfte. Sie saß an ihrem Schreibtisch und versuchte sich auf Mathe zu konzentrieren, was ihr aber nicht gelang. Das Gespräch mit ihrem Vater heute Abend würde kein Spaß werden. Jack griff nach der Fernbedienung.

Es lief „Das Jugendgericht". Vielleicht sollte sie sich schon einmal auf den heutigen Abend einstimmen.

Drei dunkeläugige Jugendliche mit kohlrabenschwarzem Haar saßen vor einer blonden Richterin. Was für ein blödes Klischee. Jack sah auf ihr Matheheft hinunter und entschied sich für die Berechnung einer Sinuskurve. Der Fernseher lief weiter. Der Sinus war ermittelt, und Jack schaute wieder zum Fernseher hinüber. Ein ernst dreinblickender Reporter erschien jetzt auf dem Bildschirm und erzählte von kriminellen Machenschaften in russischen, polnischen und tschechischen Kreisen, von organisiertem Verbrechen und Autoschieberei. Viel, viel Geld fließe von einer Hand in die andere. Aha. Der Reporter machte ein immer düstereres Gesicht. Und dann fiel der Begriff „Osteuropa-Connection". Jack ließ wie vom Donner gerührt ihren Bleistift fallen.

Plötzlich fiel es ihr ein: Peter Vischer hatte auch Aufträge aus Krakau erhalten. Melli könnte auch im Krakauer Haus in Nürnberg festgehalten werden. Sie erinnerte sich, dass dort ein deutsch-polnischer Verein Veranstaltungen abhielt.

Jack schaltete den Fernseher aus, steckte schnell ein paar Packungen Taschentücher in ihre Tasche und stürzte die Treppe hinunter. Sie nahm Lumix an die Leine, schmiss sich die Tasche über die Schulter und verließ das Haus.

Zum Krakauer Haus brauchte Jack nicht einmal umzusteigen, denn es lag gleich in der Nähe der Haltestelle. Nur ein paar Schritte bis zu dem turmartigen Sandsteingebäude, an das ein zweites, weißgestrichenes Haus anschloss, wo sich der Eingang befand. Jack trat mit Lumix in einen hellen Raum mit einem großen Tisch in der Mitte. Dort saß eine junge Studentin vor einem Stapel Papieren und fixierte Jack neugierig, als sie den Raum betrat.

„Hallo", begrüßte Jack die Frau. „Ich halte ein Referat über historische Gebäude in Nürnberg."

„Hallo. Mal sehen, ob ich dir kann helfen", antwortete die Frau mit dem typischen osteuropäischen Akzent, den Jack von Mirek so gut kannte. Aber sie wollte den Gedanken an ihren vergangenen Schwarm mit der merkwürdigen Vorliebe für Puppen erst einmal vertreiben.

„Meinst du, dass ich mir das Haus ansehen kann?"

„Ja, das kannst du gerne", meinte die Studentin, „willkommen im Krakauer Haus."

„Entschuldige, kannst du mir als Erstes die Toilette zeigen?"

„Gerne, gleich dort drüben."

Jack öffnete die Tür zu einem kleinen Raum, in den sie sich mit Lumix zwängte. Etwas befremdet sah die Studentin Jack hinterher, weil sie ihren Hund mit aufs Klo nahm. Dort packte sie die Plastiktüte mit dem Tuch aus und hielt es Lumix unter die Nase.

„Such!" flüsterte sie ihrem Hund zu, betätigte die Klospülung und verließ die Toilette.

„Ich heiße Teresa, und du?"

„Eigentlich Jacqueline, aber meine Freunde nennen mich Jack."

Teresa lächelte und griff nach einem Schlüsselbund. „Was möchtest du zuerst sehen?"

„Können wir auf den Turm?"

„Ja, du kannst dir alles ansehen."

„Wo hast du so gut Deutsch gelernt?"

„In der Schule und auf der Uni. Ich lebe seit einem Jahr hier."

Jack fragte sich, ob Mirek auch einmal so gut Deutsch sprechen würde, aber eigentlich interessierte er sie ja nicht mehr.

„Dein Hund ist wie ein Spähhund", meinte Teresa. „Er hat die Nase dauernd am Boden."

„Es heißt Spürhund", verbesserte Jack, „das macht er manchmal, wenn er fremd ist." Sie hoffte inständig, dass sich Teresa nicht mit Hunden auskannte.

„Wie heißt dein Hund?"

„Lumix."

„Das ist aber ein schöner Name. Lumix."

Als Jacks Hund seinen Namen hörte, horchte er kurz auf und wendete sich gleich wieder brav dem Fußboden zu.

Durch eine schwere Holztür hindurch gingen sie die Treppe in das Dachgeschoss hinauf. Der Blick vom Turm war alles andere als spektakulär. Der Turm war kaum höher als die umliegenden Häuser. Jack sah auf die Pegnitz hinunter und stellte sich vor, wie die Entführer dort Melli ertränken würden, weil sie kein Lösegeld bekommen hatten. Immerhin war es schon vor vier Tagen gewesen, dass das Video aufgetaucht war. Oder Melli würde krank werden, und die Entführer wussten nicht, wohin mit ihr.

„Geht es dir gut?“ fragte Teresa.

„Ja, ich habe nur manchmal Höhenangst.“ Die Lügerei begann Jack allmählich selbst auf die Nerven zu gehen. Permanent musste sie sich etwas einfallen lassen, um ihr Verhalten zu erklären. Und bei dieser Teresa fühlte sich Jack besonders schlecht, denn sie war der Inbegriff von Hilfsbereitschaft und Freundlichkeit.

„Geh ein Stück zurück, dann geht es dir besser.“

Gerade als Jack von der Brüstung zurücktreten wollte, sah sie Bärlein am Pegnitzufer stehen. Statt vom Fenster wegzugehen, schob Jack ihren Kopf nach vorne, um besser sehen zu können.

„Bitte geh ein Stück zurück“, sagte Teresa und berührte Jack sanft am Arm.

„Ich habe einen Bekannten gesehen“, meinte Jack. Und das war nicht einmal gelogen. „Kann ich mir den Keller ansehen?“

„Ja, aber er ist nur ganz klein.“

❄❄❄

Jack war bereits zwei Stunden zu Hause und hatte wegen ihres Schnupfens schon eine ganz wunde Nase. Während sie über das Krakauer Haus und ihr weiteres Vorgehen nachdachte, hörte sie die Garagentür.

Ihr Vater kam nach Hause, und das bedeutete mit Sicherheit keine angenehme Plauderei.

Das Ende hat fünf Ecken

„Du warst im Keller einer Schlachterei?“ fragte Gülay. „Das hört sich ganz schön unheimlich an.“

Jack und Gülay hatten es sich an einem runden Tisch in der Ecke des Verlies bequem gemacht. Sie wollten während ihrer Freistunde endlich über Jacks Aktion in Fischbach reden. Nicht, dass sie vorgestern und gestern Abend nicht schon ausführlich mit ihr und Sascha darüber gechattet hätte.

„Und dann hat mich der Metzger mit einem blutigen Messer bedroht." Jack deutete an, wie groß das Schlachtermesser gewesen war. „Ich dachte, das ist jetzt mein Ende."

„Ein Wunder, dass du da wieder rausgekommen bist."

„Der Mensch ist total ausgeflippt, hat rumgebrüllt, was ich hier suche, und er holt die Polizei, wenn ich nicht verschwinde und so. Aber das war nicht das Schlimmste an diesem Tag."

„Nein?"

„Das Schlimmste war die Strafpredigt meines Vaters. Der Metzger war nichts dagegen." Gülay sah Jack fragend an. „Stolzinger rief bei meinem Vater an, dass sich dieser dämliche Metzger bei der Polizei beschwert hätte. Eine junge Frau wäre mit einem großen Hund in seinem Schlachtbetrieb herumgelaufen. Und der Typ konnte mich verdammt gut beschreiben. Du kannst dir ja vorstellen, dass Stolzinger sofort auf mich kam."

„Das darf nicht wahr sein!"

„Leider doch. Was glaubst du, wie mein Vater getobt hat?"

„Du Arme. Das ist ja schrecklich."

Jack tat Gülays Mitleid sichtlich gut. „Er hat was von Konsequenzen gefaselt, wenn ich mich weiterhin in den Fall einmische."

„Hast du einen Plan?"

„Ehrlich gesagt nein. Aber vielleicht war es die russische Mafia, und wie willst du an die rankommen?"

„Die verstehen nicht besonders viel Spaß."

„Es ist so, als ob sich meine Gedanken im Kreis drehen. Ich habe das Gefühl, ganz nah am Entführer dran zu sein, aber ich bin wie blind, wenn es darum geht, die Botschaft in Mellis Video zu verstehen.“ Jack sah auf ihre Armbanduhr. „Nicht auch noch das!“

„Wie spät ist es?“ fragte Gülay.

„Halb elf. Ich halte heute in Bio ein Referat.“ Jack griff nach ihrer Tasche und hastete zur Tür.

„Ich drück dir die Daumen“, rief Gülay ihr hinterher.

Jack riss noch einmal die Tür auf. „Bitte, bitte, räumst du meine Tasse auf?“

„Klar, aber beeil dich. Du hast nicht viel Zeit.“

Jack hatte Glück gehabt. Der Lehrer kam fünf Minuten nach ihr ins Klassenzimmer, weil er noch aufgehalten worden war. Und das Referat lief besser, als sie gedacht hatte. Sie hätte sich nie vorstellen können, wie viel man über die Verbreitung des Gänseblümchens in Mitteleuropa erzählen konnte. Aber das ganze Thema kam ihr eigentlich ziemlich absurd vor. Es passte überhaupt nicht zu ihrer momentan Stimmung und der Tatsache, dass Melli entführt worden war. Und das Allerschlimmste war, dass sie überhaupt keine Idee hatte, geschweige denn einen Plan, wie sie ihre beste Freundin finden könnte. Dauernd lief sie ins Leere. Peter-Vischer-Schule, Fischbach, Osteuropa-Connection.

❄❄❄

Jack ging den langen Weg von der Schule bis zum Hauptbahnhof, nur um einen Blick ins Café Ruhestörung zu werfen. Sie hatte die aussichtslose Hoffnung, dass Pierre doch etwas mit der Entführung zu tun haben könnte. Es war alles aberwitzig.

Dann stand plötzlich Mirek vor ihr und legte mit seinem Lächeln einen Schalter in ihrem Kopf um, der alle Systeme herunterfahren ließ. Sie erinnerte sich kaum mehr daran, dass sie ein „Hallo“ und „Wie geht's“ ausgetauscht hatten, als ihr wie von weitem die Osteuropa-

Connection wieder einfiel. Ihr Gehirn fing allmählich wieder an zu funktionieren.

„Heute Nachmittag treffe ich Freunde in das Fünfeckturm. Du kennst das?“ fragte Mirek.

„Ja, ich kenne den Fünfeckturm“, meinte Jack und hoffte, dass Mireks Akzent ihre Gehirnfunktionen nicht wieder auf Null herunterfahren würde.

„Den Fünfeckturm.“ Mirek nickte verständig.

„Genau“, hauchte Jack.

„Magst du auch zu die Fünfeckturm?“

Jack überlegte kurz. Abgesehen davon, dass es in diesem Fall *zu dem Fünfeckturm* hieß, wollte sie sich nicht die Chance nehmen lassen, vielleicht etwas über die Osteuropa-Connection zu erfahren oder mit Mirek zusammenzusein, was sie ganz, ganz schnell wieder verdrängte. „Ja, warum nicht? Du sprichst übrigens schon ziemlich gut Deutsch.“

„Danke“, sagte Mirek stolz. „Komm mit.“

„Der Fünfeckturm ist da oben“, meinte Jack und deutete in Richtung Burg.

„Wir müssen einkaufen zum ersten Mal, in Supermarkt.“

„Okay. Was brauchst du?“

„Orangensaft, Chips. Die Freunde bringen andere Essen.“

Jack bemerkte erst, dass sie vor dem Supermarkt standen, als Mirek sie am rechten Arm berührte und in Richtung Eingang deutete. Sie schwebte hinein, und der ganze Einkauf kam ihr vor, als ob an allen Ecken und Enden Engel stehen würden, die ihr mit glockenklaren Stimmen zusangen.

Engel. Melli fiel ihr ein, und Jack erinnerte sich wieder vage an ihre eigentliche Mission im Fall Mirek und an den Fernsehbericht über die Osteuropa-Connection. Nur zu blöd, dass sie ausgerechnet jetzt Lumix nicht dabeihatte.

Der Blick vom obersten Stockwerk des Fünfeckturms war fantastisch. Die Wolken hatten sich endlich verzogen, und die Stadt lag strahlend vor ihr. Sie drehte sich um und sah, wie Mirek die Einkäufe auf einen Tisch in der Ecke ablegte und seine dunkelbraune Wildlederjacke über einen Stuhl hängte.

„Wie spät ist es?“ fragte Jack.

Mirek sah auf seine Armbanduhr. „Halbe vier.“

„Wir haben Glück, dass es noch hell ist. Wann kommen deine Freunde eigentlich?“

„Halbe fünf.“

Eine Stunde alleine mit Mirek. Über den Dächern von Nürnberg. Und jetzt fing es auch noch an zu schneien. Es war wie im Traum. Doch dann schaltete Jack ihr Notaggregat ein, das sie vernünftigerweise wieder an die Osteuropa-Connection denken ließ. Dann prüfte sie, ob ihr Handy eingeschaltet und aufgeladen war.

„Ich gehe in andere Stock. Dort ist Toilette“, informierte Mirek sie.

Jack stand jetzt alleine mitten im obersten Stockwerk des Fünfeckturms. Es war ganz still hier, und sie hörte lediglich Mireks Schritte die Treppe hinab und dann eine Tür quietschen. Jack ging zu dem Tisch, auf dem er die Einkäufe abgelegt hatte. Aus der Plastiktüte holte sie Chips und Salzstangen hervor und legte die Knabbereien auf den Tisch. Die drei Packungen Orangensaft holte sie aus einer Stofftasche, die Mirek schon vorher dabeigehabt hatte. Fast hätte sie übersehen, dass in der Tasche noch ein kleines Päckchen lag. Jack sah genauer hin. Es war eine durchsichtige Plastiktüte mit weißem Pulver. Sie ließ die Tasche kraftlos auf den Tisch sinken. Drogen.

Als Mirek den Raum betrat, stand Jack am Fenster. Sie war wie versteinert und starrte ihn an. Sie konnte es nicht glauben, dass er Drogen nahm, und noch dazu, wie selbstverständlich er das Zeug in einer Stofftasche mit sich herumtrug. Das war einfach zu viel. Sie dachte daran, wie gut er mit Lumix umgegangen war, wie sie zusammen in der U-Bahn den Stadtplan gelesen hatten, wie er ihr nach dem Desaster im

Rathaus Blumen geschickt hatte. Es konnte nicht sein. Wie hatte sie sich nur so hinters Licht führen lassen? Und dann erfasste sie unendliche Wut. Ohne noch etwas zu sagen oder Mirek anzusehen, ging sie an ihm vorbei und nahm die ersten Treppenstufen.

„Ich will dich nie wiedersehen!" schrie Jack zu Mirek hinauf und stürmte die Treppe hinunter. Als sie endlich unten angekommen war, stolperte sie ins Freie, wo sie mit einer massigen Gestalt zusammenstieß. Sie entschuldigte sich und bemerkte erst jetzt, dass es Bärlein war.

„Nanu, Fräulein Hofer, was für eine Überraschung. Geht es Ihnen nicht gut?"

Jack gewann ihre Fassung wieder. „Doch. Es ist nur so zugig da oben. Das treibt mir immer die Tränen in die Augen."

Bärlein sah sie ungläubig an. „Kann ich Ihnen irgendwie helfen? Sie haben noch etwas gut bei mir."

Jack erinnerte sich an Bärleins Schwächeanfall vor der Lorenzkirche.

„Herr Bärlein", begann sie und zwang sich zu einer festen Stimme, „können Sie mich nach Hause fahren?"

„Aber selbstverständlich, Fräulein Hofer. Wir haben Glück. Ich habe mein Auto gleich da vorne geparkt."

Schweigend ging Jack neben Bärlein her. Sie fand es zwar etwas merkwürdig, dass sie ihm schon wieder über den Weg gelaufen war, aber dass er sie jetzt heimfahren wollte, kam ihr gerade recht. Außerdem stellte er keine Fragen, sondern erzählte irgendwas von einem Urlaub auf Gran Canaria. Nur hätte sie hinterher nicht mehr sagen können, ob er dort schon gewesen war, oder ob er plante, dorthin zu fliegen.

„Dort vorne ist mein Wagen." Bärlein deutete auf einen schwarzen Geländewagen. Jack ließ sich in den beigen Ledersitz fallen und schnallte sich an. Um nicht an Mirek denken zu müssen, verlegte sie sich auf das Lesen der Straßenschilder. Doch sie war erfolglos. Ohne Stolzinger im Nacken wäre sie wegen der Drogen sofort zur Polizei gegangen.

Bärlein hielt vor ihrem Haus und ließ den Motor weiterlaufen. „Ich muss noch zu Ihrem Vater in die Firma, Fräulein Hofer. Wir haben eine neue Alarmanlage installiert. Auf Wiedersehen."

„Auf Wiedersehen. Und danke noch mal."

❄❄❄

Jack war alleine. Nicht einmal Lumix bellte zur Begrüßung, denn Tante Petra hatte ihn mit in die Firma genommen. Kraftlos stieg sie die Treppen hinauf, betrat ihr Zimmer und schmiss sich auf ihren Lieblingssessel. Sie schaltete den Fernseher ein. Alles war besser, als mit einem Drogenabhängigen Kontakt zu haben, der noch dazu mit Puppen spielte.

Drei Stunden saß Jack jetzt schon vor der Glotze und war zum Schluss an einer nervigen Soap hängengeblieben. Aber es war so ein Tag, an dem sie nicht anders konnte, als nur auf den Fernseher zu starren. Dann hörte sie den Wagen ihres Vaters.

„Kommst du geschwind herunter?" rief er wenige Minuten später.

„Ja, ich komme gleich", antwortete Jack mit der freundlichsten Stimme, die sie hervorbringen konnte, denn zurzeit konnte sie nie wissen, ob sie in wenigen Minuten einem Strafgericht gegenübersitzen würde. Sie stieg die Treppe hinab und betrat das Arbeitszimmer, wo ihr Vater schon hinter seinem wuchtigen Eichenholzschreibtisch in einem dunkelbraunen Ledersessel Platz genommen hatte.

„Du kannst dich ruhig setzen. Es dauert bestimmt etwas länger." Das konnte nichts Gutes bedeuten. „Ich habe lange nachgedacht." Langes Nachdenken führte bei Eltern selten zu angenehmen Nachrichten. Jack sagte lieber nichts. „Die Polizei hat mich ins Präsidium gebeten. Und dass ich nicht darüber erfreut bin, kannst du dir ja denken." Die Ruhe in der Stimme ihres Vaters machte Jack nervös. „Die Entführung von Melanie hat uns alle schockiert, und ich denke, dass du deswegen sehr überreizt bist, Kind. Und nach allem, was in den letzten Tagen vorgefallen ist, gehe ich davon aus, dass du dir vorgenommen hast, Melanie zu finden. Aber du musst einsehen, dass die Polizei ihr Geschäft besser versteht als du."

„Dieser blöde Stolzinger hat doch überhaupt keine Ahnung!" brach es aus Jack heraus.

„Das ist nicht das Thema. Ich mache mir ernsthafte Sorgen. Ich möchte nicht, dass dir etwas passiert."

„Weswegen machst du dir denn schon Sorgen?"

Jacks Vater zog seine dichten Augenbrauen hoch. „Ich habe Angst, dass dir etwas passieren könnte."

„Dann gibst du zu, dass ich hinter der richtigen Spur her sein könnte."

„Glaubst du eigentlich, dass die Ermittler dumm herumsitzen und Däumchen drehen?"

„Ich weiß viel mehr über Mellis Leben als jeder Kommissar. Und ich habe das Entführungsvideo gesehen."

„Schluss mit der Diskussion. Ich habe mit deiner Mutter telefoniert."

„Mit Claudia? Wieso das denn?"

„Deine Mutter ist zurzeit in Nürnberg, wie du weißt. Sie wird dich am kommenden Samstag mit in die Toskana nehmen."

„Bist du verrückt? Was soll ich denn da?"

„Die Flugtickets sind schon gebucht, und die Schule ist informiert."

„Aber du willst doch sonst immer, dass ich gut in der Schule bin. Wie stellst du dir das vor?"

„Das werden wir gemeinsam regeln, wenn du wieder da bist. Deine Sicherheit geht vor."

Beim Wort Sicherheit fiel Jack Bärlein wieder ein. Gestern hatte sie den Sicherheitsberater ihres Vaters vor dem Krakauer Haus gesehen, und heute war sie ihm am Fünfeckturm in die Arme gelaufen.

Sie holte tief Luft. „Lässt du mich beobachten?"

„Was?"

„Gib's zu. Du hast deinen Bärlein auf mich angesetzt."

Das Telefon klingelte, und ihr Vater hob ab. „Guten Abend, Herr Stolzinger." Die dichten Augenbrauen ihres Vaters zogen sich noch enger zusammen, und auf seiner Stirn trat die tiefe, senkrechte Zornesfalte deutlich hervor.

Jack wurde es heiß im Nacken und ihr Vater dunkelrot.

Nach einigem „Ja, Herr Stolzinger“, „Ich werde mich darum kümmern, Herr Kommissar“, „Selbstverständlich, Herr Kommissar Stolzinger“, legte ihr Vater auf.

„Bist du eigentlich des Wahnsinns?“ schrie er. „Du läufst herum und behauptest, dass du von der Polizei bist? Weißt du eigentlich nicht, dass du dich damit strafbar machst?“

Jack starrte ihren Vater an.

„Der Herr Hauptkommissar hat heute die Marktfrauen auf der Museumsbrücke vernommen.“

Jetzt fiel es Jack wieder ein. Das heiße Gefühl im Nacken erreichte jetzt ihren Hinterkopf. Sie war unfähig zu sprechen.

„Ebenjene Marktfrauen wollten Kommissar Stolzinger wegschicken, weil nämlich seine junge Kollegin vor ein paar Tagen schon da war, die mit dem Hund!“ Die Schläfenadern ihres Vaters schwollen jetzt beängstigend an. Sie wusste, dass das Folgen haben würde. Aber welche Strafe wäre noch schlimmer gewesen, als Wochen oder Monate im Yoga-Zentrum ihrer Mutter verbringen und beim Abendessen mit vergeistigten Deutschen über ihr Karma sprechen zu müssen?

❄❄❄

„Du kommst ins Internat.“

Ahnungen

„Und dann hat er gesagt: ‚Du kommst ins Internat!‘“ schrie Jack ins Telefon. Am anderen Ende hielt sich ihre Mutter den Hörer vom Ohr.

„Ich werde mit deinem Vater noch einmal reden, Schätzchen. Beruhige dich. Wir sehen uns morgen."

„Bitte, bitte, lass nicht zu, dass ich in ein Internat muss. Was soll dann aus Lumix werden?"

„Versprochen. Ich telefoniere gleich morgen früh mit ihm."

„Versprochen?"

„Versprochen ist versprochen und wird auch nicht gebrochen", antwortete Claudia salbungsvoll.

Jack erinnerte sich an alte Zeiten. „Ich will eigentlich auch gar nicht in die Toskana, Claudia. Ich möchte in Nürnberg bleiben." Jack war froh, dass sie ihrer Mutter die Wahrheit sagen konnte, dass sie nicht mit ihr in Italien leben wollte, ohne dass sie gleich beleidigt sein würde. Außerdem musste sie Melli finden.

„Dich kann keiner zwingen, in die Toskana zu ziehen. Aber du weißt, dass ich dich gerne bei mir habe."

„Ja, ich weiß."

„Warum treffen wir uns nicht morgen in Julianes Wohnung, um alles zu besprechen?"

„Ich mag nicht in Julianes Wohnung", sagte Jack trotzig. Sie konnte Juliane nicht ausstehen. Claudias beste Freundin hatte etwas Missionarisches, das Jack auf die Palme brachte. Ihren besten Coup landete Juliane bei Jack, indem sie ihr zu einer speziellen Körnerdiät geraten hatte. Denn, meinte Juliane damals, wenn Jack wenigstens gertenschlank wäre, würde ihre Körpergröße nicht so ins Gewicht fallen. Das konnte Jack ihr bis heute nicht verzeihen.

„Juliane hat es nicht so gemeint. Sie hatte damals selbst Probleme."

„Wie hat sie es dann gemeint?"

„Sie hat es gut gemeint."

„Das ist doch Blödsinn. Ich betrete Julianes Wohnung nicht, selbst wenn sie weg ist."

„Also gut." Claudia war sich anscheinend bewusst, dass die Diskussion um Juliane zu nichts führen würde. Es entstand eine kurze Pause.

„Warum treffen wir uns nicht im Café am Ziegelsteiner U-Bahnhof? Das ist nicht so weit von Julianes Wohnung entfernt. Dann habe ich auch noch mit Richard ein bisschen Zeit an unserem letzten Abend, bevor er weiterfährt.“

„Meinetwegen.“ Jack ärgerte sich ein bisschen, dass ihre Mutter alle Treffen so legte, dass diese genau für sie optimal waren. Aber es war jetzt wichtiger, dass Claudia ihrem Vater das Thema Internat aus dem Kopf schlug, als eine Diskussion über ihre Einstellung zu beginnen.

„Passt dir vier Uhr?“ fragte ihre Mutter.

„Vier ist okay.“

„Schön. Dann sehen wir uns morgen. Gute Nacht, mein Schätzchen.“

„Gute Nacht, Claudia.“

Jack streckte sich auf ihrem Bett aus und schaffte es nicht einmal mehr, die Nachttischlampe auszuschalten, bevor sie einschlief.

❄❄❄

Obwohl die Schule zurzeit besonders öde war, hätte Jack alles dafür gegeben, hier zu bleiben. Sie wollte weder in das Yoga-Zentrum ihrer Mutter ziehen, und schon gar nicht in ein Internat. Aber wie es aussah, kam sie mindestens um den Aufenthalt in der Toskana nicht herum. Und der Gedanke an Melli machte sie rasend. Jetzt wusste sie, was es hieß, sich machtlos zu fühlen. Frustriert fuhr sie nach der Schule nach Hause, aß ein aufgewärmtes Gulasch ihrer Tante und versuchte in der Küche Hausaufgaben zu machen. Kein Fünkchen Konzentration war mehr übrig geblieben. Ihre Gedanken pendelten zwischen Internat, Toskana und Melli. Alles drehte sich wie eine Endlosschleife in ihrem Kopf. Und wenn sie morgen mit ihrer Mutter in das Flugzeug nach Rom steigen würde, wäre das der beste Beweis dafür, dass sie ihre beste Freundin aufgegeben hatte. Sie musste unbedingt mit Claudia darüber sprechen, ob sie eine Idee hatte, wie Jack ihren Vater umstimmen konnte, doch in Nürnberg bleiben zu dürfen.

Jack sah auf die Küchenuhr. Fünf vor halb vier. Endlich konnte sie Lumix an die Leine nehmen und sich auf den Weg zu Claudia machen.

Am Rathenauplatz verließ Jack die Straßenbahn und stieg in die U-Bahn Richtung Flughafen. Ganz kurz musste sie an Mirek denken, vertrieb ihn aber wieder ganz schnell aus ihrem Kopf.

Haltestelle Ziegelstein. Jack stieg mit Lumix aus, und er trottete brav neben ihr her. Am oberen Ende der Treppe sah Jack schon das Café. Sie blickte auf ihre Armbanduhr. Es war kurz vor vier. Als sie wieder hinaufsah, stand Claudia oben und wartete auf sie.

„Hallo mein Liebling", rief ihre Mutter und schloss Jack in die Arme.

„Hallo Claudia." Jack erwiderte die Umarmung und sah zu ihrer Mutter hinunter. Dann band sie Lumix' Leine um einen Laternenmast. „Ich muss unbedingt mit dir reden."

„Gehen wir erst einmal hinein. Ich habe ganz vergessen, wie kalt der Dezember in Nürnberg sein kann."

Sie betraten das Café, suchten sich einen Tisch am Fenster und legten ihre Sachen ab. Dann gingen sie zur Kuchentheke.

„Der Himbeerkuchen sieht total lecker aus", meinte Jack.

„Nimmst du einen?" fragte Claudia.

„Ich denke schon."

„Mit Sahne?"

Jack nickte eifrig und strahlte ihre Mutter wie ein kleines Kind an. Sie hatte völlig vergessen, dass sie schon siebzehn war.

„Weißt du was? Ich nehme das Gleiche." Claudia bestellte den Kuchen.

„Und was möchtest du trinken?"

„Heiße Schokolade."

„Zweimal Himbeerkuchen, einmal heiße Schokolade und eine Tasse Kaffee, bitte", sagte Claudia zu einer jungen Verkäuferin, die kaum älter war als Jack. Claudia legte den passenden Betrag in die Geldschale. Sie verteilten ihre Getränke und die Kuchenteller auf zwei kleine Tabletts, gingen zu ihrem Tisch am Fenster und setzten sich.

Jack probierte einen Bissen vom Himbeerkuchen und trank einen Schluck von der heißen Schokolade. Sie fragte sich, was Melli wohl zu essen bekam.

„Claudia, ich muss in Nürnberg bleiben."

Claudia setzte ihre Kaffetasse ab. „Dein Vater und ich machen uns große Sorgen, dass du in Gefahr gerätst. Ich konnte ihn immerhin überzeugen, dich nicht ins Internat zu schicken. Er hatte schon Kontakt mit einer Schule in Nordrhein-Westfalen aufgenommen."

„In Nordrhein-Westfalen? Das ist ja am ..."

„Jack!"

„Ist doch wahr", murmelte Jack mürrisch und schlürfte an ihrer heißen Schokolade.

„Du kommst morgen mit mir in die Toskana. Dein Vater hat sogar daran gedacht, einen Hundetransport zu organisieren. Du kannst Lumix mitnehmen."

„Das ist ja alles ganz schön und gut. Aber was passiert mit Melli?"

„Jack, die Polizei tut alles, was in ihrer Macht steht."

„Sag mal, hast du eine Gehirnwäsche durchlaufen?" Jack erinnerte sich an eine hitzige Diskussion unter Claudias Yoga-Schülern um die Polizei im Allgemeinen und das Militär im Besonderen. Eigentlich war es keine echte Diskussion, weil sich alle einig waren, dass sich das Tragen von Uniformen schlecht auf das Karma auswirken würde. Jacks Kommentar damals, dass jeder der sich im Raum befindlichen Personen Birkenstocksandalen an den Füßen hatte, außer ihr natürlich, wurde nicht sehr freundlich aufgenommen.

Claudia seufzte. „Die Polizei arbeitet intensiv an dem Fall."

„Woher willst du das wissen? Weißt du, was für ein Idiot der Kommissar ist?"

„Dein Vater hat mir alles erzählt."

Jack schwieg.

„Der Kommissar war nicht gerade begeistert, dass du an verschiedenen Orten aufgetaucht bist, wo die Polizei selbst ermitteln wollte. Und dass du dich bei den Marktfrauen als Polizistin ausgegeben hast, war vielleicht nicht eine deiner brillantesten Ideen."

„Du brauchst gar nicht ironisch zu werden, Mama", meinte Jack trotzig.

„Wie sieht der Kommissar eigentlich aus? Er heißt doch Stolzinger", fragte Claudia beiläufig. „Ist er zufällig blond, hat ein schmales Gesicht und blaue Augen?"

„Haare hat er noch, mit Betonung auf noch. Die sind so undefinierbar hell. Genauso wie seine Augen."

„Und wie sieht er noch aus? Beschreib ihn", forderte Claudia.

„Er hat ein fliehendes Kinn und sieht nicht gerade aus wie Arnold Schwarzenegger."

Claudia kicherte.

„Was ist daran so lustig?" fragte Jack.

„Ich kenne ihn."

„Das ist nicht dein Ernst."

„Doch. Das ist mit Sicherheit er. Ich kenne Stolzinger aus der Schule." Claudia hielt ihre Hand an die rechte Stirn. „Das sind jetzt schon über 25 Jahre her, seit ich Udo das letzte Mal gesehen habe."

„Udo?"

„Udo Stolzinger. Leistungskurs Chemie."

„Du warst mit Stolzinger auf der Schule? Sag, dass das nicht wahr ist."

„Wir hatten ein paar Kurse zusammen. Irgendwann hat er erzählt, dass er in den Polizeidienst eintreten will, und das fand ich damals ziemlich absurd."

„Wie war er so?"

„Er war so ein ganz normaler Typ, aber irgendwie sympathisch."

„Mama!“ Jack wartete darauf, dass Claudia ihr eine romantische Beziehung mit dem hühnerbrüstigen Abiturienten Stolzinger beichten würde.

„Was du wieder denkst. Wir haben uns lediglich gut verstanden.“

„Da war doch noch mehr, gib es wenigstens zu.“

„Wir haben uns in der Freistunde ab und zu ganz gut unterhalten.“

„Echt? Der hatte Freistunden und sich unterhalten?“ Jack konnte sich nicht vorstellen, dass Stolzinger jemals etwas anderes tat, als anderen Leuten unangenehme Fragen zu stellen.

„Bevor wir uns mal so verabreden konnten, ist seine Oma in Stuttgart gestorben, und dann musste er zur Ausbildung nach München. Danach haben wir uns aus den Augen verloren.“

Vor Schreck, dass Stolzinger vielleicht ihr Vater geworden wäre, schob sich Jack zur Beruhigung einen großen Bissen Himbeerkuchen in den Mund. „Das war mit Sicherheit besser für dich.“

„Mir fällt gerade ein, dass ich noch ein bisschen Brot einkaufen muss“, meinte Claudia. „Kannst du die Schilder an der Brottheke erkennen?“

„Warum setzt du deine Brille nicht auf?“

„Ich hab sie vergessen“, schwindelte ihre Mutter.

„Bauernkruste, Baguette, Holzmühlenbrot.“ Plötzlich sprang Jack auf, so dass der Stuhl krachend nach hinten fiel. Eine Dame hinter ihnen drehte sich um und sah sie missbilligend an.

„Was hast du, Jack?“ fragte Claudia.

„Ich muss sofort mit Tante Petra telefonieren.“

„Wegen eines Brotes?“ Claudia fragte sich, ob ihre Tochter überreizter war, als sie es sich eingestehen wollte.

Jack stürmte zur Tür ins Freie. Sie zog ihr Handy aus der Hosentasche und tippte aufgeregt eine Nummer ein.

„Tante Petra. Ich bin es.“

Durch die Fensterscheibe starrte Jack auf das Holzmühlenbrot in der Brotauslage, 2,49 Euro das Pfund. Nicht gerade billig.

„Hallo Jacqueline. Wie kann ich dir helfen?“

„Du hast doch was von unseren Vorfahren erzählt. Die hießen doch Mühlholz, oder?“

„Ja, mein liebes Kind, aber es heißt *von* Mühlholz.“ Tante Petra schien über alle Maßen erfreut, dass sich ihre Nichte endlich nach so vielen Gesprächen für die Familiengeschichte erwärmte. „Aber warum rufst du mich deswegen an?“

„Du musst mir unbedingt sagen, wo die gewohnt haben. Das war doch irgendwo in Ziegelstein.“

„Ja. Am Anger.“

„Und welche Hausnummer?“

Lumix, dem Jacks aufgeregte Stimme nicht entgangen war, bellte ein paarmal laut auf.

„Das weiß ich nicht.“

„Du musst dich erinnern.“

„Aber weshalb ist es so dringend?“

„Ich bin gerade in Ziegelstein und möchte mir das Haus ansehen.“

„Es war ein Herrensitz.“

„Schön. Ein Herrensitz.“ Jack war kurz davor, die Geduld zu verlieren.

„Ich kann im Führer für Herrensitze nachsehen, wenn es dringend ist“, seufzte Tante Petra. „Warte ein wenig.“

Als Tante Petra einen Moment später wieder am Apparat war, sagte sie: „Es ist die Nummer 26 bis 34.“

„Danke, Tante Petra, du bist ein Schatz.“ Bevor Tante Petra noch irgendetwas erwidern konnte, legte Jack auf. Sie drehte sich kurz zu ihrer Mutter um, die sie hinter der Fensterscheibe fragend ansah und winkte ihr zu. Dann wählte sie Gülays Telefonnummer.

„Hi Gülay“, sagte Jack, als sich ihre Freundin gemeldet hatte.

„Hallo. Wie geht's?"

„Du musst mir helfen. Ich habe eine heiße Spur."

Gülay schwieg ein paar Sekunden, bis sie Jack antwortete. „Jack, glaubst du das wirklich?" fragte sie vorsichtig.

Jacks Nerven waren zum Zerreißen angespannt. „Du musst mir helfen!" schrie sie. „Du musst herkommen!" Auf der Straße blickten sich kopfschüttelnd Passanten nach ihr um.

„Beruhige dich, Jack. Wo bist du?"

„An der U-Bahnhaltestelle in Ziegelstein, vor dem Café."

„Warte bis ich da bin. Ich gehe sofort los." Gülay klang skeptisch und besorgt zugleich. „Ich rufe Sascha noch an."

„Ja, das ist sehr gut." Jack schätzte an Gülay, dass sie immer mitdachte und Sascha gleich als Verstärkung für ihre Fährte mitbringen wollte. „Bis gleich."

Jack betrat nervös das Café und ging zu Claudia an den Tisch.

„Ich weiß jetzt, wo der Entführer Melli versteckt hat", flüsterte Jack mit weit aufgerissenen Augen ihrer Mutter ins Ohr. „Ich habe Gülay informiert."

Sie stürmte wieder aus dem Café, ohne dass ihre Mutter sie aufhalten konnte.

❄❄❄

„Jacqueline!" Tante Petra ließ die Fensterscheibe ihres dunkelblauen Passats herunter. „Wie schön, dass du dich so um das geistige Erbe deiner Vorfahren bemühst."

Jack blieb ein paar Sekunden lang wie angewurzelt stehen. Mit Tante Petra hätte sie jetzt nicht gerechnet. Aber es war eigentlich klar, dass ihre Tante alles stehen und liegen lassen, ins Auto springen und sie vor dem Herrensitz abfangen würde. Lumix zog nervös an der Leine. „Wo ist der Herrensitz, Tante Petra?"

„Gleich da vorne.“ Tante Petra deutete auf ein altes Gebäude aus Sandstein mit rotweiß lackierten Fensterläden. „Ich parke nur eben schnell.“

„Nein, nein!“ Das Adrenalin, das Jacks Körper durchströmte, ließ ihre Stimme gehetzt klingen.

„Aber was ist denn los, mein Kind?“ Tante Petra runzelte die Stirn.

„Du musst weg hier!“

Für Tante Petra war das die sichere Ansage, an Ort und Stelle zu bleiben und Jack nicht aus den Augen zu lassen. Sie brachte das Auto auf der gegenüberliegenden Straßenseite zum Stehen und stellte den Motor ab.

„Geh, Tante Petra! Es ist besser so!“ Jacks Schritt wurde schneller, aber so einfach ließ sich ihre Tante nicht abschütteln. Angespannt zog sie das blaugrüne Tuch aus der alten Plastiktüte, hielt es Lumix unter die Nase und führte ihren Hund an den Häusern entlang, die in Richtung des alten Herrensitzes führten. Doch Lumix reagierte an keiner der Türen.

Jack sah die Straße hinunter, noch zwei Häuser bis zur Ecke. Tante Petra hatte ihre Nichte jetzt eingeholt.

„Bleib stehen, Jacqueline. Das hier ist der Herrensitz.“

„Du verstehst überhaupt nichts.“

„Doch, mein Kind. Ich habe verstanden, dass mit dir etwas nicht stimmt.“

Jack hätte am liebsten losgeschrien. Sie wusste, dass hier irgendwo Melli versteckt sein musste. Der Hinweis in dem Video auf ihre Tante bezog sich todsicher auf den Herrensitz, von dem Tante Petra immer wieder erzählt hatte. Doch Lumix schlug nicht an.

Jack versuchte ihre Hand ruhig zu halten, während sie Lumix ein zweites Mal das Tuch unter die Nase hielt. „Such!“ forderte sie ihren Hund auf und ging entschlossen auf die anderen Häuser zu. Tante Petra schritt ratlos hinter ihr her.

Doch plötzlich blieb Lumix vor dem unscheinbaren Nachbarhaus, das links neben dem Herrensitz lag, stehen und bellte vor der Haustür einmal kurz auf. Jack drückte die Klinke nach unten. Das Haus war nicht verschlossen. Sie blickte in einen düsteren Hausflur, es roch nach Schweiß.

„Verdammt noch eins!“ hörte sie plötzlich eine ihr wohlbekannte Stimme brüllen. Bevor Jack reagieren konnte, packte jemand sie und Tante Petra an den Armen und versetzte Lumix einen kräftigen Tritt, so dass der Hund winselnd vor der Haustür liegen blieb.

Ein Schloss schnappte zu.

Räuber und Gendarm

„Hallo Frau Hofer.“ Gülay hatte Jacks Mutter hinter der Glasscheibe entdeckt, stürmte ins Café und trat besorgt an ihren Tisch. „Ich wollte Jack hier treffen. Wo ist sie?“

„Ihr habt euch ganz knapp verfehlt. Aber setz dich, bitte“, sagte Claudia ruhig. Sie wartete, bis sich Gülay einen Stuhl genommen hatte. „Du kannst mich Claudia nennen.“

„Claudia, gern“, meinte Gülay etwas verlegen.

„Jetzt sagst du mir erst einmal, was hier los ist. Spielt ihr so eine Art Räuber und Gendarm?“

Gülay war so erstaunt über Claudias Frage, dass sie zuerst selbst nicht wusste, was sie denken sollte, denn sie war sich nicht mehr im Klaren darüber, was sie von Jacks Suchaktion halten sollte.

„Ich hatte vorhin kein besonders gutes Gefühl, als Jack anrief. Sie hat sich so ein bisschen ...“, Gülay zögerte, „... gaga angehört.“ Sie wurde ganz rot und hoffte, dass Claudia die Zustandsbeschreibung ihrer Tochter nicht als Beleidigung auffasste.

Claudia holte Luft, und es schien eine Ewigkeit, bis sie wieder ausatmete. „Sieh bitte auf deinem Handy nach, ob du eine Nachricht bekommen hast. Jack wollte dir eine SMS schicken, wenn sie *es* gefunden hat, was auch immer sie damit meinte.“

Gülay holte ihr Handy heraus. Nichts. Sie lehnte sich zurück und überlegte. „Hat sie jemanden hier vorbeilaufen sehen? Oder hat sie einen Anruf bekommen?"

„Nein, aber sie hat mit ihrer Tante telefoniert und ist dabei ganz nervös vor dem Café hin- und hergelaufen."

„Mit Tante Petra?"

„Ja. Ich habe mich auch gewundert. Und dann kam Jack weiß wie die Wand zurück an meinen Tisch und meinte, dass sie jetzt weiß, wo Melli versteckt ist."

Gülay hatte den Eindruck, dass Jacks Mutter plötzlich älter als sonst aussah. Um nicht dumm herumzusitzen, prüfte sie ihr iPhone erneut auf eingegangene Nachrichten. „Nichts."

„Ehrlich gesagt, mache ich mir Sorgen. Ich rufe jetzt Petra an." Claudia zog ihr Handy aus der Tasche. „Verdammt, der Akku ist leer."

„Kein Problem. Wie ist Tante Petras Nummer?"

Bevor Claudia antworten konnte, ging die Tür auf, und Sascha kam herein. Er merkte sofort, dass etwas ganz und gar nicht stimmte. Er setzte sich neben Claudia und umarmte sie zur Begrüßung. „Was ist passiert?"

Gülay fasste zusammen, was sich in der letzten halben Stunde abgespielt hatte. „Wir wollten gerade versuchen, Tante Petra zu erreichen." Sie reichte Claudia ihr iPhone, die verwundert auf das flache Gerät starrte, das wie ein Minicomputer aussah.

„Wie funktioniert das?" fragte Claudia.

„Darf ich?" Vorsichtig nahm Gülay Claudia das iPhone aus der Hand, ließ ihre schlanken Finger über die glatte Oberfläche gleiten und reichte es ihr wieder. „Die Tasten funktionieren ganz genauso wie bei jedem anderen Handy."

„Ihr müsst's was trinken, wenn ihr dableib'n wollt." Eine beleibte Backwarenverkäuferin stand plötzlich hinter ihnen. Verdutzt starrten sie die Frau an. „Und außerdem machen'S hier fei an ganz schöner Drubel. Des sind noch andre Gäst' hier."

„Entschuldigen Sie vielmals. Wir versuchen leiser zu sein", erwiderte Claudia beschwichtigend. Sie brachte all ihre Kraft auf, um Fassung zu bewahren. „Sie haben ja recht. Cafés sind zum Entspannen da."

„Sehen'S?" Die Backwarenverkäuferin drehte sich um und ging kopfschüttelnd zurück zur Kuchentheke.

„Geht euch bitte Getränke holen", meinte Claudia und drückte Sascha einen Zehn-Euro-Schein in die Hand.

„Das ist doch nicht nötig." Sascha versuchte Claudia das Geld zurückzugeben, aber sie weigerte sich, es wieder anzunehmen.

„Bitte, Kinder", sagte sie ungewohnt mütterlich. „Geht jetzt eure Getränke holen." Sie wählte angespannt ihren alten Festanschluss, weil sie damit rechnete, dass ihre Schwägerin im Haus herumwirbelte. Doch niemand hob ab. Die Nummer von Petras eigener Wohnung hatte sie immer noch im Kopf, aber auch dort hatte sie keinen Erfolg. Schließlich rief sie in der Firma an, wo nur der Anrufbeantworter ansprang. Es war schließlich schon Samstagnachmittag. Enttäuscht legte Claudia Gülays Handy vor sich auf den Tisch.

„Sie ist nicht da", sagte Jacks Mutter, als Gülay und Sascha ihre Colagläser auf den Tisch stellten und das Wechselgeld danebenlegten. „Ich rufe jetzt Udo an."

Häkelzeug und Großalarm

„Melli, da bist du ja. Ist dir was passiert?" Jack starrte Melli an, die irritiert ihr Häkelzeug in den Schoß legte.

„Wieso bist du hier?" fragte Melli zurück.

„Jacqueline!" schrie Tante Petra, der der Arm von der festen Umklammerung schmerzte. Entsetzt musste sie mitansehen, wie der Entführer ihrer Nichte eine Pistole in den Rücken drückte.

„Wo sind deine schönen schwarzen Haare, Kumpel?" Georg, der einen halbfertigen Topflappen in den Händen hielt, ließ die Häkelnadel vor Schreck durch die Masche fallen. Dass sein Kumpel über Nacht graue Haare bekommen hatte, beunruhigte ihn sehr, viel mehr als die Tatsache, dass sein Kumpel gerade dabei war, einem fremden, großen Mädchen die Hände hinter dem Rücken zu fesseln.

„Über Nacht grau geworden."

„Ist das die, die wo dem Christkind was antun will?" Georg musterte Jack widerwillig.

„Ja, ja", antwortete der Kumpel genervt. Dann sah er Jack direkt ins Gesicht. „Es tut mir leid, Fräulein Hofer, aber Sie sitzen jetzt richtig im Schlamassel. Ist Ihnen eigentlich bewusst, was Sie mit Ihrer dämlichen Schnüffelei angerichtet haben?"

„Herr Bärlein, Sie? Warum tun Sie so etwas?" Jack sah Bärlein entsetzt in die Augen. „Ich hätte nie geglaubt, dass Sie zu so etwas fähig sind. Lassen Sie wenigstens meine Tante frei." Sie war wütend und verzweifelt zugleich. Sie hatte weniger Angst um sich und Melli als um ihre Tante. Was würde ihr Vater sagen, wenn der Entführer Tante Petra umbringen würde? Und alles nur wegen ihrer Nachforschungen. Dann hätte er nicht einmal mehr eine Schwester, die seinen Haushalt schmiss. Oder die ganze Buchhaltung in der Trachtenfabrik. Auf wen würde er sich noch verlassen können?

„Lassen Sie die Mädchen frei, Herr Bärlein." Tante Petra gewann allmählich ihre Fassung wieder. „Wir werden gemeinsam eine Lösung finden." Um der Ernsthaftigkeit Nachdruck zu verleihen, setzte sich Tante Petra ganz aufrecht hin, so gut es mit ihren nun hinter dem Rücken gefesselten Händen möglich war.

„Hören Sie mit Ihrem dämlichen Gequatsche auf", meinte Bärlein scharf.

Draußen hörte Jack Lumix bellen. Er war völlig außer sich. Fieberhaft überlegte sie, wie sie Bärlein ablenken konnte, damit er von Lumix' Bellen nichts mitbekam. Aber Reden amüsierte ihn offensichtlich im Moment nicht besonders. Und mit der Pistole im Rücken hielt sie es für besser, Bärlein nicht zu provozieren.

„Das Gebell draußen scheucht noch die ganze Nachbarschaft auf“, brummte Bärlein. „Fräulein Hofer stellt sich neben das Christkind. Los.“

Jack tat, was Bärlein von ihr verlangte.

Bärlein zog ein paar Handschellen aus der Innentasche seiner Jacke und legte einen Ring um Mellis Handgelenk. Dann klickte es. Das andere Ende befestigte er an Jacks Handgelenk. Ein zweites Paar Handschellen legte er um Jacks anderes Handgelenk und um eine Messingstange, die am vorderen Ende eines schweren Holzofens angebracht war.

„Wir wollen ja nicht, dass ihr auf dumme Gedanken kommt, wenn ich den Köter zur Strecke bringe.“

Jack schrie auf.

„Und jetzt zu dir, Schorsch.“ Bärlein bückte sich nach einem dicken Strick, der neben einem kleinen Küchenregal lag, und ging damit auf Georg zu.

Intuitiv streckte Georg seinem Kumpel die Hände hin. „Das ist aber ein komisches Spiel“, meinte er verwundert, bevor ihm Bärlein die Hände hinter dem Rücken zusammenband.

„Wir spielen Räuber und Gendarm, Schorsch.“

„Du bist der Räuber“, stellte Georg fest und rieb sein linkes Ohr. „Aber wo ist der Gendarm?“

„Sei einfach ruhig.“ Bärlein nahm seine Pistole vom Campingtisch und entsicherte sie mit einem metallischen Klick-klack. „Jetzt knöpfe ich mir den Köter vor.“

Jack war fassungslos über die Kälte, die Bärlein ausstrahlte. Er drehte allen den Rücken zu und ging zur Haustür.

„Nein!“ kreischte Jack. „Bitte tun Sie das nicht! Bitte tun Sie Lumix nichts an!“ Ihr Hund bellte jetzt noch lauter, als er Jacks verzweifelte Stimme wahrnahm.

„Halt deinen Mund!“ befahl Bärlein. Er drehte sich noch einmal um und sah Jack voller Hass an. „Es dreht sich nicht alles um Ihren verdammten Köter, Fräulein Hofer.“

Jack hatte einen Kloß im Hals, und sie spürte, wie allmählich jegliche Energie aus ihrem Körper entwich. Lumix war jetzt ihre einzige Chance. Sie hätte ihm gerne zugerufen, dass er weglaufen sollte. Irgendwie konnte er Hilfe holen. Alles würde gut werden. Aber der Kloß in ihrem Hals wurde immer dicker, und sie brachte nur noch ein Krächzen hervor. Dann fiel ein Schuss.

❄❄❄

„Udo?“ fragten Gülay und Sascha gleichzeitig.

„Der Kommissar“, klärte Claudia die beiden auf.

„Aber ...“, begann Gülay.

„Das ist eine lange Geschichte. Die erzähle ich euch ein anderes Mal. Kannst du mir die Nummer der Polizei wählen?“

Gülay tippte die Nummer in ihr iPhone und übergab es Claudia.

„Hier ist Hofer. Ich möchte Hauptkommissar Stolzinger sprechen.“ Claudia trommelte mit ihren langen, rosa lackierten Fingernägeln (tierversuchsfreier Nagellack) auf die Marmorplatte des Tisches.

„Hallo Herr Stolzinger, hier ist die Mutter von Jacqueline Hofer.“ Claudia vermied es vorerst, sich als seine ehemalige Schulkameradin zu outen, weil das unnötig wertvolle Zeit gekostet hätte. Sie wollte das auf einen späteren Zeitpunkt verschieben.

„Ich bin hier im Café an der U-Bahnhaltestelle Ziegelstein. Ich war mit meiner Tochter hier. Sie ist nach einem Telefonat mit ihrer Tante plötzlich weggegangen und meinte, dass sie jetzt weiß, wo Melanie ist. Aber sie hat sich seitdem nicht mehr gemeldet, weder bei mir noch bei ihren Freunden, obwohl sie das versprochen hat.“

Gülay und Sascha hörten Stolzinger durch das iPhone reden. Nicht gerade leise für ihren Geschmack.

„Bitte, Herr Stolzinger, kommen Sie her“, bat Claudia. „Ich spüre, dass etwas nicht stimmt.“ Den letzten Satz hätte sie am liebsten wieder rückgängig gemacht, weil sie damit rechnete, dass Udo Stolzinger sich nicht durch das, was sie spürte, überzeugen lassen würde.

Am anderen Ende war ein paar Sekunden lang nichts zu hören, bis Stolzinger eine knappe Antwort gab.

„Danke“, sagte Claudia leise und legte auf. „Er wird gleich hier sein.“

„Und Jack taucht bestimmt auch gleich wieder auf“, versuchte Sascha Claudia zu beruhigen.

Aber es war nicht Jack, die auftauchte, sondern Lumix. Der Hund stellte sich vor dem Eingang zum Café auf und bellte die Tür an. Claudia war sofort klar, dass tatsächlich etwas nicht stimmte.

„G’hört der zu wem?“ fragte die Backwarenverkäuferin streng.

„Kommt“, sagte Claudia zu Jacks Freunden. Die halbvollen Gläser ließen sie auf dem Tisch zurück.

„Hätt ich’s mir doch denken können“, schnaubte die Backwarenverkäuferin. „Und Ihre Getränke?“

„Wir kommen gleich wieder“, meinte Claudia gefasst. Selbst ihr fiel es mittlerweile schwer, gelassen zu bleiben.

Draußen beugte sich Sascha zu Lumix hinunter und versuchte eine Weile den Hund zu beruhigen. Aber er hörte nicht auf zu bellen.

„So habe ich ihn noch nie erlebt“, meinte Sascha.

„Ich auch nicht.“

Claudia ging in die Knie, um mit Lumix auf Augenhöhe zu sein. Sie wusste, dass das bei kleinen Kindern gut wirkte, aber den Hund machte das nur noch verrückter. Und dann stand plötzlich Udo Stolzinger vor ihr.

Er starrte Claudia ungläubig an, während Lumix unablässig bellte.

„Sind Sie Jacqueline Hofers Mutter?“ fragte er.

„Ja, und du ...“, Claudia zögerte.

„Der Hund dreht gleich durch!“ rief Sascha. „So etwas hat er noch nie getan!“ Er konnte den Riesenschnauzer nur noch mühsam halten.

„Du bist Udo Stolzinger!“ rief Claudia. Lumix bellte inzwischen so laut, dass sie ihr eigenes Wort kaum mehr verstand.

Der Teint des blassen Kommissars färbte sich leicht rosa. „Claudia?“ rief Stolzinger in das Hundegebell.

Jacks Mutter nickte zögernd. Und Lumix bellte jetzt so laut, dass die Passanten auf der gegenüberliegenden Straße zu ihnen hinübersahen.

„Machen'S hier net so an Zirkus, Herrschaften!“ Die Tür des Cafés hatte sich geöffnet, und die Backwarenverkäuferin streckte ihren Kopf heraus. „Sie vergrauln uns ja die ganze Kundschaft. Das geht jetzt wirklich zu weit.“

Lumix' Gebell ging allmählich in ein eigenartiges Wimmern über. Später einmal nannte Stolzinger das überraschende Zusammentreffen mit Claudia ‚Wiedersehen unter erschwerten Bedingungen‘.

„Mist!“ schrie Sascha. Ihm war die Hundeleine ausgekommen, und er rieb sich die schmerzenden Hände. Der Hund lief jetzt abwechselnd bellend und winselnd auf und ab. „Was hat er bloß? So hat er sich noch nie aufgeführt.“

Stolzinger wandte seinen Blick von Claudia ab, um sich daran zu erinnern, dass er Hauptkommissar im Entführungsfall ‚Christkind‘ war, und nicht der Abiturient, der seine Mitschülerin ins Kino eingeladen hatte. „Ist das Jacquelines Spürhund?“

„Ja, ist er!“ Von der ganzen Schreierei tat Claudia schon der Hals weh.

Stolzinger richtete sich zu seiner ganzen Größe auf. „Der Hund will uns etwas zeigen.“ Entschlossen ging er auf den Hund zu, der jetzt ein Stückchen weiter lief als vorher. Stolzinger folgte ihm, und Lumix schien sich etwas zu beruhigen. Claudia, Gülay und Sascha schauten ihm nach.

„Bitte warten Sie alle hier. Am besten Sie gehen zurück in das Café!“ rief er und zog sein Handy aus der Jackentasche.

„Streifenwagen, Krankenwagen, die ganze Palette. Nach Ziegelstein, U-Bahnhof. Weitere Anweisungen folgen“, bellte Stolzinger in sein Telefon und lief hinter Lumix her.

Als sich der Kommissar noch einmal zu Claudia umdrehen wollte, starrte er in Gülays Gesicht.

„Sie brauchen nicht zu glauben, dass Sie mich abschütteln können, Herr Kommissar“, meinte sie trocken.

Und die Oma schaut vom Himmel zu

Krachend fiel die Haustür ins Schloss, bevor Bärlein schweigend zurückkam. Immer noch hielt er seine Pistole mit ausgestreckten Armen nach vorne. Jack wartete auf ein Lebenszeichen von Lumix. Aber es war still.

„Wir müssen weg hier“, sagte er. Jack hatte Mühe, Bärlein zu verstehen, denn über ihre Ohren hatte sich ein pulsierendes Rauschen gelegt.

Bärlein öffnete Georgs Fesseln. Kaum war er frei, hielt ihm Bärlein die Pistole an den Kopf. „Das ist kein Spiel, Schorsch. Hier ist der Schlüssel für die Handschellen. Du öffnest erst die vom Christkind und dann von dem anderen Mädchen. Aber sei vorsichtig. Die ist gefährlich.“

Georgs Hände zitterten. Der kleine Schlüssel fiel ihm herunter.

„Pass doch auf, du Depp.“

Georg lief rot an.

„Heb den Schlüssel auf!“

Georg hob den kleinen Schlüssel auf. Er zitterte so sehr, dass er das Schlüsselloch an Mellis Handschellen nicht traf.

„Ist schon gut, Georg“, sagte Melli, „mach das Schloss einfach auf.“

Die Stimme des Christkinds beruhigte ihn, und er machte Melli los.

„Und jetzt kettest du das Christkind an die Hand von der da.“ Bärlein deutete auf Tante Petra.

Georg sah seinen Kumpel fragend an. Das war alles so kompliziert. Und außerdem verstand er nicht, wieso das Christkind Handschellen brauchte.

„Ich mag dem Christkind nicht wehtun."

„Du tust ihm nicht weh."

„Doch, tut es schon", schrie Melli. „Ich will nicht!" Das erste Mal sah Jack ihre beste Freundin vor Wut schreien.

Schockiert starrte Georg sein Christkind an.

„Mach jetzt, was ich sage", brüllte Bärlein.

„Ich tu dem Christkind nicht weh. Ich will später zu meiner Oma in den Himmel. Und wenn ich jetzt dem Christkind wehtue, dann seh ich meine Oma nimmer."

„Weißt du, Schorsch", Bärlein bemühte sich, nicht die Beherrschung zu verlieren, „das ist in Wirklichkeit gar nicht das Christkind. Das ist der verkleidete Teufel."

Georg betrachtete Melli.

Melli wandte sich Georg zu. „Das stimmt nicht", sagte sie mit zitternder Stimme.

Georg stand da und überlegte. Alles war kompliziert. Erst kam der Kumpel mit einer fremden Frau. Und dem Kumpel seine Haare waren nicht mehr so schön schwarz. Dann fiel ihm selbst, dem Georg, sein halb fertig gehäkelter Topflappen hinunter. Drei Tage hatte er dafür gebraucht. Und der Kumpel brachte ein fremdes Mädchen mit. Ein ganz großes Mädchen. So eines, das er nicht mochte. Und dann musste er Fesseln tragen und dann wieder nicht. Und zum Schluss sagte der Kumpel, dass das Christkind der Teufel war. Warum war die Oma nicht da? Die Oma hätte sagen können, was jetzt zu tun war.

„Kette die beiden zusammen, Schorsch!" wiederholte Bärlein schroff und hielt ihm die Pistole an die Schläfe.

Georg überlegte angestrengt, aber alles in seinem Kopf wirbelte durcheinander. Wenn der Kumpel ihm nur ein bisschen mehr Zeit zum Überlegen geben würde.

„Mach schon, wir müssen hier weg, sonst passiert dem Christkind was."

Georg kannte sich nicht mehr aus. Erst brachte der Kumpel das Christkind her, wegen der Sicherheit. Und heute sagte er, das Christkind sei in Wirklichkeit der Teufel. Und jetzt war es wieder das Christkind. Und er wollte dem Christkind was antun.

Georg setzte sich auf das Sofa. Angestrengt überlegte er, wo er die Fernbedienung hingetan hatte. „Du, Christkind? Weißt du ...", begann Georg und wusste nicht, wie er den Satz zu Ende bringen sollte, „... wegen, wegen, ... die Fernbedienung."

„Auf dem Fernseher", antwortete Melli.

Dann schaute Georg zu dem großen Mädchen hinüber. Die hatte so ein komisches Gesicht. Und seitdem das große Mädchen da war, war alles so kompliziert. Georg mochte keine großen Mädchen. Die hatten ihn immer ausgelacht.

„Verdammt noch mal. Mach schon, was ich sage!" brüllte Bärlein.

Schnaufend erhob sich Georg und ging zum Fernseher hinüber. Bärlein stand immer noch mit seiner Pistole da, hatte ein knallrotes Gesicht und schwitzte. „Kette das Christkind und die Frau zusammen. Wir müssen weg hier."

Jetzt erst merkte Georg, dass er den kleinen Schlüssel für die Handschellen immer noch in seiner Faust hielt. Er löste Mellis Handschellen, die er dem großen Mädchen verpasste. Man konnte ja nie wissen. „Setzen wir uns aufs Sofa, Christkind. Dann schaun wir wieder." Vielleicht hatte er ja Glück, und es lief schon „Abenteuer Auto". Georg wollte nur noch entspannen.

„Ihr geht jetzt sofort zur Haustür." Bärlein stand breitbeinig im Zimmer und zielte abwechselnd auf Melli und Georg, die sich auf das Sofa gesetzt hatten.

Melli nahm Georgs Hand. „Komm. Es ist besser, wenn wir zur Haustür gehen."

„Und um die Familie Hofer kümmere ich mich gleich“, sagte Bärlein hasserfüllt.

Jack brachte keinen Ton heraus. Zitternd beobachtete sie, wie Bärlein ein breites Klebeband aus seiner Tasche zog und Melli und Georg einen Streifen über den Mund klebte. Dann schubste er sie zur Tür. Ein Kofferraumdeckel fiel zu. Jack fragte sich, ob Lumix tot vor dem Haus lag, oder ob Bärlein den leblosen Hund zusammen mit Melli und Georg wegschaffen würde.

„Tante Petra“, Jacks Stimme schwankte und Tränen strömten über ihr Gesicht, „es tut mir so leid.“

„Hoffentlich tut er dir nichts. Du bist noch so jung.“

Plötzlich hörten sie die Haustür und eilige Schritte. Bärlein hatte offensichtlich Melli und Georg im Kofferraum verstaut. Mit erhobener Pistole stellte er sich vor ihnen auf.

„Es bleibt mir nichts anderes übrig“, meinte er kalt und lud durch. „Sie haben meinen Plan durchkreuzt. Fräulein Hofer eins und Fräulein Hofer zwei. Kaum zu glauben. Meine neue Existenz in Südamerika steht auf dem Spiel wegen der Hofer-Damen.“ Bärlein stand da, mit verzerrtem Gesicht. Jack hatte Angst, dass er seinen Verstand restlos verlieren würde. „Endlich weg von meiner Frau, dieser Hexe. 35 Jahre meines Lebens hat die mir versaut.“

„Herr Bärlein“, sagte Tante Petra mit vor Verzweiflung schriller Stimme, „lassen Sie uns über alles reden, bitte. Wir können ein gutes Wort für Sie einlegen, wenn ...“

„Halt endlich die Klappe, du alte Jungfer.“

„Aber wenn Sie erwischt werden“, krächzte Jack, „und wir, und wir ...“

Dann kam es Jack so vor, als ob etwas in der Luft explodierte, und ein unglaublicher Schmerz durchzuckte ihre linke Körperhälfte.

Showdown

Als sie die Augen wieder öffnete, hing Jack immer noch mit den Handschellen am Ofen, und ihre Tante saß mit gefesselten Händen auf dem gleichen Stuhl wie vorher. Ihr Arm schmerzte höllisch. Also konnte sie nicht tot sein. Dann fiel ihr wieder Bärlein ein. Sie drehte den schmerzenden Nacken. Er stand in einer dunklen Zimmerecke und zielte auf Tante Petra.

Wie von weitem hörte sie Stolzingers Stimme, durchdringender denn je: „Hier ist die Polizei. Das Haus ist umstellt. Kommen Sie mit erhobenen Händen heraus."

Jack war bis jetzt nie bewusst gewesen, wie laut ein Megaphon sein konnte.

Bärlein ließ die Waffe sinken und setzte sich auf einen von Georgs Gartenstühlen. Als wenn es sich um einen gewöhnlichen Gegenstand handeln würde, legte er die Pistole auf den Campingtisch und griff stattdessen nach der Fernbedienung, die Georg in eine Falte des Sofas gestopft hatte.

„Hier ist die Polizei", röhrte Stolzinger erneut durch das Megafon. „Das Haus ist umstellt. Kommen Sie mit erhobenen Händen heraus."

Jacks Arm pulsierte so stark, dass ihr der Atem stockte.

Wie durch einen Schleier beobachtete sie Bärlein, der sich durch die Programme zappte. Er sah eigenartig zufrieden aus.

Die Schmerzen in ihrem Arm wurden so stark, dass sie am liebsten aufgeschrien hätte. Aber sie biss die Zähne zusammen, um Bärlein auf keinen Fall zu provozieren. Jetzt, wo die Polizei in der Nähe war.

Bärlein war bei der „Sportschau" hängengeblieben und starrte mit leerem Blick auf das flimmernde Bild. Wie durch einen Schleier konnte Jack erkennen, dass Bayern München schon wieder einen Rekord gebrochen hatte. Wie konnte so etwas in ihrer Situation bloß geschehen? Bayern München, und das im Angesicht des Todes.

„Hier ist die Polizei. Das Haus ist umstellt. Kommen Sie mit erhobenen Händen heraus." Schon wieder Stolzinger. Aber allmählich drang die Erkenntnis in Jacks Bewusstsein, dass Stolzinger zur guten Seite gehörte und er da war, um sie zu retten, wenn sie das auch nicht gerne zugeben wollte.

„Wir werden die Tür jetzt gewaltsam öffnen. Leisten Sie keinen Widerstand", quakte Stolzinger durch sein Megaphon.

Kaum hatte der Kommissar seinen Satz zu Ende gebracht, splitterte Holz, und Glas knackte. Keine Sekunde später drangen schwerbewaffnete Polizisten in Georgs Wohnzimmer, mit Stolzinger im Schlepptau. Und dann ging alles ganz schnell.

„Machen Sie das Mädchen los!" schrie Stolzinger, während er Bärleins Waffe vom Campingtisch schnappte. „Der Arzt! Schnell! Die Große mit den dunklen Haaren."

Keine zwei Sekunden später standen sechs Sanitäter und zwei Ärzte in Georgs Wohnzimmer, und ein Polizist führte Bärlein ab. Die anderen Männer vom Einsatzkommando banden Tante Petra los, legten sie auf eine Krankenliege und trugen sie hinaus. Eine Ärztin versorgte Jacks Arm. „Bleib ganz ruhig, Mädchen. Mein Name ist Dr. Bauer, und ich kümmere mich um deinen Arm. Danach fahren wir ins Krankenhaus."

Jack nickte nur.

„Das war zum Glück nur ein Streifschuss. Deine Lederjacke hat einiges abgehalten", meinte die Ärztin mit sanfter Stimme.

„Wie geht es Melli?" fragte Jack.

„Dem Christkind?"

„Ja."

„Ich habe keine Ahnung."

„Wieso wissen Sie das nicht?" fragte Jack aufgebracht.

„Beruhige dich!" Panisch starrte die Ärztin auf Jacks Arm. „Blutstillendes Mittel, schnell! Und den Kommissar holen!"

Einer der Sanitäter reichte der Ärztin schnell eine Ampulle mit einer Spritze, ein anderer lief zum Ausgang. Zehn Sekunden später stand

Stolzinger im Zimmer. „Melanie ist wohlauf. Wir haben sie im Kofferraum gefunden.“

Jack lehnte sich erleichtert zurück.

„Und dein Hund Lumix hat einen guten Job gemacht“, fügte er hinzu. „Ohne ihn hätten wir euch nicht so schnell gefunden.“

„Lumix lebt?“ rief Jack überrascht.

„Er ist putzmunter und macht alle verrückt, weil er noch nicht zu dir darf. Aber sobald die Ärztin ihr Okay gibt, kannst du ihn sehen.“

Am liebsten wäre Jack von ihrer Liege aufgesprungen und hätte Stolzinger umarmt.

„Gehen Sie jetzt, bitte, Herr Kommissar“, sagte die Ärztin streng und runzelte die Stirn. „Wir dürfen kein Risiko eingehen.“

Die Ärztin machte den Verband an Jacks Arm fertig und gab den Sanitätern ein Zeichen, dass sie sie jetzt hinaustragen konnten. Draußen war es schon stockdunkel, und das Areal vor Georgs Haus war weitläufig abgesperrt. Vor der Absperrung entdeckte Jack ihre Mutter, ihren Vater und ihre Freunde.

„Ich möchte meine Eltern und meine Freunde sprechen“, sagte Jack und blickte den Sanitäter von ihrer Liege aus von unten an. Eine ungewohnte Perspektive.

„Wer sind deine Eltern?“ fragte die Ärztin. Jack hatte gar nicht bemerkt, dass sie noch bei ihr war.

„Der große Mann im grünen Trachtenmantel und die kleine, blonde Frau mit den verwaschenen Jeans“, meinte Jack. „Ich meine es ganz ernst. Meine Eltern sind schon länger geschieden“, erklärte sie, denn ihr war der ungläubige Blick der Ärztin keineswegs entgangen.

❄❄❄

Claudia öffnete die Tür zu Jacks Krankenzimmer. Ihr langer, bunter Strickschal leuchtete vor den weißgekalkten Wänden nur noch bunter.

„Hallo mein Schatz!“ Claudia eilte an Jacks Krankenbett und umarmte sie vorsichtig. Sie war sichtlich erleichtert, endlich ihre Tochter sehen zu können, denn Kommissar Stolzinger hatte darauf bestanden, Jack umgehend über die Vorgänge in Georgs Haus zu befragen.

„Hallo Claudia!“

„Wie geht es deinem Arm?“

„Besser als erwartet. Ich darf in drei Tagen das Krankenhaus wieder verlassen.“

„Bin ich froh“, seufzte Claudia. „Und die Befragung?“

„Stolzinger hat mich noch mal gründlich in die Mangel genommen, aber ich habe ihm angemerkt, dass er ziemlich froh war, dass alles so glimpflich ausgegangen ist. Das hat man ihm angemerkt.“

„Das glaube ich.“ Claudia machte sich an dem rollbaren Nachtkästchen zu schaffen und schenkte Jack frischen Tee nach.

„Wo ist Papa?“

„Er kommt sicher gleich.“

„Und Tante Petra? Was ist mit ihr?“

„Sie hat einen mittelschweren Schock erlitten, aber dein Vater konnte schon mit ihr sprechen. Sie kommt übermorgen aus dem Krankenhaus.“

„Spätestens dann ist sie wieder ganz die Alte“, meinte Jacks Vater. Vor lauter Aufregung hatten Jack und Claudia nicht bemerkt, dass er ins Krankenzimmer gekommen war.

„... und wird mir gute Ratschläge für die Zukunft geben.“ Jack machte eine Pause. „Und ich werde mir jeden einzelnen anhören. Ernsthaft. Und mit ihr durchdiskutieren.“

Herr Hofer machte ein ungläubiges Gesicht.

„Ach, mein gutes Kind“, sagte Claudia und drückte Jack die Hand.

„Habt ihr etwas von Melli gehört?“

„Melanie geht es gut. Der Arzt hat sie gleich am nächsten Tag nach Hause geschickt, und der Kommissar“, Claudia räusperte sich, „hat sie wegen der Entführung auch schon verhört. Er war ziemlich erstaunt, wie sie das alles weggesteckt hat."

„Typisch Melli", seufzte Jack und war unendlich froh, dass es ihrer besten Freundin gutging. Die Geschichte hätte auch anders ausgehen können. „Ich schreibe ihr schnell eine SMS, dass ich sie nachher anrufe." Jack nahm ihr Handy aus dem Nachttisch und tippte eine Nachricht an Melli.

„Was ist jetzt eigentlich mit Bärlein?" fragte Jack, kaum dass sie die SMS abgeschickt hatte. Aus ihren Augenwinkeln konnte sie sehen, dass die Gesichtszüge ihres Vaters plötzlich wie versteinert waren. Seine Backenknochen zuckten nervös. „Ist schon gut. Wir müssen nicht drüber reden", meinte sie dann.

„Doch", antwortete ihr Vater. „Claudia, erzähl du."

„Noch in derselben Nacht ist Udo ... äh, noch mal von vorne. Noch in derselben Nacht ist Kommissar Stolzinger aufgetaucht."

„Wo?"

„Im Haus", antwortete Claudia. „Ich habe vorrübergehend dein Zimmer bezogen. Das ist dir doch recht, Schätzchen."

„Es geht so", seufzte Jack, „aber was ist eigentlich mit deinem Richard?"

Claudia zögerte. „Jetzt wird es kompliziert. Das erzähle ich dir ein anderes Mal."

Herr Hofer sah seine Exfrau etwas entrüstet von der Seite an.

„Der Kommissar hat uns jedenfalls alle möglichen Fragen gestellt", sagte Claudia ausweichend.

„Das war klar."

„Er hat deinem Vater ziemlich zugesetzt, weil er Bärlein schon seit Jahren Aufträge gegeben hat."

Jack wartete auf eine Reaktion ihres Vaters, aber er rührte sich keinen Millimeter und sagte kein Wort. Sie wusste, dass das kein gutes Zeichen war.

„Aber dein Vater konnte ihm glaubhaft machen, dass er tatsächlich nichts mit dem Fall zu tun hat."

„Armer Papa." Jack drückte mitfühlend die Hand ihres Vaters, der die Geste kurz erwiderte. „Als uns Bärlein in seiner Gewalt hatte, hat er was von Südamerika herumgeschrien und seiner Frau, die er verlassen wollte. Und als er mich dann angebrüllt hat, dass ich seine ganzen Pläne durchkreuze, habe ich ganz schön Angst bekommen."

„Oh Jack." Claudia umarmte sie.

„Ist schon gut, Mama", sagte Jack und tätschelte Claudias Rücken. „Was ist nun wegen Bärlein herausgekommen?"

„Der Kommissar ...", begann Claudia, und Jack musste lächeln, weil ihre Mutter das Wort Kommissar so ungewöhnlich respektvoll betonte, ganz untypisch für sie, „... also der Kommissar war zu dem Schluss gekommen, dass dein Vater nichts mit Bärleins Plänen zu tun haben konnte."

„Und was weiter?"

„Bärlein hat ein umfassendes Geständnis abgelegt."

„Wirklich? Und dann ist", Jack machte bewusst eine Pause, „der Kommissar", sie ließ sich das Wort auf der Zunge zergehen, „noch in derselben Nacht bei euch aufgetaucht? Wann hat der gute Herr Kommissar eigentlich geschlafen?"

„Die Ermittlungen laufen in den ersten 24 Stunden immer auf Hochtouren. Da kann man keine Rücksicht auf Verluste nehmen", meinte Jacks Vater trocken.

„Ach so ist das."

„Der Kommissar", versuchte Claudia es noch einmal, „hat mit uns über Bärleins Motive gesprochen. Wir waren völlig überrascht, dass Bärlein so unzufrieden mit seinem Leben ist. Keiner hat irgendetwas mitbekommen."

„Er hat immer so auf vertraut gemacht", meinte Jack.

„Im Nachhinein ist mir das alles ziemlich unheimlich. Schließlich kenne ich ihn auch schon, seitdem dein Vater ihm den ersten Sicherheitsauftrag gegeben hat. Da warst du noch gar nicht auf der Welt."

„Was ist denn jetzt mit seinen Motiven?"

„Bärlein hat schon seit längerem Schulden, und seine Frau hat das vor ein paar Monaten herausbekommen."

„Schulden? Wie hoch sind die denn?"

„Hunderttausend. Ungefähr."

„Und warum hat er überhaupt Schulden?"

„Bärlein hat vor ein paar Jahren angefangen zu spielen."

„Wie zu spielen?" fragte Jack.

„Zu zocken. Kartenspiele, Pferderennen, Spielbank. All das."

„Und da kann man so viele Schulden machen?"

„Das geht manchmal schneller, als man denkt", seufzte Claudia. „Er hat eine Hypothek auf sein Haus aufgenommen. Und das hat seine Frau nicht gerade amüsiert. Sie hat sich wahrscheinlich ihren Lebensabend anders vorgestellt."

„Das hört sich ziemlich übel an."

„Ist es auch. Und irgendwann ist Bärlein alles über den Kopf gewachsen, und er hatte die Idee mit der Entführung und der Erpressung."

„... als meine beste Freundin zum Christkind gekürt wurde."

„Zuerst recherchierte er die genauen Abläufe der Christkindlesaktivitäten. Und dass Melanie in der Lorenzkirche sein würde, war für ihn wie ein Sechser im Lotto. Denn er wusste von dem geheimen Gang, der von der Lorenzkirche zur Tiefgarage der Stadtsparkasse verläuft."

„Woher denn?"

„Als die Tiefgarage unter der Stadtsparkasse gebaut wurde, war er – wen wundert es – Sicherheitsberater bei der Bank, und er hatte diesen Gang entdeckt."

„Und warum wusste sonst keiner davon? Und warum hat er niemandem was davon erzählt?"

„Er hat ein paar Bauarbeiter angewiesen, den Durchgang mit Brettern zu vernageln und oberflächlich zu vermauern."

„Aber das ist doch schon ewig her. Damals wusste er noch nichts von Melli."

„Er bildete sich offensichtlich darauf etwas ein, der Einzige zu sein, der von diesem historischen Gang unter der Lorenzkirche wusste."

„Aber das ist doch verrückt! Damals konnte er nicht ahnen, dass ihm das einmal nützlich sein würde."

„Stimmt. Anders kann man das nicht sagen."

„Und die Bauarbeiter? Haben die nichts weitererzählt?"

„Es hat sie schlicht und ergreifend einfach nicht interessiert."

„Und wie konnte er die Mauer unbemerkt einreißen?"

„Bärlein war Profi in Sicherheitsfragen. Er hatte den Wachdienst der Stadtsparkasse so lange ausspioniert, bis er wusste, wann er die Mauer aufhacken konnte. Und es reichte ein kleiner Durchschlupf. Und dafür brauchte er am Tag vorher erst aktiv werden. Als kurzzeitige Attrappe hatte er ein Mauerimitat aus Schaumstoff davorgestellt. Der Kommissar Stolzinger", sagte Claudia und setzte sich aufrecht hin, „hat uns Fotos gezeigt. Bärlein war ein echter Perfektionist."

„Nur nicht in Sachen Glücksspiel", brummte Jacks Vater.

„Wie konnte Bärlein eigentlich nach der Entführung Vater abholen, um ihn zur Lorenzkirche zu fahren?" bemerkte Jack.

„Er schaffte Melanie schnell zu Georg und ist dann sofort in die Firma gefahren. Er wollte dort gesehen werden, damit niemand auch nur den geringsten Verdacht schöpft, dass er mit der Entführung etwas zu tun haben könnte."

„Und uns hat er den Diabetiker kurz vor dem Herzinfarkt vorgespielt."

„Er hatte tatsächlich einen kleinen Schwächeanfall. Der Jüngste ist er ja auch nicht mehr."

„Ich kann's mir lebhaft vorstellen. Zuerst schleift er Melli von der Lorenzkirche in die Tiefgarage hinüber, wuchtet sie in den Kofferraum und fährt bis nach Ziegelstein. Dann lädt er sie bei Georg ab, muss ihn überzeugen, dass es sich ums Christkind handelt, und fährt dann in die Firma und dann zurück in die Innenstadt."

„Mein Mitleid ist begrenzt", meinte Herr Hofer abschließend.

Party, Pizza, Puppenhaus

„Und Georg hat dir wirklich nicht geglaubt, dass du ein ganz normaler Mensch bist?" fragte Jack und schob sich einen Bissen Pizza in den Mund. Es war nicht so, dass sie nicht schon alle Details mit ihrer besten Freundin am Telefon durchgekaut hätte, aber vielleicht konnte man ja die Dinge mit Gülay und Sascha noch einmal unter anderen Gesichtspunkten beleuchten.

„Nein. Ich habe hundertmal versucht, Georg davon zu überzeugen, dass ich in Wirklichkeit ein ganz normaler Mensch bin. Aber er war nicht davon abzubringen, dass er das Christkind retten musste."

„Das ist verrückt", meinte Sascha, der Melli ungefragt ein zweites Stück Pizza auf den Teller legte. „Iss, mein Kind. Das wird dir guttun. Ab morgen hast du wieder Termine."

„Sascha, ich adoptiere dich als meine zweite Mama", sagte Melli und strahlte ihn an. Sie war überglücklich, wieder bei ihren Freunden zu sein. „Es schmeckt einfach super, Leute."

„Dieser Georg muss ein komischer Typ sein", meinte Gülay. Sie wollte unbedingt mehr über die ganzen Umstände der Entführung wissen.

„Er ist anders, aber ein guter Kerl. Er würde keiner Fliege etwas zuleide tun."

„Erzähl mal von Anfang an", meinte Gülay. „Wie konnte dich Bärlein aus der Lorenzkirche schleusen?"

„Vor dem Auftritt auf der Empore habe ich mich noch mit Jack getroffen und ihr den Schal wiedergegeben."

„Den Armani-Schal." Gülay betonte das Wort Armani besonders deutlich und zog belustigt die Augenbrauen hoch.

„Hm." Melli schien nicht weiter darauf eingehen zu wollen.

„Okay. Und wo habt ihr euch getroffen?"

„Wenn du in Richtung Altar siehst, befindet sich auf der rechten Seite ein Wendelgang mit einer Treppe", antwortete Melli.

„Am unteren Ende des Wendelgangs hatten wir uns verabredet", sagte Jack.

„Der Aufgang ist ganz mit Butzenscheiben verkleidet. Man kann also nicht hineinsehen. Nachdem ich Jack den Schal wiedergegeben habe, hat mir die Eventmanagerin die Tür geöffnet, und ich bin nach oben gegangen. Aber da hat mir jemand von hinten eine Pistole in den Rücken gedrückt. Das war Bärlein."

Melli zog ein Stück geschmolzenen Mozzarella in die Länge, riss den Käsefaden von der Pizza und hielt ihn sich wie eine Rebe mit Weintrauben über den Mund. „Das habe ich wirklich vermisst, wisst ihr?"

Entgeistert starrten die Freunde Melli an. Aber keiner wollte sie fragen, wie sie es fertigbrachte, dass ihr bei der ganzen Geschichte nicht der Appetit vergangen war.

„Und dann sind wir durch diesen Geheimgang gegangen", sagte Melli, „ich mit Pistole im Rücken. Bärlein konnte nicht sehen, dass ich mit dem Lippenstift noch ein ‚Hilfe' auf den Spickzettel mit dem Gedicht gekritzelt habe. Als wir in der Tiefgarage waren, zwang mich Bärlein, in den Kofferraum seines Geländewagens zu steigen."

„Das war wahrscheinlich der Moment, als er das größte Risiko einging, entdeckt zu werden."

„Es ging wahnsinnig schnell. Vom Wendelgang bis in die Tiefgarage hat es keine drei Minuten gedauert."

„Und der Windsbacher Knabenchor musste auch erst mal zu Ende singen, bis du deinen Auftritt gehabt hättest."

„In dieser Zeit waren wir fast schon bei Georg. Aber davon habe ich nichts mitbekommen. Kaum dass ich im Kofferraum war, hat mir Bärlein einen Lappen auf den Mund gedrückt, und ich bin erst wieder bei Georg auf dem Sofa aufgewacht."

„Hat dir jemand erzählt, was in der Zwischenzeit passiert war?" fragte Sascha.

„Ja, der Kommissar. Der ist ziemlich nett", meinte Melli, woraufhin Jack mit den Augen rollte. „Georgs Haus ist ebenerdig, und die Haustür liegt direkt an der Straße. Bärlein hat so geparkt, dass er den Kofferraum so nah an die Haustür heranfuhr, dass er die Tür gerade noch öffnen konnte. Georg hat mich dann hineingetragen und auf das Sofa gelegt."

„Das hört sich ja unheimlich an."

„Ich habe mich ziemlich erschreckt, als ich aufgewacht bin. Aber da war nur noch Georg da und hat mich angestrahlt."

„Was?"

„Er saß regungslos auf einem Campingstuhl und hat geschaut, als ob jetzt gleich Bescherung wäre."

„Er hat dich ja auch wirklich für das Christkind gehalten", erklärte Jack.

„Genau. Ich habe ihm immer wieder erklärt, dass ich nicht das echte Christkind bin, aber es war nichts zu machen. Irgendwann habe ich es aufgegeben."

„War das nicht unheimlich, mit diesem Irren eingesperrt zu sein?"

„Am Anfang war mir schon mulmig zumute, sehr mulmig. Das muss ich ehrlich zugeben." Melli machte ein betrübtes Gesicht. Sie hasste Vorurteile gegenüber benachteiligten Menschen.

„Wir geben dir hiermit Absolution", meinte Sascha lächelnd.

„Dann habe ich sehr schnell gemerkt, dass Georg völlig friedfertig ist."

„Nur hat er dich nicht gehen lassen."

„Bärlein hatte ihm eine perfekte Lügengeschichte serviert, gehirnwäschemäßig."

„Was genau hat er ihm erzählt?"

„Ich sei das Christkind und in großer Gefahr. Aber das Christkind wüsste nichts davon, weil der Teufel dahinterstecke. Und der hat so viel Zauberkraft, dass er selbst das Christkind so verzaubern könne, dass es nicht alles wüsste."

„Ich frage mich, wie lange Bärlein dafür brauchte, Georg diesen komplizierten Zusammenhang begreiflich zu machen", meinte Jack trocken.

„Sei nicht so gehässig", erwiderte Melli. „Georg ging jedenfalls davon aus, dass das Christkind keine Ahnung hatte, dass der Teufel hinter ihm her war. Und dass ich immer gehen wollte, führte er darauf zurück, dass ich die Geschenke für die Kinder ausliefern wollte. Er hat sich dann immer wieder dafür entschuldigt, dass er mir die Tür nicht aufsperren darf, aber er wolle mich nicht in Gefahr bringen. Sein Kumpel hatte ihm wohl auch gesagt, dass das Christkind so tun würde, als wenn es gar nicht das Christkind wäre."

„Der arme Georg", sagte Gülay. „Und der Kumpel ist Bärlein, oder?"

„Ja. Er hat ihn immer nur Kumpel genannt. Bärlein wollte kein Risiko eingehen, dass Georg seinen Namen kannte. Hinterher habe ich auch erfahren, dass Bärlein jedes Mal eine schwarze Perücke aufhatte, wenn er Georg besuchte."

„Hast du denn Bärlein nicht erkannt?"

„Von der Lorenzkirche bis in die Tiefgarage hatte er einen Strumpf über dem Kopf, und im Kofferraum konnte ich nichts sehen. Und dann war ich ja eine Zeitlang betäubt. Später ist er dann immer mit einer schwarzen Perücke bei Georg aufgetaucht und hat nur geflüstert, wenn er was zu Georg sagte."

„Und du hast ihn nicht erkannt?" fragte Gülay noch einmal ungläubig. „Du warst doch schon öfter in der Fabrik von Jacks Vater."

„Ab und zu. Aber Bärlein habe ich nur ein paarmal gesehen. Und dann auch nur ganz kurz. Ehrlich gesagt, habe ich auf ihn nie richtig geachtet. Wenn alles nach Plan gelaufen wäre, Bärlein das Lösegeld bekommen hätte und ich befreit worden wäre, dann wäre er schon längst über alle Berge gewesen."

„Aber so schnell geht das doch auch wieder nicht", sagte Gülay.

„Bärleins Plan war so, dass ich nach der Übergabe für einige Stunden noch betäubt gewesen wäre."

„Da kriegt man ja eine Gänsehaut", meinte Sascha und betrachtete seinen Unterarm, auf dem sich die dunklen Härchen leicht aufstellten.

„Woher wusstest du eigentlich, dass du dich in Ziegelstein Am Anger befindest, und dass Jacks Vorfahren dort gelebt haben?" fragte Gülay.

„Einmal konnte ich Georg dazu überreden, mit mir nachts an die frische Luft zu gehen, damit ich etwas Bewegung bekomme. Wir haben uns versprochen, dass das unser Geheimnis bleiben würde."

„Kluge Frau."

„Georgs kleines Haus liegt genau Am Anger. Dort war ich im Sommer erst auf der Kirchweih. Und dann ist mir wieder eingefallen, dass Jacks Tante vom Anger erzählt hatte, und dass dort mal ein Herrensitz ihrer Vorfahren gewesen war."

„Und deshalb die Botschaft im Video."

„Und warum bist du nicht einfach abgehauen, als ihr spazieren wart?"

„Bärlein hatte Georg gewarnt, dass der Teufel das Christkind holen würde und ihn auch gleich mit, wenn es verschwindet. Und da hat er mich zur Sicherheit ganz fest am Arm gehalten."

„Und was ist das eigentlich für eine Geschichte mit dem Häkelzeug?" wollte Sascha wissen.

„Georg erzählte irgendwann mal, dass seine Oma abends immer Topflappen gehäkelt hat, die sie dann verkauft oder verschenkt hat. Und da habe ich ihn gefragt, ob noch Häkelnadeln da sind und Wolle. Georg hat dann erst einmal eine Weile überlegt und dann eine Plastiktüte aus dem Wohnzimmerschrank gekramt. Da waren alle möglichen Häkelnadeln und bunte Häkelgarne drin."

„Und dann ist dir die blendende Idee gekommen, dem armen Georg gleich mal Häkeln beizubringen, wenn du schon mal da bist.“

„Ja. Warum nicht? Er hat sich sogar ziemlich gut angestellt. Er muss seiner Oma früher stundenlang beim Häkeln zugesehen haben. Nur dass sie ihrem Enkel mal das Häkeln selber beibringt, auf die Idee ist sie scheinbar nie gekommen.“ Aus ihrer Handtasche zog Melli Georgs halb fertig gehäkelten Topflappen heraus. „Er hat ihn mir zum Andenken geschenkt. Schaut euch das mal an.“

„Zum Andenken?“ fragten Sascha und Gülay gleichzeitig. Ihnen war anzusehen, dass sie an Mellis Verstand zweifelten.

Doch Jack nahm das Stück in die Hand und betrachtete mit der Kennermiene einer Trachtenfabrikantentochter den angefangenen Topflappen. Sie kniff ihre Augen zusammen und hielt den Topflappen gegen das Lampenlicht. „Saubere Arbeit. Die Farben passen auch zusammen, und das Muster ist ihm sogar gelungen.“ Jack reichte den Topflappen anerkennend an Gülay weiter.

„Was passiert jetzt eigentlich mit ihm?“ fragte Gülay.

„Mit dem Topflappen?“ fragte Melli.

„Nein“, sagte Gülay langgezogen, „mit Georg.“

„Ich konnte meine Eltern überreden, gegen Georg keine Anzeige zu erstatten. Aber wie es mit ihm weitergehen soll, weiß ich auch nicht. Sagen wir es einmal so. Georg kann kleinere Arbeiten erledigen, aber er ist nicht in der Lage, sein Leben vollkommen selbständig zu meistern.“

„Was ist eigentlich mit seiner Oma?“ fragte Gülay

„Die ist vor einem halben Jahr gestorben, und dann hat sich Bärlein ziemlich bald an Georgs Fersen geheftet. Seine Oma hatte einen Frisiersalon. Dort ist seine Frau immer hingegangen. Die hatte ihm natürlich von Georg erzählt und später eben, dass ihre Friseurin gestorben ist.“

„Wie alt war denn seine Oma?“

„68.“

„Das ist traurig.“

„Georg war die meiste Zeit mit ihr im Frisiersalon. Er hat dort aufgefegt und ab und an von den Leuten ein kleines Trinkgeld bekommen. Da hatte er halt immer eine Beschäftigung, und seine Oma konnte ein Auge auf ihn werfen, dass er nicht an komische Leute gerät."

„Der arme Georg", seufzte Sascha. „Was ist mit seinen Eltern?"

„Wenn ich Georg richtig verstanden habe, ist sein Vater bereits vor seiner Geburt abgehauen, und seine Mutter starb, als er drei Jahre alt war."

„An einer Krankheit?"

„Das war nicht aus ihm herauszubringen. Jedenfalls hat er in diesem Haus, wo mich Jack aufgespürt hat, mit seiner Oma gelebt."

„Wie konntest du eigentlich so einfach in das Haus hineinspazieren?" Gülay schaute Jack fragend an.

„Die Tür war offen. Ich musste die Klinke einfach nur hinunterdrücken."

„Das kann doch nicht sein", bemerkte Sascha.

„Doch. Es war ein riesengroßer Zufall. Bärlein wollte gerade etwas aus dem Auto holen und hatte in der Sekunde, bevor ich vor seinem Haus stand, die Tür aufgeschlossen."

„Aber dein Hund hatte kurz vor dem Haus aufgebellt."

„Bärlein bezog das Bellen nicht auf Lumix, sondern auf irgendeinen Spaziergänger mit seinem Hund. Das sind die Fehler, die einen Verbrecher zur Strecke bringen", meinte Jack nicht ohne Stolz.

„Sag mal, Jack", wollte Gülay wissen, „bis du vielleicht sogar mit diesem Georg verwandt? Schließlich haben deine Vorfahren mal das Nachbarhaus als Herrensitz besessen oder so."

„Nein", lachte Jack, „das Haus ging zwischendurch an die Stadt und andere Besitzer."

„Hoffentlich sperren sie Georg nicht weg", meinte Melli. „Er ist ein wirklich guter Kerl."

Jack sah erst Melli eine Weile nachdenklich an. Dann überzeugte sie sich ein letztes Mal von der Qualität des Topflappens. „Ich habe eine Idee."

„Ein leichter Obstsalat zum Abschluss?" fragte Sascha, nachdem sie den Tisch abgeräumt und die Küche saubergemacht hatten. Er stellte eine große Schüssel auf den Küchentisch. „Danach muss ich aber wirklich den Abflug machen." Er verteilte den Obstsalat in kleine Schälchen.

„Was hast du denn vor?" fragte Jack neugierig.

„Ich treffe mich mit jemandem."

„Mit wem denn? Raus mit der Sprache!"

„Mit Mirek", sagte Sascha vorsichtig.

„Ach so", sagte Jack nur. Nach dem letzten Treffen mit Mirek hatten sich die Ereignisse so überschlagen, dass sie kaum mehr an ihn gedacht hatte. Außerdem war sie davon überzeugt, dass er mit seinen Freunden Drogen im großen Stil konsumierte, was sie überhaupt nicht gut fand. Aber der Name versetzte ihr plötzlich doch einen eigenartigen Stich. „Sei aber vorsichtig."

Sascha sah Jack fragend an, schwieg aber.

Schweigend löffelten die Freunde ihren Nachtisch. Als sie fertig waren, verstaute Jack die Obstschüssel in Saschas Korb. Dann hob sie die Schüssel noch einmal an, weil sie etwas entdeckt hatte.

„Was ist das denn?" fauchte sie Sascha an und hielt ihm ein durchsichtiges Tütchen mit weißem Pulver vor die Nase.

„Geht's dir noch gut?" fragte er zurück. „Also wirklich."

„Was tust du damit?" wollte Jack wissen und kniff ihre Augen bedrohlich zusammen.

„Das Pulver verrührst du mit Wasser zu Leim", antwortete Sascha geduldig. „Es ist ein Spezialpulver, das du nur in Nürnberg bekommst. Man verwendet es, um Puppenhäuser damit zusammenzuleimen. Mireks kleine Schwester ist ganz verrückt nach Puppen und Puppenhäusern.

Und übermorgen fährt er über Weihnachten zurück nach Prag. Kann ich das Pulver jetzt wiederhaben?“

Jack starrte Sascha entgeistert an und ließ das Tütchen fallen.

„Was ist los mit dir?“ fragte er.

Jack gab keine Antwort. Sascha fasste sie an den Händen.

„Deine Hände sind ja eiskalt“, meinte er.

Himmelblaues Sofakissen

„Aufwachen, Jack.“ Melli tätschelte Jacks Wangen, und sie erwachte aus ihrer Starre. „Ist dir die Pizza nicht bekommen?“

„Doch.“ Jacks Stimme klang plötzlich wie ein Röcheln. Sie stand mühsam auf, drehte sich um und ging ins Wohnzimmer. Dort ließ sie sich auf das Sofa fallen. Melli und Gülay gingen hinter ihr her und setzten sich zu ihr auf die Sofakante.

„Wo ist Sascha?“ fragte Jack.

„Er steht in der Küche und telefoniert.“

Jack hielt sich ein himmelblaues Sofakissen vor das Gesicht und begann zu schluchzen.

„Was ist daran so traurig?“

„Es ist nicht deswegen“, sagte Jack gedämpft durch das Kissen. Melli legte den Arm um Jacks Schulter.

„Ich koche uns mal einen Tee“, meinte Gülay und ging in die Küche. Nach einer Weile kam sie mit einem Holztablett zurück, auf dem eine Teekanne und Tassen standen.

„Ich habe uns Fencheltee gemacht“, meinte Gülay und schenkte jedem eine Tasse ein. Jack schluchzte nur noch, hielt sich aber das Sofakissen immer noch vor das Gesicht. Melli rüttelte sanft an ihrer Schulter. „Wenn du möchtest, kannst du etwas Tee trinken.“

Mit verweinten Augen schaute Jack über die Kante des Sofakissens. „Hat jemand Taschentücher?“

„Klar." Gülay zog aus ihrer Jeans ein sauberes Tempo und reichte es Jack. „Ich geh mal die Packung holen", meinte sie und verschwand kurz in der Küche. Als sie wiederkam, lag Jack mit angezogenen Beinen auf dem Sofa und hielt sich das Kissen umklammert vor den Bauch. Melli reichte Jack eine Tasse Tee. „Trink ein bisschen. Das beruhigt."

Laut schlürfend probierte Jack vom heißen Fencheltee und stellte die Tasse zurück auf den Tisch. „Ich habe alles vermasselt", sagte sie leise.

Sascha kam ins Wohnzimmer. „Ist es okay, wenn ich jetzt gehe? Ich muss jetzt wirklich weiter", sagte er unsicher.

„Ja, wir sehen uns", antwortete Jack schwach.

„Was ist los?" fragte Gülay, als sich die Tür hinter Sascha geschlossen hatte.

Jack setzte sich auf. „Ich dachte, das Päckchen mit dem weißen Pulver sind Drogen."

„Das wird dir Sascha schon nicht so übelnehmen", meinte Melli.

„Ich habe so ein Päckchen schon einmal gesehen, aber nicht bei Sascha, sondern bei Mirek."

„Mirek? Ist das der, mit dem du dich mal getroffen hast?" fragte Melli.

„Ja." Jack begann wieder zu schluchzen. Gülay und Melli setzten sich jetzt so auf das Sofa, dass Jack in der Mitte saß. Sie warteten geduldig, bis sich Jack wieder beruhigt hatte.

„Wir haben uns ein paarmal gesehen", erklärte Jack, „und es war einfach perfekt. Wir haben uns sofort verstanden, obwohl er am Anfang fast kein Deutsch sprach. Er kann mit Hunden super umgehen. Er ist intelligent und so. Und jedes Mal, wenn wir uns trafen, konnten wir mehr miteinander sprechen. Er ist groß, hat lange dunkle Haare und eine dunkelbraune Jacke aus Wildleder!" Beim Gedanken, wie er im U-Bahnhof mit dem Stadtplan vor ihr stand und ihren Finger leicht berührt hatte, musste Jack aufheulen wie ein Schlosshund. Besorgt hielt Lumix seine Schnauze unter ihre Achsel. „Und dann war ich mal kurz bei ihm und habe eine Menge Puppen entdeckt, und ich habe ihn auf dem Christkindlesmarkt Puppen kaufen sehen. Da dachte ich, er wäre pervers, und wollte ihn nicht mehr sehen.“ Jack hielt sich wieder das himmelblaue Sofakissen vor das Gesicht und schluchzte hinein. „Deshalb habe ich seine Anrufe weggedrückt und auf seine SMS nicht mehr reagiert.“

„Du kannst dich doch wieder bei ihm melden. Hast du noch seine Handynummer?“

„Ich kann ihn nie wieder treffen“, kam es gedämpft hinter dem Sofakissen hervor. „Wir sind uns dann nochmal zufällig begegnet, und er hat gefragt, ob ich mit auf eine Party komme, auf den Fünfeckturm. Wir haben eingekauft und alles in Taschen verstaut, und als ich dann ausgepackt habe, fiel mir so ein transparentes Plastiktütchen entgegen. Ich dachte, dass das Kokain oder so was ist, und dann habe ich ihn angeschrien, dass ich ihn nie wiedersehen will, und bin die Treppen hinuntergelaufen.“ Jack ließ sich hinter Gülays Rücken zurück auf das Sofa fallen.

„Konnte er wissen, dass du das Pulver falsch interpretiert hast?“ fragte Gülay.

„Nein. Ich wollte es nicht anfassen. Ich habe es in der Tasche gelassen. Und jetzt denkt er, wenn er überhaupt noch an mich denkt, dass ich einfach hysterisch bin.“

„Wir können Sascha anrufen. Er trifft sich doch gerade mit deinem Mirek.“

„Nein. Auf keinen Fall. Erstens kann ich so nicht aus dem Haus, und zweitens, und zweitens ...“, Jack suchte nach Worten, „... werde ich zu Claudia in die Toskana ziehen. Da gibt es keine Mireks“, sagte sie trotzig.

„Ich rufe jetzt Sascha an“, meinte Gülay knapp.

„Nein!“ schrie Jack und versuchte ihr das Handy abzunehmen, aber Gülay war schneller, stand auf und rannte auf das Gästeklo. „Sascha hat sein Handy ausgeschaltet oder wieder einmal vergessen, seinen Akku aufzuladen“, rief Gülay hinter der Tür. „Kann ich wieder herauskommen?“

Operation Topflappen

Es war der deprimierendste vierte Advent, den Jack je erlebt hatte. Sie schämte sich, dass sie nicht einmal Claudia so vermisst hatte, kurz nachdem sie nach Italien gegangen war. Aber wahrscheinlich war das auch etwas ganz anderes. Jack zweifelte inzwischen schon selbst an ihrem Verstand. Ständig hatte sie ein Bild vor ihren Augen, das ein verschwommenes Foto von Mirek zeigte. Das Einzige, was ihrem Leben noch einen Sinn gab, war die geglückte Befreiung ihrer Freundin.

Aber nicht einmal der Empfang bei der Polizei konnte Jack vom Gedanken an Mirek ablenken. Stolzinger hatte sie ins Polizeipräsidium geladen, ihr eine Ehrenurkunde für tapferes Verhalten überreicht und ihren wohlerzogenen Hund gelobt. Freudlos hatte sie diverse Kriminalistenhände geschüttelt und das Gebäude ohne echtes Ziel verlassen. Jack begann allmählich sich selbst zu hassen. Und wenn sie mit Lumix auf einen ausgedehnten Spaziergang ging, erinnerte sie das immer an Mirek, Mirek, Mirek. Es war zum Verrücktwerden.

Nicht dass ihrem Vater oder ihrer Tante entging, dass sie sich in einem Ausnahmezustand befand. Aber Jack hatte die beste Ausrede für ihren schlechten Zustand parat. Die Entführung von Melli nahm sie immer noch mit.

❄❄❄

Als Jack den Fernseher ausschaltete und die Fernbedienung weglegte, klopfte es an der Tür. Ihr erster Gedanke war Mirek. Aber es wäre absurd gewesen. Niemand hätte ihn ins Haus gelassen, ohne vorher mit ihr zu reden. Es klopfte noch einmal. Jack spürte ihr pochendes Herz.

„Jacqueline?“

Die Stimme ihres Vaters. Ihr fiel fast ein Stein vom Herzen.

„Jacqueline?“ fragte er noch einmal.

„Komm rein."

Ihr Vater war seit Ewigkeiten nicht mehr in ihrem Zimmer gewesen. Er setzte sich in den luftgefüllten grünen Plastiksessel, der aussah wie ein Frosch. Jack entging nicht, dass er die Sitzgelegenheit alles andere als bequem fand.

„Ich weiß, dass du eine schwere Zeit durchmachst, aber ich muss mit dir reden." Das bedeutete in der Regel Stress. Noch dazu, wenn er in einem aufblasbaren Froschsessel Platz genommen hatte.

„Was ist?" fragte Jack angespannt.

„Ich muss mit dir wegen Georg sprechen."

„Georg?" Jack hätte mit allem Möglichen gerechnet, nur nicht damit. Der Topflappen fiel ihr wieder ein. Und die Idee, die sie gehabt hatte. Aber sie hatte alles vergessen, nur weil sich permanent Mirek in ihre Gedanken schob.

„Ich habe gerade ein längeres Telefonat mit Mellis Eltern geführt und mit meinem Anwalt geredet. Es muss jetzt alles ganz schnell gehen. Deshalb kommen sie heute Abend vorbei. Wir sind übereingekommen, dass wir Georg helfen werden. Wie genau, das werden wir im Detail noch besprechen."

❄❄❄

Als Jack in die Küche hinunterging, um Georgs halbfertigen Topflappen zu suchen, klingelte es bereits an der Tür, und Melli und ihre Eltern traten in den Flur. Mellis Eltern waren noch nie hier gewesen, obwohl sich ihre Eltern schon lange kannten. Ihr Vater bat sie ins Wohnzimmer, wo schon Herr Dr. Bogner, der Anwalt ihres Vaters, wartete. Nachdem alle Platz genommen und von Tante Petra dankend Teetassen entgegengenommen hatten, richtete sich der Anwalt auf seinem Sessel am Fenster auf und räusperte sich.

„Wie Sie schon am Telefon angedeutet haben, möchten Sie Georg Lamml helfen", begann Herr Dr. Bogner mit seiner hochoffiziellen Anwaltsstimme. „Nach allem, was wir von Herrn Lamml wissen, ist er durch unglückliche Umstände in diese Situation geraten."

Die Erwachsenen nickten, Melli musste alles noch einmal von vorne erzählen, und Tante Petra schenkte immer wieder neuen Tee nach.

„Wir könnten für Herrn Georg Lamml die Vormundschaft beantragen, und seine Verteidigung werde ich übernehmen."

„Wie viel wird das kosten?" fragte Mellis Mutter.

„Ich habe mich dazu entschieden, die Verteidigung für Herrn Lamml auf eigene Rechnung zu übernehmen. Ich werde alles daran setzen, ihn aus dieser Angelegenheit straffrei herauszubekommen."

„Das wird nicht einfach werden", meinte Jacks Vater.

„Beileibe nicht. Auf der einen Seite wollen wir beweisen, dass er ein unfreiwilliges Opfer von Bärlein geworden ist, und auf der anderen Seite möchten wir verhindern, dass er in die Psychiatrie abgeschoben wird. Ich kann Ihnen gleich sagen, dass das eine ziemliche Gratwanderung wird."

Alle schwiegen. Selbst Tante Petra stand mit ihrer Teekanne in der Tür, ohne sich zu rühren.

„Unser gemeinsames Ziel ist es also", unterbrach Herr Hofer die Stille, „Georg ein betreutes Wohnen in einer Wohngemeinschaft zu ermöglichen und in allen Punkten Straffreiheit für ihn zu erreichen."

„Gut, das wäre soweit geklärt", meinte Herr Dr. Bogner und sah auf seine Uhr. „Ich muss mich jetzt entschuldigen."

„Sie müssen unbedingt noch ein paar Sekunden bleiben", meinte Jack schnell, „ich habe eine Idee wegen Georgs Häkelei."

Herr Dr. Bogner runzelte die Stirn. „Aber wirklich nur ganz kurz."

Jack reichte ihrem Vater Georgs angefangenen Topflappen, den sie die ganze Zeit in der Hand gehalten hatte. „Das ist der Topflappen, den Georg bei Melli gehäkelt hat."

Herr Hofer hielt das Stück in die Höhe und besah es sich von allen Seiten. Dann stand er auf und ging in sein Arbeitszimmer.

„Was tut er?" fragte Melli neugierig.

Dr. Bogner sah ungehalten auf seine Armbanduhr.

„Er hat in seinem Arbeitszimmer spezielle Lampen und Lupen, um Stoffe zu untersuchen“, erklärte Jack, denn sie ahnte, was ihr Vater vorhatte.

Gerade als Herr Dr. Bogner nervös auf seinem Stuhl herumzurutschen begann, kam ihr Vater zurück ins Wohnzimmer.

„Wir werden morgen noch einmal telefonieren“, meinte Herr Hofer zum Anwalt, der sich bereits erhoben hatte. „Ich habe eine Idee für eine neue Produktlinie.“

„Ah, gut“, meinte Herr Dr. Bogner und stand auf. „Ich wünsche den Herrschaften noch einen angenehmen Abend, und wir bleiben in Kontakt.“

„Schieß los“, sagte Jack, als sich ihr Vater wieder setzte.

„Die Häkelarbeit von unserem Georg ist beachtlich. Präzise Schlaufen, gute Farbwahl. Ich glaube, dass man da was draus machen kann“, meinte Herr Hofer. „Wir könnten zumindest versuchen, eine kleine Produktlinie, ‚Nürnberger Topflappen in der rustikalen Küche‘ zu etablieren, vorausgesetzt, Herr Lamml ist einverstanden und hat Lust, jeden Tag an Topflappen herumzuhäkeln.“

„Das hat er bestimmt!“ rief Melli begeistert.

„Das alles erleichtert auch seinen Stand vor Gericht“, meinte Mellis Mutter. Ihr Vater nickte zustimmend.

Star Trek, Buddha und ein Mund voll Lebkuchen

Das Treffen zwischen Mellis Eltern, dem Anwalt und ihrem Vater war Jacks letztes Highlight in der Adventszeit, zumal ihr Vater auf die Produktlinie mit den Topflappen angesprungen war. Im Radio und Fernsehen verfolgte sie alle Berichte über das „wiederauferstandene Christkind“, wie es eine Zeitung formuliert hatte. Bei genauerer Betrachtung war Melli wirklich fast wie eine Heilige. Als Christkind war sie jetzt wieder auf Tour, verteidigte Georg, wo immer es nötig war, und hatte selbst Bärlein verziehen. Und sie konnte ihre Eltern sogar überreden, dass Georg mit ihnen zu Hause Weihnachten feiern sollte. Typisch Melli.

Aber über all die guten Dinge, die passiert waren, legte sich ein grauer Schleier. Jack dachte immer noch an Mirek und hoffte, dass er aus irgendeinem Grund gerade in Nürnberg war. Aber vermutlich spazierte er gerade auf der Prager Burg herum und hatte sie längst vergessen. Wie konnte er auch anders? So idiotisch, wie sie sich aufgeführt hatte.

Eine Radikalkur war angesagt. Jack beschloss, ihre gesamten Weihnachtsferien bei Claudia in der Toskana zu verbringen, wo Mirek garantiert nicht auftauchen würde.

Das erste Mal würde sie an Weihnachten nicht in Nürnberg sein. Und ihr Vater und Tante Petra müssten alleine feiern. Das kam selbst Jack befremdlich vor. Aber sie würde ansonsten noch verrückt werden. Sie ging hinunter zu ihrem Vater ins Arbeitszimmer.

Das Gespräch dauerte nicht lange. Obwohl ihr Vater etwas enttäuscht dreinblickte, willigte er sofort ein und telefonierte gleich mit Claudia.

„Möchtest du Lumix mitnehmen?“ fragte er.

„Ja.“

„Dann wirst du mit dem Zug fahren“, sagte er, blickte wieder auf die Papiere, die vor ihm lagen, und legte seine Hand so auf die Stirn, dass sie seine Augen nicht sehen konnte. „Mein liebes Lämmchen, entschuldige, aber ich muss das dringend noch vor den Feiertagen erledigen.“

Jack ging hinauf in ihr Zimmer und benachrichtigte ihre Freunde per SMS, dass sie die Weihnachtsferien in der Toskana verbringen würde.

❄❄❄

Mit Sicherheit hätte Jacks Lehrern die Toskana im Dezember überhaupt nicht gefallen. Die Felder waren braun, die Blätter an den Bäumen verwelkt und von blühenden Mohnfeldern wie im Bildband keine Spur. Und dann begann es am ersten Weihnachtsfeiertag so stark zu regnen, dass sie nicht einmal Lumix dazu bewegen konnte, hinauszugehen.

Jack blieb nichts anderes übrig, als mit den Seminarteilnehmern Weihnachten zu feiern – bei Sojabraten und Buchweizengrütze. Sie waren ja schließlich nicht zum Vergnügen hier. Am Nachmittag standen wieder Yoga-Übungen an, diesmal solche, die für die innere Reinigung der Seele gut sein sollten. Also nichts für Jack. Sie beschloss, die nachmittägliche Yoga-Sitzung zu schwänzen, und machte es sich auf einem indischen Bodenkissen im Wohnzimmer bequem. Lumix streckte sich neben ihr aus, ließ sich kraulen und genoss ihre ungeteilte Beachtung. Hier gab es keinen Fernseher, der sie von ihrem Hund ablenkte.

Jack hatte kaum bemerkt, wie die Zeit vergangen war, als sie hörte, dass die nachmittäglichen Übungen zu Ende waren. Ihre Mutter spazierte gutgelaunt durch das Wohnzimmer, öffnete die Tür zu ihrem Arbeitszimmer, in dem ein Computer stand, und setzte sich an den Schreibtisch. Jack stellte sich hinter sie.

„Kann ich im Internet surfen?“ fragte Jack.

„Ja, klar. Ich muss nur schnell eine E-Mail schreiben.“

„Ist in Ordnung.“ Jack setzte sich neben sie, und Claudia klickte schnell ihre angefangene E-Mail in den Hintergrund. Ihre Mutter hatte vor ihr offensichtlich ein Geheimnis. Dem musste Jack auf den Grund gehen. Und sie brauchte nicht einmal ihren Spürhund dazu.

„Warum klickst du deine E-Mail weg?“ fragte sie.

„Mir ist gerade noch etwas eingefallen.“ Claudia nahm einen Kalender und blätterte darin herum.

„Soll ich wieder gehen?“ fragte Jack fast ein bisschen beleidigt.

„Nein, natürlich kannst du bleiben“, antwortete ihre Mutter bestimmt.

Jack sah auf Claudias Schreibtisch. Die Oberfläche war mit allen möglichen Briefen, Prospekten und Zeitschriften bedeckt. Darin ging es meistens um Yoga und Vollwerternährung. Dinge, die Jack nicht besonders interessierten, aber dann blieb ihr Blick an einem kleinen, bunten Blatt Papier hängen, das optisch gar nicht zu den anderen Papieren passte. Jack beugte sich nach vorne und nahm es in die Hand.

Star Trek II: Der Zorn des Khan, Admiral-Kinos, Saal 4, 12. Juli 1982

„Was ist denn das, Claudia?“ fragte Jack.

„Eine Eintrittskarte.“

Jack roch den Braten. Ihre Mutter war sonst immer viel gesprächiger und freute sich jedes Mal, wenn Jack an ihren Mitmenschen Interesse zeigte.

„Das sehe ich. Aber der Film läuft nicht mehr.“ Sie fuchtelte mit der Eintrittskarte vor Claudias Nase herum. „Außerdem ist der Abreißstreifen noch dran. Und weil ich dich kenne und weil du eher zu den Jägern als zu den Sammlern gehörst, hat dieses Stück Papier eine Bedeutung für dich.“

Claudia seufzte unüberhörbar. „Du gibst ja doch keine Ruhe. Udo hat sie mir geschickt.“

„Stolzinger?“ rief Jack überrascht.

„Nicht so laut, wir haben gerade Schweigeminuten.“

„Stolzinger hat dir eine alte Kinokarte geschickt?“ flüsterte Jack und legte einen verschwörerischen Ton in ihre Stimme. „Mit der kann doch kein Mensch mehr was anfangen. Oder sind antiquierte Science Fiction Filme deine neue Leidenschaft? Oder was steckt dahinter?“

Claudia drehte sich jetzt zu Jack um und sah zu ihr hinauf.

„Wir hatten das Abi gerade hinter uns, und Udo hat mich gefragt, ob wir zusammen mal ins Kino gehen wollen. Da haben wir uns verabredet.“ Claudia machte eine Pause und nestelte an einem Werbebrief herum.

„Weiter“, forderte Jack.

„Und dann ist seine Oma in Stuttgart gestorben. Er musste gleich anschließend zu seiner Polizeiausbildung nach München, und dann haben wir uns aus den Augen verloren. Und es sieht so aus, als ob er sogar schon die Karten fürs Kino besorgt hatte.“

„Und er hat die Kinokarte aus der Steinzeit hinübergerettet und sie dir geschickt. Ziemlich romantisch, würde ich sagen. So hätte ich Stolzinger wirklich nicht eingeschätzt.“

Claudias Gesicht verfärbte sich leicht rosa.

„Woher kennt er deine Adresse in Italien?“ Jack machte einen geraden Rücken. Bei den Verhören im Polizeipräsidium hatte sie sich einiges von Stolzinger abgeschaut.

„Wenn ein Mann eine Frau erreichen will, dann wird er ihre Adresse und Telefonnummer schon herausfinden, selbst wenn er nicht bei der Polizei arbeitet.“

„Seit wann denkst du so unemanzipiert?“

„Das hat mit Emanzipation nichts zu tun.“

„Und außerdem. Was ist mit Richard? Von dem erzählst du überhaupt nichts mehr.“

„Richard war ziemlich sauer auf mich, weil ich den ganzen Nachmittag nicht mehr aufgetaucht bin. Wir hatten uns am Abend in Julianes Wohnung verabredet. Aber ich habe ihn vor lauter Sorgen um dich ganz vergessen. Und dann ist auch noch Udo aufgetaucht und hat uns bis in den frühen Morgen verhört. Die Sonne ging schon auf, als ich zurück in Julianes Wohnung kam. Und da war Richard schon weg und ist nicht mehr aufgetaucht.“

„Das hört sich nicht gut an.“

„Am Kühlschrank habe ich schließlich einen Zettel gefunden. Da stand eigentlich nur drauf, dass er nach Spanien weitergefahren ist. Und seitdem hat er sich nicht mehr gemeldet.“ Claudia streckte ihren Arm nach der alten Kinokarte aus, und Jack gab sie widerwillig frei.

„Der kleine Buddha wird gut auf sie aufpassen“, meinte Jacks Mutter und lehnte die Kinokarte an die linke Schulter der handtellergroßen Jadestatue auf ihrem Schreibtisch.

❄❄❄

Verdrossen starrte Jack ihren Webmailer an, nachdem sie sich unauffällig vor dem Nachtisch weggeschlichen hatte. Es gab Schokoladenpudding auf Heilwasserbasis.

Keine einzige Nachricht von Melli, Gülay oder Sascha. Schon seit acht Stunden nicht mehr. Dabei wusste sie genau, dass keiner von ihnen in den Ferien weggefahren war. Sie überprüfte ihr Handy auf eingegangene Nachrichten. Nichts. Nervös begann sie mit den Fingerspitzen auf dem Schreibtisch herumzutrommeln.

Irgendwer da draußen? tippte sie und verschickte die Nachricht gleich an alle drei. Aber niemand meldete sich. Jack sah auf die Uhr. Halb elf. Auf dem Festanschluss konnte sie um diese Zeit nicht mehr anrufen, wegen der Eltern. Sie beschlich ein unangenehmes Gefühl in der Magengegend.

Jack loggte sich im SchülerVZ ein. Keine Menschenseele unterwegs.

„Magst du Lebkuchen?“ fragte Claudia plötzlich in die Stille hinein.

Jack hatte nicht bemerkt, dass hinter ihr die Tür aufgegangen war und Claudia ihr eine bunte Keksdose mit Elchmotiv vor die Nase hielt. Normalerweise hätte Jack sofort zugegriffen, es duftete herrlich nach Nüssen und Schokolade, aber das seltsame Gefühl, das ihren Nacken hinaufgekrochen war, weil sie ihre Freunde nicht erreichen konnte, schnürte ihr fast die Kehle zu.

„Ich erreiche niemanden“, erklärte Jack mit tonloser Stimme. „Keine Mail seit ein paar Stunden, alle Handys sind abgeschaltet, sogar das von Gülay, das musst du dir mal vorstellen!“ Jack riss ihre Augen auf und runzelte die Stirn. „Und im Chatroom treibt sich auch keiner herum.“

„Wie spät ist es eigentlich?“ fragte Claudia. Sie trug grundsätzlich keine Armbanduhr.

„Halb elf.“

„Vielleicht schlafen deine Freunde schon.“

„Mama, das glaubst du doch selbst nicht.“

„Vielleicht hatten sie einen anstrengenden Tag hinter sich.“

„Es sind Ferien. Um diese Zeit fängt Sascha allmählich an darüber nachzudenken, in welche Kneipe er noch gehen könnte.“

Claudia beugte sich zu Jack hinunter und umarmte ihre Tochter. „Wenn du möchtest, schlafen wir heute beide hier im Arbeitszimmer. Wir legen uns zwei Matratzen dort drüben auf den Boden. Von dort aus hat man um Mitternacht einen fantastischen Blick auf den großen Wagen.“

„Es ist bewölkt. Aber wir können trotzdem hier oben schlafen.“ Jack wollte sich nicht allzu sehr anmerken lassen, dass sie sich über das Angebot ihrer Mutter freute. Sie war ja kein kleines Kind mehr. Und dann ging sie zum Fenster, presste ihr Gesicht ganz nah an die Fensterscheibe und sah in die dunkle Nacht hinaus. Der Himmel gab ein paar Lücken in den Wolkenfeldern preis, und Jack konnte ein paar Sterne funkeln sehen.

„Wo sind die Lebkuchen, Mama?“ Jack starrte durch die Dunkelheit an die Zimmerdecke. Ihr knurrender Magen ließ sie nicht schlafen.

„Was?“

„Schläfst du schon?“

„Jetzt nicht mehr.“

„Wo sind die Lebkuchen?“

„Du hast doch schon Zähne geputzt.“

„Ich kann nicht schlafen. Ich habe Hunger.“

„In der Küche sind noch ein paar Hirsebrätlinge.“

„Ich will Lebkuchen.“

„Quälgeist.“ Claudia richtete sich auf und ging durch die Dunkelheit zum Schreibtisch hinüber. Sie öffnete die linke Tür und tastete nach der Dose mit den Lebkuchen.

„Du bist ein Schatz, Mama.“ Jack wählte einen Lebkuchen mit Zuckerguss. „Willst du auch einen?“

„Schoko.“ Claudias Antwort war eindeutig.

„Was würden jetzt deine Seminarteilnehmer von dir denken?“ fragte Jack mit dem Mund voller Lebkuchen.

„Du sollst nicht mit vollem Mund sprechen“, mümmelte Claudia.

„Lenk nicht vom Thema ab, Claudia.“

„Du gehst nicht petzen, oder?“

„Nur wenn ich noch ein Stück mehr bekomme.“

Stimmen aus dem Hintergrund

„Wenn man anfängt, Stimmen zu hören, hat man ein Problem, auch wenn man ein Zauberer ist.“ Ungefähr so hatte sich Hermine mit einer von Sorgenfalten zerfurchten Stirn ausgedrückt, als sie Harry gerade die Beichte vom Flüstern in seinem Kopf abgenommen hatte. Nur dass das hier kein Kinofilm war, sondern Realität, und sie einfach nur Jacqueline Hofer hieß, ständig fettige Haare hatte und Größe 42 trug. Jack wollte die Augen nicht öffnen.

Sie lag immer noch im Arbeitszimmer ihrer Mutter, das einen ganz spezifischen Geruch verströmte, so eine Mischung aus Patschuli, Papier und Tropenhölzern. Claudia betonte immer, dass sie die Teakholzmöbel in einem Antiquariat erstanden hatte und diese in einer Zeit angefertigt wurden, als noch niemand etwas von der Bedrohung für die Regenwälder ahnte. Aber das war im Moment nicht das eigentliche Problem. Ihr Kopf war erfüllt von Mellis sanfter Stimme, Saschas angenehmem Bass und Gülays vertrautem Flüstern.

Jack lief es eiskalt den Rücken hinunter. Es war an der Zeit, die Augen zu öffnen. Die Sonne schien durch die Fenster, und die Lichtstrahlen fielen auf einen Spiegel an der Wand. Es war plötzlich so hell, dass ihr fast schon die Augen wehtaten. Aber immerhin gaben die Stimmen in ihrem Kopf endlich Ruhe. Stattdessen hörte sie leise Schritte auf der Treppe. Jack war unendlich froh, dass Claudia gleich hereinkommen würde. Jemand drückte die Türklinke nach unten.

„Du liebe Güte, du musst dir unbedingt einen neuen Schlafanzug besorgen“, sagte Sascha entrüstet, als er Jack auf der Matratze am Boden erblickt hatte. „Die Ärmel sind ja schon viel zu kurz. Und Igel sind zurzeit megaout.“

„Sascha!“ kreischte Jack, während sie von ihrer Matratze aufsprang. „Du bist ein Schatz! Du bist echt!“

„Und leider nicht aus Zuckerguss“, meinte Gülay, die mit einem grauen Stück Pfannkuchen in der Hand zur Tür hereinspaziert kam.

„Gülay!“

Die Freunde umarmten sich ausgiebig.

„Melli ist doch auch da, oder?“ fragte Jack vorsichtig. Der Schrecken mit den Stimmen in ihrem Kopf hatte sie noch nicht losgelassen.

„Ja, was denkst du?“ antwortete Sascha. „Sie hilft gerade beim Abwasch. Und Lumix liegt ihr zu Füßen, in der Hoffnung, dass etwas von den Essensresten abfällt.“

„Das war ja klar“, sagte Jack mit leicht schlechtem Gewissen. Bisher hatte sie sich bei ihrer Mutter immer erfolgreich vor der Hausarbeit gedrückt. Schließlich wollte sie Claudias Yoga-Schülern der spirituellen Erfahrung bei der Verrichtung von Alltagsdingen nicht im Wege stehen. „Was macht ihr hier eigentlich? Die Toskana ist im Winter nicht gerade der Knüller.“

„Aber du bist der Knüller“, meinte Gülay.

„Ich bin eine deprimierte Hundehalterin. Und außerdem, warum konnte ich euch gestern Abend nicht erreichen?“

„Wir haben in Südtirol eine kleine Schlafpause eingelegt und die Handys abgeschaltet. Deswegen."

„Ich musste einfach mal die Augen zumachen", meinte Sascha. „Das ist meine erste längere Fahrt gewesen. Es grenzt sowieso an ein Wunder, dass mir mein Bruder sein Auto geliehen hat."

„Den Jeep?"

„Ich habe ihn gefragt, als seine Freundin gerade zu Besuch war. Und die hat dann ihren Hilf-doch-deinem-süßen-kleinen-Bruder-Blick aufgesetzt, und dann konnte Thorsten nicht mehr anders."

„Wusste Claudia, dass ihr kommt?"

„Logisch!" Saschas Grinsen wurde immer breiter.

„Und sie hat nichts erzählt", sagte Jack gespielt beleidigt. „Gehen wir erst mal runter, damit ich unsere barmherzige Samariterin begrüßen kann."

„Wie lange bleibt ihr eigentlich hier?" fragte Jack und machte Lumix von der Leine los. Sie atmete tief die frische Luft ein und sah ihrem Hund hinterher, der mit wehenden Ohren ein abgeerntetes Feld hinunterpreschte. Plötzlich musste sie wieder an Mirek denken, wie er in der Hundeschule den bösen Mann gespielt hatte, und sie senkte den Kopf.

„Drei Tage. Dann fahren wir wieder zurück. Silvester werden wir auf der Nürnberger Burg feiern."

„Nur drei Tage?"

„Du kommst selbstverständlich mit uns", sagte Melli bestimmt.

„Das könnt ihr vergessen. Ich komme erst wieder zum ersten Schultag."

Ihre Freunde wussten genau, dass Jack unter keinen Umständen Mirek während der Ferien begegnen wollte.

„Deine Mutter hat uns gebeten, dich mitzunehmen. Sie hat so viel zu tun", versuchte es Gülay.

„Das glaubt ihr doch selbst nicht. Ich bleibe jedenfalls hier." Jack pfiff durch ihre Finger, Lumix drehte sich um und preschte zu ihr zurück. Sie hob einen Stock auf und schmiss ihn weit von sich. Lumix lief sofort hinter dem Stück Holz her, schnappte danach und brachte es zurück. Jack wiederholte das Spiel noch mindestens zehnmal. Ihre Freunde sahen dem Treiben ratlos zu. Sie hätten gerne auf der Stelle darüber diskutiert, wie Jack am besten davon zu überzeugen war, mit zurück nach Nürnberg zu kommen.

„Jetzt mal im Ernst", versuchte es Gülay. „Du kannst uns doch nicht wirklich weismachen, dass dir das hier alles Spaß macht." Sie schaute skeptisch in den mit dunklen Regenwolken verhangenen Himmel. „Es fängt bestimmt gleich an zu regnen."

„Der Regen macht mir nichts aus. Und Niederschläge sind in Nürnberg auch keine Seltenheit."

„Ich meine nicht das Wetter."

Jack hob erneut einen Stock auf, und Lumix stand sofort neben ihr, bereit zum Apportieren. Gülay sah entnervt zu Sascha und Melli hinüber.

„Vergesst es einfach", sagte Jack. „Ich komme nicht mit nach Nürnberg. Thema erledigt."

❄❄❄

„Wir haben noch drei Tage Zeit. Genug um sie weichzukochen."

„Bisher hat das noch keiner geschafft."

„Dann werden wir die Ersten sein."

„Pssst, sie kommt die Treppe herunter."

❄❄❄

„Hi du“, meinte Sascha fröhlich, „noch eine Schale Hirsebrei mit lecker gedünstetem Kohl?“ Sascha schob sich verzückt einen Löffel Brei in den Mund. „Kann man sich richtig dran gewöhnen.“

Jack verzog das Gesicht. Sie hatte zwar schon ein, zwei Kilo bei ihrer Mutter abgespeckt, aber so richtig glücklich war sie nicht bei all dem spartanischen Essen. Sie erinnerte sich an einen treffenden Satz ihrer Tante Petra: „Zu g'sund is auch net g'sund.“

„Würdest du mir bitte den Brennnesseltee herüberreichen“, ließ sich Melli vernehmen.

„Klar“, antwortete Gülay, „aber lass mir auch noch was davon übrig.“

Jack fragte sich schon die ganze Zeit, wie Gülay einen Tag ohne Cola überstehen konnte. Und jetzt sicherte sie sich eine zweite Tasse Brennnesseltee. Sollten ihre Freunde kurz vor dem Durchdrehen sein?

„Ich wollte euch gerade vorschlagen“, meinte Jack hoffnungsfroh, „heute Abend nach Siena zu fahren. Ich kenne da ein italienisches Restaurant mit der leckersten Pizza weit und breit und gar nicht teuer.“

Unwillkürlich sah Jack zuerst zu Sascha hinüber, der in ihrer Clique für alles Kulinarische verantwortlich war. Aber er erwiderte ihren Blick lediglich mit einem Achselzucken.

„Ehrlich gesagt, nach dem fetten Essen an den Weihnachtstagen bin ich ganz froh, hier einen auf Schmalkost zu machen.“

„Und ich wollte schon lange mal zwei, drei Kilo abspecken“, meinte Gülay beiläufig.

Weil Größe 34 auch wahnsinnig überdimensioniert ist, dachte Jack und beobachtete misstrauisch, wie sich ihre Freunde die Bäuche mit halbtransparenten Substanzen vollschlugen. Jack stellte sich ganz nah neben ihre Mutter, die am anderen Ende der Küche über den gehackten Zwiebeln einen Bergkristall kreisen ließ. Jack kannte das schon. Reinigende Wirkung und so.

„Claudia“, flüsterte sie, „hast du bei meinen Freunden mit psychedelischen Drogen herumexperimentiert?“

„Nein, mein Schatz", antwortete Claudia unschuldig. „Was ist mit deinen Freunden?"

„Reden wir Klartext. Sie sind ganz verrückt nach dem Seminarschmalkostplan. Da stimmt irgendetwas nicht. Machen wir uns nichts vor." Jack äugte vorsichtig zu den anderen hinüber, ob sie von dem Gespräch etwas mitbekamen, aber sie waren angeregt mit einem von Claudias Seminarteilnehmern (ein Lehrer ihrer Schule!) in ein Gespräch über die Auswirkungen von ungeschälten Äpfeln auf das ästhetische Empfinden vertieft.

„Mein Kind, es ist alles in Ordnung. Sie sind lediglich neugierig auf eine alternative Lebensweise." Auch ihre Mutter sprach so leise wie möglich. „Außerdem gibt sich das nach ein paar Wochen wieder", setzte sie hinzu, kniff verschwörerisch ein Auge zusammen und verzog schelmisch das Gesicht.

„Nimmst du dich selber eigentlich ernst?" fragte Jack etwas zu laut, denn der Lehrer sah jetzt plötzlich neugierig zu ihnen hinüber, was zur Folge hatte, dass alle Anwesenden das Gleiche taten.

„Nicht allzu sehr", strahlte Claudia und umarmte ihre Tochter.

„Euch tut der Aufenthalt hier nicht gut", meinte Jack, als sie nach der Meditation Lumix ausführten. Sascha hatte auf die nachmittägliche Konzentrationsübung zur Förderung des inneren Gleichgewichtes bestanden.

„Ich fühle mich innerlich so ruhig wie nie", erwiderte Sascha und schmiss für Lumix ein Stöckchen.

„Ich mich auch", kam es von Melli und Gülay wie aus einem Mund.

Jack starrte ihre Freunde an. „Vermisst ihr nicht wenigstens das Mach?"

„Ehrlich gesagt nein."

„Ich auch nicht."

„Ich auch nicht."

„Ich glaub es einfach nicht. Gestern wolltet ihr mich noch unbedingt nach Nürnberg mitnehmen und Party auf der Burg machen, und heute benehmt ihr euch wie nach einer Gehirnwäsche. Hat meine Mutter etwas damit zu tun?“

„Indirekt vielleicht“, meinte Gülay. „Sie hat so eine unglaubliche innere Kraft.“

„Sie ist eine echte Schamanin“, sagte Melli.

„Nur würde sie das niemals zugeben“, ergänzte Sascha bedeutungsvoll, „eine echte Weise eben. Wir haben mit Claudia geredet und können bis zum Ende der Ferien hier bleiben.“

Jack blieb auf der Stelle wie erstarrt stehen. Sie fühlte eine unbestimmte Verantwortung für ihre Freunde in sich aufsteigen. Sie musste verhindern, dass alle hier noch verrückt wurden.

„Was machst du da?“ fragte Melli, als sie Claudias Arbeitszimmer betrat, das jetzt Jack und ihre Freunde als Schlafplatz belegt hatten.

„Ich packe.“

„Aber das sind meine Sachen“, versuchte es Melli vorsichtig.

„Genau. Und Saschas, und Gülays und meine Sachen.“

„Was tust du mit meinen Unterhosen?“ fragte Sascha ungläubig, der hinter Melli zur Tür hineingekommen war. „Die sind dir viel zu klein.“

„Ich packe sie in deinen Koffer“, sagte Jack wütend und feuerte ein Paar Socken hinterher.

„Meine Bücher zum Klimaschutz. Die wollte ich die nächsten Tage lesen.“ Jetzt war auch Gülay hereingekommen. „Ich halte in der ersten Woche nach den Ferien ein Referat.“

„Das ist toll. Und du wirst dich darauf gut vorbereiten. In Nürnberg.“

Ihre Freunde starrten sie fragend an.

„Nach dem Frühstück fahren wir“, erklärte Jack. Das Wort Frühstück zog sie besonders in die Länge. „Wir werden Silvester auf der Burg verbringen.“

Lebkuchenherz

„Sag mal, das ist doch ein Nürnberger Kennzeichen“, meinte Melli, die vorne neben Sascha auf dem Beifahrersitz saß und sich am Türgriff festhielt. Sascha gelang es nicht immer, um jedes Schlagloch auf dem Feldweg herumzusteuern, der von Claudias Grundstück zur nächsten asphaltierten Straße führte.

Jack kniff die Augen zusammen. „Stimmt. Silbergrauer Opel Astra mit Nürnberger Kennzeichen. Wahrscheinlich ein verspätetes Schäfchen meiner Mutter.“

„Betätige mal die Lichthupe. Vielleicht hat es Lebkuchen dabei, und wir können ihm welche abschwatzen“, meinte Gülay, der der Hunger ins Gesicht geschrieben war.

Jack sah sie von der Seite an, verwundert über ihren plötzlich zurückgekehrten Appetit auf konventionelle Nahrungsmittel.

Sascha ließ das Licht ein paarmal aufleuchten und bremste. Jetzt fuhr auch der Opel langsamer und kam neben dem roten Jeep zum Stehen. Der Fahrer kurbelte das Fenster hinunter.

„Guten Morgen“, kam es aus dem Auto, in dem ein strahlender Udo Stolzinger ungewöhnlich gutgelaunt hinter dem Lenkrad saß. „Nürnberger auf der Heimreise? Guten Morgen, Fräulein Hofer. Das ist ja eine nette Überraschung.“

Jack fehlten die Worte. Auch sie war erstaunt und brachte lediglich ein Grunzen zustande, das sich nur annähernd wie ein Gruß anhörte.

„Guten Morgen“, sagte Gülay freundlich, und dann kam sie gleich zur Sache. Denn sie hatte bereits eine Palette Lebkuchen auf Stolzingers Beifahrersitz entdeckt. „Können Sie uns eine Packung Lebkuchen für die Fahrt überlassen? Sie bekommen fünf Euro dafür.“ Gülay musste über alle Maßen hungrig sein.

Stolzinger lachte und reichte ihnen zwei Packungen gemischte Lebkuchen. „Die könnt ihr geschenkt haben.“

„Super, danke“, sagte Sascha und nahm die Lebkuchen so behutsam entgegen, als ob es sich um den heiligen Gral handelte.

Melli riss die Augen auf, beugte sich näher zu Stolzinger hinüber und schaute sich vorsichtig um. „Herr Kommissar“, flüsterte sie verschwörerisch, „fahren Sie zurück ins nächste Dorf. Da soll es einen kleinen Supermarkt geben. Kaufen Sie dort Wurst, Käse, Schokolade und so Sachen, und packen Sie Ihren Kofferraum damit voll. Achten Sie darauf, dass die Türen immer gut verschlossen bleiben, und lassen Sie Ihren Autoschlüssel niemals aus den Augen. Ihr Magen wird es Ihnen danken.“

Nachdem Sascha wieder angefahren war, drehten sich alle noch einmal um. Stolzinger wendete auf dem Feldweg und fuhr hinter ihnen her. Sascha lenkte sein Auto auf die asphaltierte Hauptstraße, fuhr langsam an ein paar kleinen Läden vorbei und beobachtete im Rückspiegel, wie Stolzinger vor dem Supermarkt anhielt.

„Schaut mal aus dem Rückfenster!“ sagte er und grinste.

Der Kommissar stieg aus seinem Wagen, holte Plastiktüten und Stofftaschen aus dem Kofferraum und betrat eilig den Supermarkt.

❄❄❄

Jack lehnte sich zufrieden zurück, nachdem sie die letzten Bissen von dem Braten und den Klößen verschlungen hatte, die ihr Tante Petra im Ofen aufgewärmt hatte, und schenkte sich Mineralwasser nach, als ihr Vater zur Küchentür hereinspaziert kam.

„Guten Abend, mein liebes Kind“, brummte er. „Hat es dich wieder zurück nach Hause gezogen?“

„Wie man’s nimmt.“ Jack wollte weder ihrer Mutter in den Rücken fallen noch die Gefühle ihres Vaters verletzen. Dieser Zustand ging ihr schon seit der Scheidung ihrer Eltern auf die Nerven.

Herr Hofer setzte sich Jack gegenüber. „Wir sind jetzt in der Angelegenheit Georg weitergekommen. Mellis Eltern und ich haben die

Vormundschaft für Georg beantragt und um ein Eilverfahren gebeten. Dr. Bogner meint, dass dadurch sicher auch das Gerichtsverfahren gegen Georg leichter wird."

„Hört sich gut an", meinte Jack.

„Und die neue Produktlinie nimmt auch schon langsam Formen an. Unglaublich, wie präzise unser Georg Farben und Häkeltechniken kombiniert."

„Sag ich doch die ganze Zeit", meinte Jack und zwinkerte. „Wie heißt die Produktlinie denn?"

„Topflappen's Best."

„Gestern hatten wir die erste Anfrage aus Amerika", fügte Tante Petra bedeutungsvoll hinzu.

❄❄❄

„Die erste Nacht, in der ich so fest geschlafen habe wie ein Stein", meinte Jack zu ihren Freunden. Sie saßen in der Ruhestörung, schlürften zufrieden Kirschsaft, und Lumix räkelte sich brav hinter Jack in einer Ecke.

„Das war auch dringend nötig", sagte Sascha väterlich. „Wir haben heute noch einiges mit dir vor."

„Auf der Burg gibt es heute eine Überraschungsveranstaltung", erläuterte Gülay geheimnisvoll.

„Und die darfst du auf keinen Fall versäumen." Melli hob ihre Augenbrauen. „Es ist ein ganz besonderes Silvester-Special."

„Man bekommt ja überhaupt nichts mit, wenn man so lange weg ist. Aber zum Glück gibt es ja euch."

Ihre Freunde nickten einstimmig.

„Aber wisst ihr, was überhaupt das Beste ist?"

„Nein", sagten Melli, Gülay und Sascha gleichzeitig.

„Heute Morgen bin ich aufgewacht, und ich habe nicht zuerst an *ihn* gedacht. Ihr wisst schon."

„Wirklich nicht?“ fragte Melli. Doch bevor sie das Thema noch weiter vertiefen konnte, sahen plötzlich alle anderen Gäste aus dem Fenster. Auf der gegenüberliegenden Straßenseite baute sich ein Kameramann zwischen Scheinwerfern auf, und ein Reporter hielt jemandem ein überdimensionales Mikrofon vor die Nase.

Sascha ging zum Fenster. „Kommt her“, rief er plötzlich. „Das sind Galaktika und Tom.“

Dann hielt es auch Jack und Gülay nicht mehr auf den Stühlen.

„Kommst du nicht mit?“ fragte Jack Melli.

„Nein, ich bleibe lieber bei Lumix“, antwortete sie.

„Wir sind gleich wieder da“, rief Jack noch schnell Pierre zu, bevor sie sich mit Gülay und Sascha aus der Tür drängte.

„Und wie fühlt ihr euch jetzt?“ fragte der Reporter Galaktika und Tom.

„Wir sind wahnsinnig froh, dass unser Christkind nach den Ferien wieder bei uns in der Schule ist“, antwortete Tom selbstsicher. Jack entdeckte jetzt auch die Sponge Girls, die zwar artig am Rande des Geschehens warteten, aber aus einem Grund, den sie nicht kannte, weniger bewundernd zu Galaktika hinüberblickten als sonst. Sie wirkten eher etwas nervös.

„Und wir haben zusammen schon viele Pläne gemacht“, ergänzte Galaktika.

Jack wollte ihren Ohren nicht trauen.

„Könnt ihr uns verraten, wo sich das Christkind gerade aufhält?“

„Ich habe lange mit ihren Eltern telefoniert. Sie ist im Fichtelgebirge“, meinte Galaktika mit fester Stimme, „in Therapie.“

„Ist ja interessant“, meinte der Reporter. „Wo genau ist sie denn?“

Jack spürte unendlichen Zorn in sich aufsteigen und wollte gerade auf den Reporter zugehen, um alles richtig zu stellen, als jemand sie am Jackenärmel festhielt.

„Das mache ich“, meinte Melli, die auf einmal hinter ihr aufgetaucht war. Dann stellte sie sich vor Galaktika und Tom. Galaktikas plötzliche

Blässe und Toms rotes Gesicht bildeten einen hübschen Kontrast, wie Sascha, der Ästhet in ihrer Clique, später erklärte.

„Ich bin Melanie Zimmermann, das amtierende Christkind. Hier ist mein Ausweis.“ Nur Melli kam auf die Idee, einem Fremden ihren Personalausweis zu zeigen, damit er ihr auch wirklich glaubte. Und tatsächlich verglich der Reporter das Foto in ihrem Ausweis mit ihrem Gesicht, während er misstrauisch den großen Hund an Mellis Seite beäugte.

„Ach, Sie haben sich einen Tag freigenommen?“ fragte der Reporter verdutzt.

„Nein. Ich war weder im Fichtelgebirge noch in Therapie. Ich war mit meinen Freunden auf einem Trip in der Toskana.“ Und jetzt deutete Melli mit einer ausladenden Armbewegung auf ihre echten Freunde, so dass der Kameramann auf Jack, Gülay und Sascha hielt. „Und heute werden wir bis in den frühen Morgen hinein feiern!“ Melli grinste schelmisch. „Und den Zuschauern wünsche ich schon einmal ein gutes neues Jahr“, sagte sie souverän, trat aus dem Umkreis des Fernsehteams und schob ihre verdutzten Freunde zurück in die Ruhestörung.

„Können wir den Hinterausgang benutzen?“ fragte Melli Pierre, der hinter der Theke Geld zählte.

„Ja, natürlisch. Isch muss eusch nur noch sperren auf die Tür“, antwortete er und registrierte beruhigt, dass Sascha Geld für die Getränke auf dem Tisch zurückgelassen hatte.

„Wir müssen uns beeilen“, sagte Gülay und sah nervös auf ihre Armbanduhr. „Wir haben nur noch zwanzig Minuten bis Mitternacht.“

Jack wunderte sich, dass Sascha plötzlich der Schweiß auf der Stirn stand. Er war nicht der Typ, der sich die gute Laune vermiesen ließ, nur weil er an Silvester nicht rechtzeitig bei irgendeinem Event auf der Burg sein würde. Auch Melli schien ungeduldig zu sein und schob Jack weiter, damit sie schneller zum Hinterausgang gelangten.

„Das hätten wir geschafft.“ Keuchend stand Sascha am oberen Ende des Ölbergs und blickte hinüber zur Burg. „Ihr Mädchen habt aber wirklich eine bessere Kondition.“

„Mach dir nichts draus“, meinte Gülay, „im Frühling setzen wir dich auf dein Fahrrad.“

„Und dann löst sich das Problem ganz von selbst“, fügte Melli hinzu.

Lumix lief ungeduldig um die kleine Gruppe herum und sah immer wieder den Weg entlang, denn er wollte weiterlaufen. Ganz kurz musste Jack an Mirek denken, dem es hier sicher auch gefallen hätte. Während sie hinüber zur Burg blickte, über der in dieser wolkenlosen Nacht die Sterne funkelten, wurde ihr bewusst, wie sehr sie Mirek immer noch vermisste.

„Wo ist jetzt das große Event?“ versuchte Jack sich selbst abzulenken. „Es sind nicht gerade viele Leute hier oben.“

„Es ist gleich soweit“, meinte Sascha. „Noch zehn Minuten. Setzt euch in Bewegung.“

„Das musst gerade du sagen.“

Die Freunde gingen los, und Lumix lief allen voran. Immer wieder hielt er an, um auf seine Menschen zu warten, weil er nicht in die falsche Richtung laufen wollte. Fast hatten sie es geschafft. Sie mussten nur noch links abbiegen, und dann würden sie an dem berühmten Aussichtspunkt stehen, von wo aus sie die ganze Stadt bei Nacht überblicken konnten.

Lumix lief aufgeregt weiter, und ein großer Hund kam schwanzwedelnd auf ihn zu. Neugierig beschnüffelten sich die Tiere. Jack war erleichtert. Die Hunde mochten sich. Als sie näher kam, sah sie, dass es ein Böhmischer Rauhbart war. Das war wie ein Stich ins Herz. Mirek hatte ihr mal ein Foto von seinem Hund gezeigt. Und der sah ihm verdammt ähnlich.

Endlich waren die Freunde an ihrem Lieblingsaussichtspunkt angekommen. Sascha stellte seinen Rucksack auf den Boden, packte fünf

Sektgläser aus und stellte sie auf die Brüstung. Dann zog er eine Flasche Sekt aus dem Rucksack, öffnete sie und schenkte vorsichtig ein.

„Eins, zwei, drei, vier, fünf", zählte Jack die Gläser. „Wir sind aber nur vier."

„Da ist noch jemand."

„Dreh dich mal um."

Unwillkürlich drehte sich Jack um. Vor ihr stand Mirek, und er lächelte. Aus der Ferne registrierte sie, wie die Glocken das neue Jahr einläuteten und sich die Leute um sie herum alles Gute wünschten. Und dann nahm Mirek Jack in die Arme und flüsterte ihr etwas zu.

Ihren ersten Kuss hatte sie sich nicht einmal in ihren Träumen so schön vorgestellt.

Dank

Besonders möchte ich Annette Oehler, Bertram Riedl, Nina Schulze und Marie-Christine Vitunic danken, die durch ihre konstruktiven Anmerkungen zum Gelingen des Christkind-Krimis beigetragen haben. Für etliche einfallsreiche Hinweise danke ich auch meinem Mann Markus, der mich während der intensivsten Arbeiten an diesem Buch durch seinen selbstlosen Einsatz am Grill stets mit Nürnberger Bratwürsten versorgte.